從紅衛兵
到
跨國黑幫

林家品長篇小說

Content

第一章　「最高指示」——接頭暗號

一

女人在G市開有一家店鋪。平時，她就靜靜地坐在櫃檯裡面，非常禮貌地接待著顧客。只要一有人走進店鋪，她就站起，點頭彎腰致意，用那口溫柔動聽、十分地道的異國話語招呼顧客。即使是十分挑剔的顧客，她也能讓人滿意而走。在左鄰右舍的眼裡，她是一位特別會做生意的中國女店主。

這一天，她的店鋪走進一位女顧客，她一看，就知道這是自己的宗族姐妹。只要一看到中國顧客，她便格外興奮。她立即起身，臉上掛滿更多的笑意。她用標準的中文問道：

「小姐你好，請問是中國人吧，什麼時候到這裡來的呀？」

小姐往上挑了挑那頭蓬鬆的捲髮，用一個手指頂了頂貼著鬢髮的水晶眼鏡腳架，用不屑的口氣回答說：「NO，NO，對不起，我不是中國人！」

女人一聽，愕然了，不是中國人?!中國話能說得這麼好?!她可還從來沒看錯過人的啊！她忙又笑吟吟地說：

「那麼請問，小姐難道是日本人？」

「我是哪裡的人關你什麼事?!」小姐傲慢地說。

「是中國人就是中國人嘛，難道連自己是中國人都不敢說！說出來會丟你的醜？」她那漂亮臉龐上的兩道柳眉蹙了攏來，旋即用非標準國語——家鄉土話罵了一句。

小姐卻連她這句難懂的罵人土話都能聽懂，立即也用自個兒的家鄉土話反擊。於是，就如同在國內兩個素不相識的人一樣，為了一句口角便大吵起來，只是尚未大打出手。

兩個女人的對罵，引來了圍觀的人。

「看什麼看，這是我們中國人的『內政』！關你們什麼鳥事？」

她的話音還未落，幾個大概也是像她一樣來到這個國家的外國人氣勢洶洶地走攏來，說她辱罵顧客，動手便砸店鋪。她知道是來了早就蓄意挑釁的幫客，雙眼一橫，眼光如同蛇吐信子一般迅疾一掃，從櫃檯內一躍而出……

很快，這個女人被傳得神乎其神，有說她是位中國女俠，專程來到N國取仇家的頭顱；有說她是國際特工，特來擒殺國際販毒分子，因為被擊斃的人中正有一個是販毒集團的頭頭；更多的則是驚恐，說千萬別和一個長得漂亮、看似溫柔的中年支那女人頂嘴，一頂嘴她就要殺人！只有警方將她列入了黑幫，一個並沒有什麼勢力的中國黑幫組織的小小分子。但警方並不著力追捕，甚至還慶幸這個「小小分子」幫他們除掉了另一個黑幫頭子。

二

文中的N國位於北美洲。為了避免一些不必要的麻煩，故將故事發生的國家和城市均以字母代稱。這個因為一個小姐不願說自己是中國人而引起糾紛，在一瞬間便擊斃一個黑幫頭頭的女人，的確是中國黑幫組織的一個成員。但這個中國黑幫組織不是那些早在N國扎根多年的什麼福建幫、廣東幫，而是在二十世紀九十年代後期才到N國，並且是不分地域，可謂是來自「五湖四海」的一個組織。用他們曾經虔誠背誦而現時不無調侃的話說，就是：「我們都是來自五湖四海，為了一個共同的革命目標，走到一起來了。」關於這個組織的詳細情況，後面會有介紹。這裡先說這個在N國華人中被傳說得神祕之至，厲害之至的女人，是如何對付要追殺她的黑幫的故事。故事源自於一位回老家探親的在N國留學的朋友之口。

一個被稱作鄉村俱樂部的保齡球館內，陸陸續續來了七個就這個國家而言的外國人。但他們並不準備玩保齡球，他們一到來後，保齡球館就暫停開放，不允許任何人進來干擾。

門外溜達著幾個身穿皮大衣，看似玩客，其實是全副武裝，保持著高度警惕的便衣警衛。

館內的人很隨意地圍坐著，卻是在決定戰略方針。

首先把問題提出來的人正在繼續著他的發言。

「……吉爾被一個支那女人殺了，吉爾的身份已被警方確定……」

「那個支那女人和警方有沒有關聯？對我們有沒有危險？」一個人問道。

「她不會是警方的線人或臥底吧？」

「支那女人殺吉爾，應該是一個偶然事件，她和警方沒有關聯。而且，那個支那女人，據我們掌握的資料，從她來到這裡後，沒有任何其他的行動。也正因為如此，吉爾嚴重地低估了她，沒想到那個女人，出手這麼狠……」

「她絕不是個只做生意的女人，她的過去，只是我們沒瞭解到而已。」

「管她的過去幹什麼，她殺了我們的人，就絕不能放過她！」

「對！絕不能放過她！」

「先說說具體方案吧，怎麼處置那個女人！」

「這個，我已經安排好了……」

「得儘量做得祕密些，不要引起警方注意。」

「好了，這件事就不用多說了。現在的問題是，先生們，該對支那人採取行動了，不能再讓他們這樣下去了。」

「我贊成。把支那人統統趕走，把他們的地盤統統奪過來。」

「我同意。」

「我也贊成。」

與會的七個人全投了贊成票。

「好，先生們，通過了。下一步就是如何具體行動。支那人中有個密斯脫焦，自稱是他們的頭，他提出願和我們談判……」

「和支那人有什麼好談的！他們從來就只知道窩裡鬥，有那麼一個什麼功夫片，叫什麼名字來著，主演者是位香港明星，叫周潤發吧，對，周潤發，風靡一時，演倒是演得挺逼真，像那麼回事，演的就是支那人的窩裡鬥。」

「他們滾走，就是我們的條件。」

「對，對。」

「條件嗎，當然是他們滾走。不過，密斯脫焦答應讓步。」

「只能是無條件的撤出。他如果附加什麼條件，不行。」

「那就用他們支那人的話說，先禮後兵嘛。」
「可也得提防支那人的狡猾喲，孫子兵法就是支那人的發明。」
……
會議在幾乎沒有什麼爭論的情況下通過了「決議」，那就是向支那幫宣戰，將支那幫趕走。
會議結束。館內的人不是一起往外走，而是一個一個地走。這一個走了後，另一個隔十幾分鐘才走。一到了館外，該當老闆的恢復了老闆面貌，該當律師的夾起了他的黑皮包，該當夥計的亮出了夥計的喉嚨……一切又按部就班，恢復了本來面目。
一群打保齡球的湧進保齡球館。
鄉村俱樂部仍是熱鬧非凡。

三

這天晚上，異國的夜空在雪濛濛的世界裡竟穿出了一輪明月。
在難得的明月下，在看似一片純潔的靜謐中，一個女人駕駛著一輛轎車在蜿蜒的公路上慢慢地行駛著。
這個女人長髮披肩，儀態端莊，儼然上層社會的名門閨秀。但她那張即使是經過了著意修飾和化妝的臉，如果貼近去看，依然透露出歲月的滄桑，高級化妝術也無法掩飾住年過四十的倦態。只是她那雙眼睛，不時射出如同響尾蛇吐信子一般的眼光，若有人恰好瞥到，定會不寒而慄。
女人一隻手握著方向盤，另一隻手搭在車窗上。她時而望望掛在天上的圓月，似乎在對比著這輪圓月和家鄉的圓月到底哪個更圓更亮一些。

此刻，她望著的這輪圓月和她的車子，和坐在車子裡的她一同行走著。她的思緒忽然如同天馬行空，這匹天馬從中國大陸飛到香港，落在扯旗山下，從扯旗山下又飛回大陸，飛躍萬里長城，飛躍烏蘭巴托，飛躍貝加爾湖，飛到莫斯科、布達佩斯、貝爾格萊德、威尼斯、羅馬……天馬在不斷地飛躍中日益疲憊，日益頹喪，終於，想找一個水肥草美的地方休養生息了。而當這匹天馬真想休養生息時，才發現，原來所有的一切都不屬於它！它走過的那些美麗的國土，全是別人的，跟它無關；就連原本真正屬於自己的土地，也回不去了。天馬成了一匹傷痕累累的跛腳馬、瞎馬。也許，這匹跛腳的瞎馬很快就會在這塊雖然已經熟悉，卻會是永遠陌生的土地上蒼老地倒下、倒下……女人不由地長長歎了一口氣。

女人摸了摸自己依然烏黑澤亮的長髮，但她明白，這種烏黑澤亮只是人工塗抹的假象。她不由地搖了搖頭，耳垂上吊著的珍貴飾物敲擊著她的臉頰，使她感覺到自己的臉頰還是那麼菲嫩潤滑；她挺直背脊，又看了看自己依然高凸的雙胸和緊繃的腹部，但這些也全是錢的作用使之改良。錢、錢、錢能改變一個人的所有一切，包括從頭到腳。但是錢和一個人的一生，到底是錢在改變著人生，還是人生不能不為錢所左右呢？她突然又想到了生活在北極地區的愛斯基摩人的信念：一切活的東西很快會轉入死亡，而存在於死亡世界中的一切，不久也將回到活的世界中來。女人似乎到現在才悟到愛斯基摩人經常以剛死的親戚名字為初生子女命名這個哲學問題。她怎麼竟然想到了生和死的轉換了呢？而在這之前，她可是覺得理想是能戰勝生和死的，因為理想不會死亡，也不會存在轉生。只有理想才是高於一切的呵！

一想到理想，她臉上浮上了一層嘲笑。那種嘲笑卻使得她的臉異常文靜，異常溫柔。

驀地，一輛從後面急駛而來的摩托車，越過她的車後，突然來了個急轉彎，迎頭剎住。女人忙踩剎車，轎車拖著「吱吱」的喘叫，幾乎和摩托車撞了個正著。女人立時完全變了一個人，柳眉頓蹙，雙眼冒火，一手推開車門，一手便往腰間抄去。

「別掏傢伙。」一腳蹬地的摩托車騎士說，「最高指示：要鬥私批修。」

這句早已過時，現在聽起來只會令人覺得好笑的「最高指示」，卻立即化解了女人突現的猙獰，也立即消除了一個人死亡的厄運。

女人將伸往腰間的手縮回來，隨口接道：「掃除一切害人蟲，全無敵。」

女人臉上掛上了笑意，扭動纖細的腰肢，走上前去，朝摩托車騎士伸出右手。

「我叫陸放翁，套用南宋大詞人陸遊的名字。實際上一首詞也寫不出。」摩托車騎士說。

「『王師北定中原日，家祭毋忘告乃翁』，是在某個特定歷史時期改的名字，你打過越南鬼子，對嗎？」

摩托車騎士搖搖頭，說：

「是在緬甸戰場。」

「哇，親愛的緬甸游擊隊的中國同志！」女人握住他的手，使勁晃。

「向親愛的緬甸游擊隊同志致敬。」女人戲謔地說。

「我們這一輩，改名字已是常事，每次改，都要打上歷史的烙印。」摩托車騎士認真地說。

「完全正確。本人姓劉名玉玲，曾名劉衛紅，屬於恢復本名。」

「那麼，我也向親愛的紅衛兵小將致敬。」摩托車騎士又加上一隻手，雙手握住女人的手。女人也把另一隻手加上。

「劉玉玲，有名的快槍手！你那傢伙要掏出來，不就錯殺了我這個革命同志？」

女人大笑起來。她剛才那還有點頹喪的心情因為「革命同志」的突然到來，不但已消失得無影無蹤，而且陡然振奮不已。就如同吸毒的在毒隱即將發作之際，見到了有人送來的海洛因。

「陸放翁，名聲也不小！我早聽人講過放翁鎮鬼佬的故事。」

摩托車騎士仰天大笑。

讀者肯定已經知道，這個被稱為「快槍手」劉玉玲的女人，就是殺死黑幫分子後又被黑幫追殺的那個女人。而摩托車騎士陸放翁威鎮鬼佬以及他的傳奇故事，也為他在N國的革命同志津津樂道。

四

深夜，繁華的市區街道逐漸安靜下來。一輛摩托車朝郊外駛去。

郊外已是萬籟俱靜，清爽的空氣中飄蕩著義大利楊樹的清香。這種義大利楊樹的生命力格外強盛，只要有一根枝葉插入泥土中，就能很快長成高高挺立的大樹。洪水即使將它淹沒，只要樹頂上還露出一根青枝，它也不會死亡。它們的樹幹並不粗壯，相反地顯得非常秀麗，特別是一棵接一棵地排列在一起時，就如同一列有著極強戰鬥力的女兵，讓人感到是那麼的親切而又凜然不可侵犯。這種義大利楊樹以其倔強的生命力而遍佈世界各國，就連中國的洞庭湖畔也引進了它，作為防洪的一支生物力量。

摩托車在義大利楊樹的陰影下不急不慢地平穩行駛著，摩托車主人則不時向著夜色中的楊樹揮一揮手，好像是順路向它們致意，又好像是不停地打著飛吻。可見他的心情不壞。

遠遠地，前方出現了一座別墅的龐大暗影。別墅裡還閃現著幾點燈光。當摩托車的主人看見別墅裡的燈光時，他掉轉摩托車，往回路不急不慢地駛去。

摩托車往回路駛了一段，來一個急轉彎，仍舊沿著原路往前走。當看見別墅裡的燈還未完全熄滅，它又返回去。

這位摩托車主人是在幹什麼呢？半夜三更的，他是在這兒兜風嗎？夜景的確不錯，很有些撩人的詩意，但半夜三更的獨自兜風畢竟欠缺些什麼，如果摩托車上還有一位秀髮飄逸的女郎，那就堪稱浪漫了。可摩托車上就他一人，他也不像要等來一位約會的佳麗。

他其實是在盯著那座籠罩在夜色中的別墅。他要進入那座別墅，但得等到別墅裡漆黑無聲。

終於，別墅裡的燈光滅了一盞，又滅了一盞，最後全都熄了。摩托車這才在距別墅不遠處停了下來。

摩托車主人將摩托車熄了火，推著摩托車轉向小路，走進別墅外的一片小楊樹林後，停了下來。他支好車，從摩托車上取下一捆繩子，背到肩膀上，又取出一支折疊槍，裝好，安上消聲器，然後坐到地上，靜靜地挨著時間。等到他估摸著時間差不多了時，才悄悄地向著別墅圍牆走去。

黑夜裡，只有這個人的身影在無聲地梭動。

他走到圍牆邊，停下，凝神地聽著牆內的動靜。他聽了好幾分鐘後，才把背在肩上的繩索放下，輕輕地展開。繩子的一端綁有登山用的鐵爪鈎，他把鈎子拋上去掛住牆頂，又凝神諦聽了一會，抓住繩子，迅速爬了上去。爬到牆頂後，將繩子放入內牆，然後沿著繩子滑下去，穩穩地落在院子裡。他的一切舉動，活脫脫地是個「梁上高手」，但他根本就不想來拿別墅主人的一針一線。那麼，他深更半夜地翻牆入室，究竟是要幹什麼呢？

此人就是摩托車騎士陸放翁。陸放翁當年插隊落戶在雲南西雙版納，一九六九年到緬甸參加了緬甸游擊隊，緬甸游擊隊覆滅後，輾轉到了香港，一九九六年從香港到了N國。

陸放翁在G市開了個書報亭，賣當地書報也賣華文書報。華文書報有大陸的也有台灣的，有香港的也有澳門的，還有新加坡馬來西亞等國的，總之只要是能弄得到的，只要是能賣得出的，他都賣。而實際上他賣書報只是個幌子，主要還是從事走私電器生意。白天沒事時他就坐在書報亭內，看看書，翻翻報，有人來買書報就做做生意，倒也逍遙自在。他養了一條小小的雜毛狗，他坐在書報亭內時，雜毛狗就匍匐在他腳邊，不時仰頭望望主人，搖擺著尾巴，做出討好狀。主人一挪動腳步，它就站起來，隨時準備跟著主人出行。

這條雜毛狗給他惹出了麻煩。

一個並不打算買書報的紳士走了過來，雜毛狗以為是來買書報的，忽地竄出去迎接。因為平時一有來買書報的，主人總是站起來打招呼。主人一站起，腳步就得動，腳步一動，雜毛狗就跑出去表示歡迎。這回主人的腳步動了一下，但只是換換腳的位置，湊巧紳士走過來，雜毛狗立即自以為是地竄出去歡迎，沒想到卻嚇了紳士一跳。

倘若這個書報亭不是中國人開的，被嚇了的紳士也許會誇讚這條雜毛狗如何如何地長得可愛，說不定還會將雜毛狗抱起來親吻親吻，因為這是個愛護一切生物的文明國度。可被嚇了一跳的紳士一看是中國人開的書報亭，是從中國人開的書報亭內竄出的狗，便抬腳朝雜毛狗踢去：

「討厭的支那狗！」

如果這位紳士不罵「支那狗」，摩托車騎士陸放翁不會理睬。經歷了過多風波的他，又已過了不惑之年，什麼事能忍則忍，犯不著再讓當年的脾氣爆發。可這是在罵狗嗎？他陸放翁本事再大，還能從中國帶一條狗來嗎？

「你在罵誰？」陸放翁霍地站了起來。

「支那狗！」

「你再罵一句！」

「支那狗！我罵的是支那狗！」

陸放翁再也無法容忍了。什麼忍得一時之氣，免得百日之災啊；什麼小不忍則亂大謀啊，他全顧不得了。他衝進屋裡，從牆上摘下雙管獵槍，卡進兩發子彈，對準了紳士。

「支那狗，你敢開槍?!」

紳士的話剛落音，陸放翁便扣動了扳機。

「砰」的一響，子彈打在紳士左腳的地上。又是「砰」的一響，子彈打在紳士右腳的地上。

「卡嚓」，又是兩發子彈上了膛。

「鬼佬，你再罵一句，老子向你的上帝發誓，向毛主席保證，打穿你的左眼和右眼。」

……

這位摩托車騎士向鬼佬開槍嚇唬鬼佬的事迅速在華人中傳開，不少人說他長了中國人的志氣，令鬼佬不敢再凌辱中國人；也有不少人說他是沒教養，使得中國人的名聲更壞。摩托車騎士在這件事上的結局是：警察來了，他被帶走了。

陸放翁被放出來後，書報攤被沒收了，書報亭不存在了，那隻雜毛狗也不見蹤影了。

面對著這一切，陸放翁並不生氣，只要出了被罵「支那狗」的那口惡氣，一個小小的書報攤算得了什麼呢？他倒是慶幸自己那走私的電器沒被查出來。其實是個天生樂天派的他也不打算再起「爐灶」，他只是老念叨著那條雜毛狗，並開始當起了業餘偵探，他不是偵探雜毛狗的下落，而是偵探罵「支那狗」的紳士行蹤。他終於偵探到了那位紳士的別墅。紳士的別墅裡，養有幾條獵狗。

行啊，你害得我的雜毛狗不見了，我要你的獵狗也統統完蛋。倒看是你個鬼佬厲害，還是我這個支那人厲害！

他盯住這座別墅已盯了好長時間，也想了好多辦法，思謀著如何下手。他原想趁獵狗們外出時，採用放毒餌或炸狗炮，可那些獵狗們的警惕性格外高，看著放有毒藥或炸炮的誘惑食物，就像工兵排地雷一樣的小心謹慎，只是轉著圈兒嗅一嗅，然後飛快地跑開了。

不入狗穴，焉得惡狗！陸放翁決定深入狗穴。

他翻牆進了別墅的院子後，一動不動地蹲著，等待著獵狗嗅到他的氣味。他要憑著在緬甸叢林中練就的特殊本領，將紳士別墅裡的獵狗全部殺盡，以彌補他那條雜毛狗的損失，再出出心中的那口惡氣。

黑暗中，他還沒看見獵狗，經過訓練的獵狗已經發現了他，但獵狗不叫，獵狗被訓練得會採取突然襲擊。他憑著聽覺，感覺到一條獵狗已向他猛撲過來，隨著一道風聲，他往旁邊一閃，手中的槍同時舉起，隨著一聲沉悶而又暗啞的「撲通」，子彈擊中了獵狗的腹部。這時候他的眼睛已能看清，又一條獵狗一躍而出，向著他的喉部直撲而來。他往後一仰，將這條獵狗擊殺。

他雙手握槍，警惕著第三、第四條狗的進攻。果然，這回是兩條狗一左一右同時向他撲來。他忙後退一步，舉槍先射死左邊靠近的一條，然後立即轉身，將右邊那條擊斃。

整個過程，不到兩分鐘。

直到確信再沒有獵狗襲來後，他才抓住繩子，爬上牆頂，越出牆外。

他把繩索收好，向藏摩托車的小樹林走去。

他跨上摩托車，這才狠狠地罵了一句，他媽的，讓你個鬼佬哭狗去吧。然後高興地唱起了：「我們都是神槍手／每一顆子彈消滅一個敵人／我們都是飛行軍／哪怕那山高水又深……」

幾天後，G市的一家小報刊載了一條訃告，坦恩先生家的獵狗遭不明物襲擊身亡……

摩托車騎士特意進了許多份小報，親自拿到街上去賣，不停地喊：「看報看報，坦恩先生家的狗不幸身亡。」

五

「你這傢伙，做得可真絕。」女人抽出握著的手，朝摩托車騎士擂了一拳。

「我這手藝，可當不得你那快三槍。」

「彼此彼此。」女人揮了揮手。

「哪裡哪裡，巾幗已賽鬚眉。」摩托車騎士戲謔地說。

「不是已賽鬚眉，而是不愛紅裝愛武裝。」

女人說完，放肆地笑起來。在好長好長的時間裡，她沒有這樣笑過了。曾經有一段時間，她和摩托車騎士，和原來的許多戰友一樣，也曾金盆洗手了，可是卻無論如何也難以立地成佛。為了一個中國人不願說自己是中國人的偶然事件，她又開了殺戒。摩托車騎士為了一句「支那狗」，也在當地站不住腳了。

「是坐我的電驢子呢，還是繼續開你的那個『破馬』？」摩托車騎士看著女人那輛轎車，對她說。

女人沒吭聲，她看了看騎士跨著的嶄新的摩托車，繞到騎士身後，拍了拍摩托車坐墊，雙腿一分，躍了上去。在摩托車與她的「破馬」擦身而過時，她左手霍地掏出一把尖刀，略一欠身，朝「破馬」左前輪扎去。

「破馬」前輪「哧」的一聲，癟了。車身朝前傾斜下去。

女人高興得大聲喊叫。

女人不是為扎壞「破馬」的惡作劇高興得大叫，而是為自己的矯健身手不減當年自豪不已，為在路上碰到了革命戰友興奮不已。

摩托車風馳電擊般往前駛去。

女人摟著騎士的腰，臉貼著騎士的脖頸，一瞬間便像成了情侶似的。只是她和騎士說的不是情話。

女人問道：「怎麼，焦司令改變主意了？」

「焦哥只是要我們分頭趕去集合。」騎士大聲回答。

「他肯定是改變主意了，」女人興奮地說，「不然，他不會要我們趕去。他媽的，這些天來，我老是躲躲藏藏的，人都躲膩了。」

「我想是用不著再躲躲藏藏了吧。」

「焦司令其實是過於擔心，那些王八蛋都是些烏合之眾，有什麼可怕的？」

「對，老子在緬甸戰場打仗時，他們還沒出道呢！」

「那些資產階級敗類，怎麼會是我們的對手。」

「經過無產階級文化大革命鍛煉出來的戰士，在這世界上怕誰？」

騎士和女人同時喊著YES。

這個女人和騎士的話，怎麼的都像是在那場史無前例的無產階級文化大革命中的對話，然而，他們正在奔馳的這塊土地，確是已經遠離中國的異地。

女人和騎士本來的確互不相識。在這塊異國的土地上，無論是誰，只要見面時能夠互對「最高指示」，彼此便已是親密的戰友。為了一個共同的目標，他們可以置生死於不顧。「最高指示」，在這裡成了他們的接頭暗號。

他們是怎麼來到這個國家的？他們要在這個國家幹什麼呢？他們說的那些資產階級敗類是指哪些人呢？他們所在的國度當然是資本主義國家，他們整天面對的已全是資產階級，他們難道是要在這個資本主義國家重新點燃無產階級文化大革命的烈火？就如同當年文化大革命開始後不久，真的有紅衛兵小將在國外造反一樣？

就在女人和騎士向他們的目的地進發的同時，在這個國家的其他地區，按照「最高指示」聯絡起來的親密戰友們，也在陸續地向著同一個地方進發。

他們當然都是祕密而行。但在他們的心中，又彷彿是紅旗獵獵，戰歌飛揚。他們中的一些人，甚至唱起了改編的「紅衛兵戰士最聽黨的話，哪裡需要到哪裡去，哪裡出事哪有咱，大哥要咱打鬼佬，背起牛仔包就出發……」

這些歌他們可以放聲唱，反正鬼佬聽不懂。但他們唱出的又不全是豪情，豪情早就隨著漂泊不定的生活，被歲月消磨得所剩無幾。他們的放聲高唱中，其實夾雜著一種無奈的發洩。

第二章

目標——「解放」唐人街

六

這是一個美麗的雪國城市，一年中差不多有一半時間，覆蓋著皚皚白雪。從十一月一直延續到第二年三月。離奇挺秀的山峰，形態多姿的岩石，幽靜雅致的家園住宅，參天的柳杉以及古稀的松柏，一切的一切，都披著銀白的雪花。

每年冬天，這裡的人們都要在聯邦廣場上舉行一年一度隆重的雪的藝術祭。圍繞著整個聯邦廣場，點綴著各式各樣奇異的用雪塑造的藝術珍品，有愛斯基摩人的房子造型，有美麗的花神降雪，有花樣滑雪者優美的滑雪姿勢，有竊竊私語、情投意合的香玉倩影，有踮著足尖、穿著短裙、跳著優美舞蹈的芭蕾舞演員，有生氣蓬勃、氣宇軒昂的進軍中士兵，有豪華舒適的轎車模型以及各種各樣的奇獸怪物等塑像。雪的藝術祭吸引著世界各地的旅遊者。

就在這雪的藝術祭即將到來之際，一場特大的黑幫火併行動也在醞釀之中。

踏著積雪，一個印度人走進了公用電話亭。

這個人朝四周看了看，見沒有什麼人，撥通了一個由對方付費的電話號碼。

電話接通後，這個人低聲地說：

「頭，去『上（隱語：殺）』那個女人的阿三不見了，怎麼找也找不著。我擔心他沒『上』了那個女人，反而被那個女人『上』了。」

「他媽的，這個沒用的混蛋，混蛋！」頭在電話那邊罵了起來。

「頭，我等待你的指示。」

「有那個女人的線索嗎？」

「暫時沒有。」

「混蛋，都是些混蛋，一定要把那個女人『上』了！」

「是，一定『上』了。頭，我發現了G市賣書報的那個支那人，這個人我當然認識，他在大白天敢對阿佬開槍，又總是大搖大擺地騎著輛摩托車，誰不認識？」

「好了，說明確些。」

「是，頭兒，他這回是騎著摩托車趕回G市，摩托車後面坐了一個女人。」

「坐了一個女人?!」頭似乎來了興趣，但又好像不敢相信似的自言自語，「那個女人難道會冒險重回G市？她難道不知道不光是我們在找她，警察也在找她？不可能，不可能是她，也許是那傢伙的情人……」

「頭，要不要盯上他？」

「對，盯上他！那傢伙肯定是支那幫的，不然沒有那麼大的膽量。你想法和他接近，讓他相信你，他也許知道那女人。」

「我會安排好的，請您放心。頭，如果從他那裡得知了女人的下落，要不要『挪動（隱語：幹掉）』他？」

「最好不要『動』他，免得打草驚蛇。」

「頭，我提個建議，管他那輛摩托車後面載的女人是誰，總要注意安全（隱語：製造車禍），反正是個支那女人。」

……

這個人掛了電話後，在街上轉了幾個彎，進入了一家超級市場。

七

騎士載著女人又回到了G市，摩托車在一棟豪華大樓前停下。

女人和騎士走進一間掛有金字招牌的公司總經理辦公室。

總經理辦公室內，一位武高武大的中年男人坐在老闆椅上。

騎士喊道：「焦哥，奉命報到的人來了！」

女人則喊道：「焦司令，我『胡漢三』又回來了。」

這個焦司令就是他們的頭。可這些在異國他鄉的戰友，男的都只喊他焦哥，只有這個女人——劉玉玲喊焦司令。因為在文化大革命中，她和焦哥確實是在一個戰鬥司令部，焦哥確實是她的司令！

被喊做焦哥和焦司令的中國男人站起來，上前緊緊地握住騎士和女人的手，笑呵呵地說：「好，好，萬事具備，只欠東風了。只等翰老弟把貨物運到，我們就可以動手了。」

女人說：「焦司令，你終於下定決心了啊！」

「對，決心已定，重拳出擊，再也不能貽誤戰機了。」

幾天前，女人和這位焦司令還發生了一場激烈的爭執。爭執的焦點就是到底要不要重拳出擊。

女人在出了事後，根本就沒離開過G市。最危險的地方最安全。在這些日子裡，她的主要目的是要說服焦司令立即動手大反擊，但焦司令總是認為時機還不成熟。

女人說：「焦司令，現在形勢不同了，不能再用『敵進我退，敵駐我擾，敵疲我打，敵退我追』的十六字令戰術了，游擊戰術現在對我們來說已經過時了，應該根據不同情況活學活用了。」

焦司令說：「還是不能操之過急啊，欲速則不達，你知道嗎？戰國時期秦國之所以能稱霸，運用的就是『遠交近攻』，那個『遠交近攻』實際上就是『和打結合』，既要爭取和平談判，又要作好打的準備，以和平談判，爭取人心，以武力作為和談的後盾，贏得不打則罷，打則必勝的時間。」

「和談和談，能談得成功嗎？」女人氣憤地說，「秦始王之所以能『橫掃六合』，一統天下，靠的是什麼，靠的還不是武力?!不靠武力，那些什麼齊國、趙國、楚國，能把國土讓出來嗎？」

「可你不要忘了秦國那個張儀，」焦司令笑著說，「他硬是把蘇秦的『連衡』政策徹底破壞，才使得秦國能將六國一一擊破……」

「好了好了，不要再說那些對我們此時毫無用處的歷史了。」女人高挺著顯得緊繃繃的乳胸，話語咄咄逼人，「你只說，到底打還是不打？」

「打是要打的，只是還不到時候。」焦司令望著窗外又已紛紛揚揚飄起的雪花，「你想想，鬼佬們雪的藝術祭就快到了，警察們還不在抓緊做治安保衛工作啊？這個時候出擊，你想讓他們槍打出頭鳥嗎？」

「這正是出其不意，攻其不備的最好時機！」女人說，「最危險的地方也正是最安全的所在。焦司令，不要用我們大陸警方的思維來套這些鬼佬警方的思維，大陸警方是逢年過節上面統一佈置，如同搞運動，大清洗，好宣傳大好形勢；鬼佬警察是講究職業負責，什麼時候都一樣，特別是到過節，他們也要過，該喝酒的照樣喝酒，該玩耍的照樣玩耍。還有最主要的一條，我們雖然罵鬼佬，可也得講究實事求是，這個國家他媽的是治安環境最好的國家之一，如果不是那些王八蛋欺人太甚，誰願意再開殺戒啊？這也是『人不犯我，我不犯人，人若犯我，我必犯人。』」

「可是，在他們最熱心的藝術祭到來之際動手，這個影響，還是太大了點呵。唉，潔白無暇的雪界啊，因為我們，你又要蒙受污垢了喲！」焦司令發起感慨來。

「在藝術祭之前幹完，然後，大家都高高興興地參加雪的藝術祭，不就什麼事都沒有了嗎？我們，也到雪的藝術中去狂歡。再說，收拾幾個和我們也相差不多的亞洲佬，對這個國家來說，同樣是外國人，不會引起太大的風波。」

「還是得從長計議，從長計議。」焦司令依然顯得很遲疑。

「你什麼時候變得這麼優柔寡斷了呢？我的焦司令先生。」

「我變得優柔寡斷了嗎？」焦司令掏出一支煙，微眯著眼睛，故意似笑非笑地看著女人。

「我討厭你這麼看我的眼神。」

「可我喜歡呀。」焦司令想用曖昧的話來平息女人的激憤。

「你以為我還是當年的那個劉玉玲嗎？」

「在我心中，你永遠是。」

「算了吧，焦司令，你又想來哄騙一個癡心的女人吧。」

「豈敢豈敢。我什麼時候哄騙過你啊？」

「我懶得聽你這些廢話，你只說，到底打不打？」女人來了火。

沒等焦司令回答，她又說：「你不打，我就走了，等你覺得到時候了，再來找我！」女人說完，轉身便走了，連句告別都沒有。

焦司令望著她走出去的背影，反而泛上微笑。因為焦司令太瞭解她了，就如同瞭解自己。在他們這個組織裡邊，沒有等級分明的那些所謂嚴密的玩意兒，更不會像電影電視裡常出現的那些鏡頭：有人敢頂撞老大，不按老大的意思行事，或者有些許事兒觸犯了老大，當他或她從老大面前退出去後，老大立即朝身邊的人呶呶嘴，或者使一個眼色，打一個榧子，身邊的一條大漢或兩條大漢立即會意地跟出去，或一槍，或一刀，或從後面將該人的脖子一扭，結果了。全沒這麼些事！也用不著這些事！焦司令和他的部下都是「長在紅旗下，根正苗紅」的革命接班人，雖說這個「革命接班人」此時早已不適用了，但他們的革命信念一到了關係到切身利益的關鍵時刻，依然很強。別說是和焦司令幾句話頂撞，這是很正常的民主辯論；就是被抓被捕，也不會反水叛變。他們用不著以什麼嚴密的組織、嚇人的幫規來約束。幾乎相似的經歷和現在走著的同一條路就是最可信賴的規章條文。就如同一種信念，一種理想，還有什麼比真正具有信念、具有理想更能約束人的呢？

現在他們的信念，他們的理想，就是一致團結對外，打下屬於自己的地盤；在真正屬於自己的地盤上，發展他們的所謂事業。

八

還是那座位於G市近郊的鄉村俱樂部，從表面看，和平常沒有什麼兩樣，該娛樂的照常在娛樂，該酗酒的照常在酗酒，只是在一間供內部使用的餐室裡，裡裡外外站著十多條戒備異常的大漢。餐室裡的壁爐燃著熊熊火焰，天花板下掛著木製的枝形吊燈，牆上掛著各種獵物。從餐室的窗戶往外望去，白雪皚皚的山巒，依稀可辨。有著完美景致的餐室和那些大漢形成極不協調的氣氛。

餐室裡坐著一個頭兒模樣的人。有人進來對他說：

「支那焦來了。」

「他帶了幾個人來？」

「就他一個。」

「帶了武器沒有？」

「全搜遍了，沒有。」

「好，要他進來。」

這個頭兒說的支那焦就是焦司令。

和焦司令辯論的女人一走，焦司令就吩咐身邊人，立即約對手見面，進行談判。他的身邊人也個個是會動腦子，有一定理論武裝的「自學成材」的知識人員。身邊人很快就向他報告，說對方雖然很傲慢，但同意和司令在鄉村俱樂部見上一面，只是得要司令親自上他們那兒去。焦司令回答說，行，我立馬就去。

焦司令如同關雲長單刀赴會，只是連「刀」都不帶，他知道帶著那「刀」一點兒用都沒有，如果人家真要在你赴會時下手，你那「刀」帶得再多也架不住人家用藏在暗處的衝鋒槍掃射，一個人身上能被穿幾個孔呢，穿一個孔你就完了！誰真有在槍子兒橫掃的情況下滾來滾去、跳來跳去，甚至翻跟斗躲避的本事啊？你再會滾再會跳再會翻跟斗，也沒有槍子兒速度快。槍戰片中那些翻跟斗跳來跳去的玩意，全是蒙人騙幾個票錢的。焦司令之所以敢於去，是他斷定對方此時還不會開殺戒，對方仍是想以威懾、恐嚇來獲取地盤，讓焦司令的人馬乖乖地滾出去。

焦司令走進鄉村俱樂部，一個漢子要他站住，他知道是要搜身，這些玩意他見得太多了。他主動把雙手放到頭頂，笑吟吟地說：「只管搜，只管搜，我連一支鋼筆都沒帶。」對方並不因為他的幽默而放鬆職責，非常仔細地將他全身搜遍後，才做了個要他跟著走的手勢。

焦司令一邊走一邊看著那些排列在兩邊的大漢，不斷地稱讚著他們長得結實，長得威武，個個都是當御林軍的好手。他怕自己說的御林軍這詞兒人家聽不明白，又將它說成是當總統保鏢的好手。他終於說得一個漢子笑了，說這個支那人有趣，挺有趣。

他走進餐室。餐室裡坐著的頭兒開門見山：

「支那焦，你來的目的是什麼？」

「尊敬的先生，我如果能和您，我們中國人和貴方，在這個美麗的地方舉行雞尾酒會，舉行聯誼晚會，我們望著那皚皚白雪覆蓋的群山，共同舉杯，祝你們身體健康、長壽、萬事如意，也祝我們身體健康、長壽、萬事如意，那該多好啊！」焦司令打量著極富鄉村氣息的餐室，回答說。

他的話，立時使得餐室裡的氣氛在無形中緩和了下來。

「還是直截了當地說吧，支那焦，我不喜歡轉彎抹角。」

「尋找和平！我來的唯一目的，就是尋找和平。」

「你要的和平難道就沒有條件嗎？」

「沒有條件，只要能達到和平，我們是毫無條件！和平多好啊，想想看，天空有和平鴿子在飛舞，地上有和平鴿子在跳躍，我們相互之間在和平的天空下，在和平的城市，互不干涉，互不仇視，你們從事你們的事業，我們從事我們的事業，我們還可以攜手對付那些討厭的警察。尊敬的先生，這樣不是更好嗎？」焦司令慷慨激昂地說著，彷彿他是一個和平使者。

「尊敬的先生，這是我的英語表達能力欠佳，我說的是先生只管將條件提出來。我在這兒洗耳恭聽呢。」

「支那焦，你學會了西方人的幽默。我的條件還能是受拘束的嗎？」

「尊敬的先生，你提出的條件，我一定盡力滿足。請先生不受任何拘束地提出來。」

「支那焦，你沒有條件，我可是有條件的！」

「好，支那焦，你聽著，第一，你們的人，必須立即從G市撤出去。」

「我聽明白了，尊敬的先生，我們的人，立即從G市撤出去。」

「第二，W市，皇港北區，也不應當是你們的地盤，也要撤出去。」

「我也聽明白了，也要撤出去。」

「第三，那個殺死我們的吉爾的支那女人，是不是你們的人？要立即把她交出來。」

「那是一個中國女人，但絕對不是我們的人，我們從來沒有做過一件對貴方不友善的事，尊敬的先生，您想想，你們擁有這麼多精兵強將，擁有這麼多完全可以為總統當保鏢的人。」焦司令朝站立的大漢們指了指，「我們就是吃了豹子膽，也不敢在太歲頭上動土啊！」

焦司令的話讓漢子們覺得很自豪，他們將身板挺得更直了。

「不過，那個損害了貴方的中國女人，我們可以協助貴方捉拿。當然，我們是不會動手將她捉來送給貴方的，因為我們畢竟都是中國人，這一點，貴方一定能夠理解。但我們只要一發現她的行蹤，我們就通知貴方，同時得請貴方為我們保密，不要洩露出去，否則的話，我們會成為所有中國人的敵人。」

「嗯。」頭兒點了點頭，「支那焦，這點，可以為你保密。」

「尊敬的先生，您應該稱我為密斯脫焦，不應該再喊我支那焦。我們已是朋友了，朋友之間免得產生誤會。您一定知道那個大白天對著阿佬開槍的中國人吧，他為什麼開槍呢？他敢對阿佬開槍，不但長了中國人的志氣，也長了你們的志氣啊！你們在阿佬眼裡，也是外國人啊！阿佬們不同樣給你們氣受啊？這個開槍的人，倒的確是我們的人。」

「打阿佬我們也不反對。」

「所以我們有著共同的利益嘛。我們中國的偉大領袖毛澤東先生說過，在工人階級內部沒有根本的利害衝突嘛，所以我們也可以團結起來嘛。」

「密斯脫焦，還是談我們之間的條件。」

「毛澤東，ＯＫ。」頭兒聽焦司令說到毛澤東，豎起了拇指，但又很快意識到話題有點不對頭。

「對對對，談條件，用我們中國人的話說，還是言歸正傳。言歸正傳。」

「第一條，你們能否接受？」

「當然接受，如果連這一條都不接受，我們之間的對話，還能繼續下去嗎？那還不是一談就崩嗎？」

「嗯，密斯脫焦，你很聰明。你有著外交家的才幹。」頭兒以「大國」對著「小國」的姿勢說，「你如果能到我們這邊來，我們也會歡迎的。我們也需要你這樣的人才。」

「謝謝您的誇獎，我如果在先生手下，我一定為先生盡忠效力；但現在的事實是，我不在先生的手下，我就得為我現在的弟兄們效力。這就是我的原則。」

「好，好，是條漢子！現在我們說第二條吧，第三條就不用說了，你已經回答了。」

「第二條嘛，原則上接受，但是，您總得給我點時間啊，我不能一忽隆的全撤走，總得給弟兄們安置安置，讓他們有個謀生的地方，否則，他們也會造我的反啊！」

「好，你很爽快，我也不能太為難你，給你三個月時間，怎麼樣？」

「謝謝先生，我不需要三個月，在兩個月內，一定撤出。只是第一條，先生能否寬限我一個禮拜的時間。」

「一個禮拜?!」

「更明確點說，休息日不算，大家都要休息嘛，五天，就五天時間，五天後沒撤出，任憑先生處置。」

焦司令的這句話讓頭兒很滿意，他站了起來：

「那就請密司脫焦嘗嘗我們鄉村餐室的野味吧。」

頭兒的這句話宣告談判結束。並且請簽訂了「喪權辱國」條約的對手喝酒，以炫耀「大邦」的威風。

一聽說請他喝酒，焦司令毫不推辭。

「喝酒，太好了，太好了。本先生愛的就是喝酒。而且，是在這麼富有鄉村氣息的地方，啊，真是酒不醉人，人要自醉了。」

「你說什麼？我們的酒不醉人嗎？」頭兒不高興地說。

「NO，NO，你完全誤會我的意思了，這是中國的一句古話，意思是，這樣的酒還沒喝，一看見就已經醉了。」

「原來是中國的古話。」頭兒又來了興趣，「中國的古話很有哲理，但是也很費心思，得像猜謎語一樣地去猜。」

「所以嘛，我們有很多增進友誼的話，就被貴方給誤會了。」

「有些也許是誤會，但更多的是，中國的古話很狡猾。我說的對不對，密司脫焦。」

焦司令大笑起來。

「但是，中國古話再狡猾，我們也有對付他的辦法。那就是，拳頭！」頭兒做了個拳擊的姿勢。

「弱國無外交啊！」焦司令情不自禁地用中國話說了出來。

「你說什麼？」聽不懂的頭兒警惕地問。

「中國古話。還是中國古話。」

「這句中國古話又是什麼意思？」

「這句中國古話是說，怎麼說呢？就是說，我必須服從你的安排。」

頭兒得意地大笑起來。

「上酒，上酒！」

焦司令和他的對手們頻頻舉杯。頭兒在碰杯時對他說，他們也是不希望兵戈相見的。頭兒只是恨死了那個槍殺吉爾的支那女人，希望密司脫焦能儘早告訴他們那個女人的下落。

「當然，密司脫焦，你如果能親手把那個女人抓到，交給我們，那是再好不過了，密司脫焦，你就是我們真正的朋友了！」

「為了我們能成為真正的朋友，乾！」

焦司令一飲而盡。他的酒量，令在場的人個個吃驚。

九

名叫英特拉的頭兒拍了拍手，魚貫走出七八個袒露著肚皮的舞女，餐室內的人舉著手中的酒杯往兩邊閃開，舞女們開始扭動著纖細的腰肢和豐腴的臀部。

壁爐裡的火越燃越旺，餐室裡溫暖如春。喝著酒的漢子們睜著被酒精漲紅的眼睛，瞧著一張張越扭越快，越扭弧度越突出的臀部，不斷地發出叫聲、喝彩聲和噓聲。

一個如水蛇般扭動著的黑人舞女扭到了焦司令面前，不斷地向他做著前俯後仰的性交舞姿。

似乎已有幾分醉意的焦司令斜睨著眼睛，望著黑舞女那微笑著露出雪白牙齒的敦厚嘴唇，雙手鼓掌，擊打著節拍，表示出淫慾的欣賞。

端著酒杯的英特拉走到他身邊。

「怎麼樣？密司脫焦，喜歡這種氣氛嗎？」

「美酒加美人，真是太美妙了。」

「那麼，到底是喜歡美酒呢，還是喜歡美人啊？」

「魚和熊掌，都是喜歡的哪。」

「魚和熊掌？這裡哪有什麼熊掌？」

「魚，就好比美酒；熊掌，就好比美人。」

「NO，NO，這個比方不恰當。熊掌少，美人多。美人，我們多的是。」頭兒想了想，又說，「呵，密司脫焦，我明白了，你是美酒美人都想要。」

「YES。」

「想要就想要嘛，舉出個什麼魚和熊掌來。真是不爽快。」

「乾杯，乾杯！乾杯我總算爽快吧。」

焦司令端起自己的杯子，忙和英特拉碰杯。

黑女人在焦司令面前扭動得更厲害了。瞧著黑女人的扭動，焦司令高舉著的酒杯都似乎忘記了放下。

看著焦司令的那副貪婪相，英特拉心裡好笑。

「喜歡就把她帶到那裡面去吧。」英特拉朝旁邊的小屋呶了呶嘴，「你可以去盡情享受。」

「我，可以把她帶回去嗎？」焦司令朝自己指了指，又指指舞女。

「ＯＫ。對於朋友，我們是從不吝嗇的。」英特拉朝黑舞女打了個榧子。

黑舞女立即停止扭動，緊挨著焦司令坐下，一條腿架到焦司令的腿上，不停地磨蹭著。焦司令的一隻手立即搭在她裸露的肚皮上。

英特拉對著黑舞女的耳邊說了幾句什麼，黑舞女大笑起來，笑得渾身直顫抖，雪白的牙齒閃著寒光。

有了這個黑舞女，焦司令對酒會都不感興趣了，他結結巴巴地對英特拉說：

「我，能提前離開嗎？」

「等不及了，哈哈，密司脫焦，等不及了。」英特拉淫笑著打了個脆響的榧子。

焦司令帶著黑舞女向英特拉先生告別，離開鄉村俱樂部後，英特拉對身邊的人說：

「這小子，也是個色鬼。他準保以為我給他的這個女人是個間諜，我就是要讓他虛驚一場。虛虛實實，下次再給他個真間諜時，他反而不會提防。」

他得意地又打了個脆響的榧子。

果然，焦司令一回到自己的房間，就將黑舞女像剝粽子一樣剝得精光，把她所有的衣服、首飾，連鞋襪都徹底進行檢查。

什麼都沒有。

只有躺在床上一絲不掛的黑色軀體驚訝地大張著嘴，看著他那些不可思議的動作，以為他有什麼特別的怪癖，要玩什麼特別的花樣。

當焦司令帶著她一進屋就將房門關上時，她還以為這個男人也會和她打過交道的男人一樣，先摸出一瓶酒來，放上些催情的藥粉，然後非常紳士地說：「小美人，你難道不願意乾上一杯嗎？」乾完杯後，才會要她脫衣服。可是這個男人一關上門，竟然就迫不及待地動手來脫她的衣服。

她不相信像這樣的男人會是很久沒近女人了而餓成這個樣子。當時她「噗嗤」笑了一下。她說：

「瞧你這副饞相，要脫也得讓我自己來呀！」

她正要自己動手脫，可這個男人一把將她的手扭住，惡狠狠地說：

「別動！現在還不是你動的時候。」

男人剝光了她的衣服後，將她猛地摔到床上，她以為他就會像條惡狼一樣地撲上來，對於這種惡狼，她倒是一點也不害怕。她知道這種人是來得凶，去得快，根本就沒有什麼「戰鬥力」的，到時候只能引起她的嘲笑。然而，男人只是站著，一動不動，非常認真地看著赤裸的她。

這個人是怎麼回事了呢？

「你來啊，來啊！」

黑色軀體終於在床上扭動起來，召喚著他快來。焦司令看著那黑黝黝的扭動中唯一閃現的白色誘惑，猛地走攏去，扳開她的嘴，仔細檢查起她的牙齒來。

焦司令害怕她的牙齒裡裝有什麼。

黑女人以為這就是他要玩的花樣，心裡反而安然了。不過如此嗎？玩這個花樣她早就司空見慣。當焦司令鬆開扳著她的嘴的手後，她急切地把頭拱向了焦司令的部位。

「他媽的！」焦司令後退一步，罵了一聲。

「親愛的，來呀。」黑女人故做浪姿，朝焦司令吐出長長的舌頭。顯示她的舌頭一定會讓他特別舒服。

焦司令仍然站著一動不動。

「來呀，我來幫你脫呀！」

焦司令終於確定了這僅僅只是一個賣淫女後，抓起她的衣服，扔了過去。

正當黑女人不知自己是哪一點不合這位主顧的意而惶惶不安時，一疊票子已遞到她面前。

「怎麼，先生，看不上我？」她不接票子，以似乎受到恥辱一般的眼光看著焦司令。

「不，不，你是一個很出色的姑娘。」焦司令緩和了神情，還特意撚了撚她的乳房，「我很忙，我得馬上去談生意，耽誤了你的時間，對不起，這是給你的一點補償。如果你願意，我另外喊一位先生來陪你。」

「我就要你！」黑女人憤憤地叫一聲，「別的人，我不想見。」

「好了好了，寶貝。」焦司令又拍拍她的臉，「下次，好吧，下次我一定找你。」

「下次？」黑女人又變得溫柔起來，「我情願讓你先試一試，我會給你最大的滿足。」

「我絕對相信你，寶貝。現在，你可以走了！」

黑女人明白只能走了，她如同打了一場敗仗一樣，很不情願地穿好衣服。儘管她沒幹什麼就照樣拿到了錢，但她還是很不服氣。

有哪個男人能拒絕了她的誘惑呢？這個可惡的支那傢伙！

她一把抓起焦司令扔在床上的錢，塞進乳壕。

「先生，你剛才說什麼？是說下次嗎？」她忽然還想試一試自己的魅力。

「對，我想也許還會有下次吧。」

「為什麼一定要等到下次呢？先生，你真的就不想再留住我嗎？」

「說下次就下次，這麼囉嗦！」焦司令有點不耐煩了。

「好，好，下次就下次。」黑女人邊走邊說，「哼，下次，下次我還不一定看得上你呢！」

但她走出門時，還是給了焦司令一個飛吻。

望著黑女人扭去的身影，焦司令不由地笑了。他不是笑自己對黑女人的多疑，而是為自己此番去談判的目的已全部達到而欣慰。他就是要讓對方放心，他是會「乖乖」地「滾出去」的。只要你相信我會「乖乖」的，我就能一下致你於死地。正如同一條一動也不動的蛇，你以為它死了，你毫無警覺了，它卻驀地昂頭一口，將你咬死。

要麼不出手，出手就要狠！不但手狠，更得心狠！這是焦司令他們在實踐中練出來的本事。用工作總結來說應當是摸索出的經驗，但經驗歸經驗，那依然帶有理性的成分。只有本事，那才是理論和實踐的集中一體。

焦司令用那雙深邃莫測的眼睛望著窗外，他內心的竊喜誰也不可能知道，他認為他的「綏靖」政策已令對方上了當。

他摸出一支煙，長長地噓了一口氣，感歎道，正是天助我也！出其不意，攻其不備，這可是上了兵法的呵。此時正是打對手一個措手不及的好時機，因為就連自己的人也沒想到，就連對手最恨的那個女人——劉玉玲——他的得力女將都沒想到。他迅疾走進那間名為總經理辦公室的司令部，通知人馬祕密集中。

然而，他那雙深邃莫測的眼睛裡面，仍有一絲焦慮。

焦司令其實最擔心的是他的親密戰友翰老弟。他早已祕密通知翰老弟火速將軍火武器運來，但仍然沒有消息。這個翰老弟在文革中曾經很有名氣，一提起他創作的節目，許多老紅衛兵還記憶猶新。而在焦司令的隊伍中，他有「飛天王」軍火專家之稱。他走私軍火的手段令人嗔目結舌，後文有專門關於他的敘述。

如果翰老弟失手，那就將失去最好的戰機。因為他這回的目標是：徹底「解放」唐人街。

如同其他的國家一樣，N國的華人在這個國家的主要城市都有自己的唐人街。焦司令和他的戰友們來到這個國家後，當然也得在唐人街落腳立足。可是很快，原來在這個國家的印度幫、越南幫等等來到了他們躋身的唐人街。這幾個幫派在唐人街橫衝直撞，全不把中國人放在眼裡，偌大個唐人街，似乎成了「外幫」的天下！

唐人街的華人多為台山人，台山人在這裡一向是逆來順受，老實怕事。因而「外幫」們以為中國人都像這些台山人那麼懦弱，就連N國的警察，也是欺弱怕強。因為大凡警察，在對付黑幫這一社會性問題上，往往是採取縱容一幫，打擊另一幫，坐收漁翁之利。而贏了的一幫，在控制了地盤後，又往往能階段性地維持該地盤的穩定。只要不是太和警方過不去，雙方便相安無事。

焦司令和他的戰友們雖然是才來此地不久，但看著印度人、越南人，竟敢在中國人的地盤上橫衝直撞，用他們慣用的話來說，是可忍？孰不可忍！特別是印度人，一九六〇年在他們挑起的中印邊界糾紛中，就已是中國人的手下敗將。可到了N國，竟然還敢欺負中國人，不給他們些厲害瞧瞧，還行嗎？先穩住印度幫，爾後拿他們開刀！擊垮了印度幫後，再對付越南幫，一個一個來，各個擊破。

十

摩托車騎士陸放翁瀟灑地伏在坐騎上，萊瓦茲區美麗的夜景不斷地湧進他的視線，騎著摩托車在夜景中兜風，實在是一件開心的事。夜總會門口，不時有金髮白膚女人對行人作出妖媚的動作，拋出誘人的眼波。陸放翁放慢速度，做出要停車的樣子，一個金髮白膚女人立即扭著水蛇般的腰肢走過來，剛走到摩托車面前，正要對他開口，他一加油門，摩托車忽地飆走了。陸放翁樂得哈哈大笑。

轉過一個街口，對面一輛轎車像喝醉酒一樣朝他拐來，陸放翁忙往邊上靠，轎車貼著他的左胳膊駛過去，繼續歪歪扭扭往前溜去。他罵一聲醉鬼佬！摩托車卻將右邊一個女人撞倒。

陸放翁一見撞倒了人，慌得連忙跳下車，將女人扶起。

撞倒人的陸放翁難道不會逃跑嗎？他只要將摩托車油門一加，就能跑得不見了。不，在這個國家，交通肇事只要不是事先策劃有意而為，是不會有人逃跑的。立即將受傷者送往醫院並為之交付一切費用，是最起碼的道德。如果有人逃跑的話，路上的人會主動將你的車牌號碼記下來，立即通知警察。那麼等待你的，就是法律的制裁。

「你怎麼樣？傷得重嗎？」陸放翁邊扶著女人邊問。

女人搖搖頭，示意不要緊。要陸放翁鬆開手，她自己能走。

女人剛走了一步，就「哎喲」一聲，蹲下了。

「快，上我的車，我送你去醫院。」

他將女人扶上摩托車，忙往一家醫院駛去。

車子到了醫院門口，他小心翼翼地將女人攙下車，背著女人就往裡跑。

「醫生，醫生，急診，急診。」

「慢慢說，別急別急，先把病情說一說。」醫生安慰他。

陸放翁忙將自己撞了這個女人的事告訴醫生。

一聽說是車禍，醫生趕緊為女人檢查，檢查完後，告訴陸放翁，傷者沒有傷著骨頭，不要緊，休息幾天就沒事了。他這才噓了一口長氣。

在醫院燈光的照射下，他才發現，這個被他撞了的女人長得特漂亮，眉毛特別長，眼睛特別大，但並不往裡凹，鼻樑筆挺，臉上的汗毛孔不粗，長長的脖頸泛著潔白的光澤。

一個標準的亞裔混血美人兒。陸放翁想。幸虧沒將她撞壞，否則，一個天然的傑作就毀在自己手裡了。

醫生給美人兒上了點藥，包紮好後，美人兒對醫生說聲謝謝，又對陸放翁說謝謝。陸放翁說：「你還謝謝我啊？我差點讓你四肢不全了。這是上帝保佑你，也保佑我。如果真將你撞壞了，我，也就完了。」

美人兒笑起來，笑這個中國男子很幽默。這一笑，陸放翁覺得她更美。

美人兒又堅持自己走，但走得咬緊牙關。

「還是我來扶你吧。」陸放翁說，「如果你不反對，我可以將你抱到車上去，這樣你回家的速度至少快上十倍。你回家的速度一快，就贏得了寶貴的時間，一贏得寶貴的時間，閣下就能早點休息，閣下早點休息，玉體就能早點康復，閣下的玉體早點康復，我也就放心了啊！這實際上全是為我在著想呢！」他要開了中國式的貧嘴。

美人兒這回是開心地大笑了。

陸放翁見她不表示反對，雙手將她一托，就抱了起來。抱著往摩托車走去時，一個護士對美人兒說：

「太太，您的丈夫對您真好！」

「我的太太？」陸放翁一怔，隨即說，「我能有這麼美的太太嗎？」

抱著美人兒的陸放翁又想，這個美人兒是標準的體重，看上去那麼豐滿，抱起來一點也不重。

「你家住在哪兒？」他問。

「往前走，該拐彎時我會告訴你。」

摩托車按照美人的指示，往前開去。到了十字路口，美人兒喊道：「往左，往左。」摩托車就往左拐去。美人兒喊著往右往右，陸放翁就往右邊走。有時候美人兒喊著往左他故意往右，美人兒急得連喊錯了錯了，他高興得不亦樂乎。

陸放翁希望送美人兒的路程越遠越好，他將摩托車的速度放慢再放慢，說是為了美人兒的安全。

「先生，你難道不能開快一點兒嗎？」美人兒在他身後說。

「你難道希望我再犯一次錯誤嗎？我告訴你，交通事故啊，十次出事有九次是車速過快。」陸放翁給美人兒講起駕車應注意的事項來。他講得很認真，就好像他不是在送一個被他撞傷的人回家，而是在訓練他的徒弟。

「可也不能這樣慢啊？這跟走路有什麼區別呢？」

美人兒這樣講時，陸放翁分明聽得她在吃吃地竊笑。

「第一，這個速度並不算慢，交通規則上明文規定，在鬧市區機動車必須限速。我為什麼撞著了你呢？就是因為當時我的車速過快……」

還沒等他說出「第二」，美人兒就打斷了他的話：

「可是我清楚地記得，當時你的車速一點兒也不快啊！」

「那是你被撞糊塗了的緣故，當時啊，我是想迅速衝過那個人多的地方，唉，真對不起。」

美人兒又吃吃地笑，說：「好吧，就算我當時確實是被你撞糊塗了吧。那麼，你的第二呢？」

「第二嘛，坐摩托車怎能和走路相提並論呢？走路，那多費勁啊，再說，你還能走路嗎？」

「你不是說要儘快地把我送到家嗎？我說這和走路差不多的意思，是指你這個速度，能『儘快』得起來嗎？」

「不對不對，用摩托車送你和走路有著原則的區別，這是原則問題。來不得半點馬虎。讓一個被我撞傷了的美麗姑娘走回家去，那我算是個什麼人呢？你說對不對？」

「如果我是個醜陋的老女人呢？」

「那就更應該送她回家了。我們中國有位大作家魯迅，你知道嗎？」

「大作家？和泰戈爾一樣的吧。」

「對，就是和泰戈爾一樣的那位魯迅先生，他寫過一篇文章，叫做〈一件小事〉，寫的是魯迅先生清早坐三輪車去上班，三輪車伕不小心撞倒了一個老女人，這個三輪車伕當時完全可以走掉的，因為沒有別的人看見。可他不走，硬是扶著老女人往警察所走去……像我這樣受過小人物的高尚形象教育的人，怎麼會因為被撞傷者是漂亮或不漂亮而來決定自己的行為呢？」

陸放翁很自豪地說著，可沒想到身後的美人兒卻驚訝起來：

「那個三輪車伕為什麼往警察所而不是往醫院去呢？他應當送傷者去醫院啊！」

美人兒的這個問題讓陸放翁著了難。是啊，撞傷了人應當往醫院送啊，送警察所去管什麼用？可讀書時老師教這篇名作時，誰也沒有向老師提出過這個問題。老師沒有得到過這樣的提問，自然也就沒有解答過這樣的問題。可現在這個問題該他來回答了。他怎樣才能回答得正確呢？

陸放翁腦袋瓜子一轉，說：

「那是在舊中國，三輪車伕是個很窮的下等人，他沒有錢送被撞倒的老女人去醫院，所以只能去警察所自首，接受警察的處罰，以求得良心的安寧。」

「車伕會沒有錢？車伕怎麼會沒錢呢？他拉車就應當有錢啊！那個魯迅先生應當給他錢啊！他拿了車錢就可以送傷者上醫院了啊！難道，魯迅先生沒給他車錢？」

美人兒以她自己的現代思維去理解陸放翁講的並不準確的魯迅先生的《一件小事》，讓陸放翁哭笑不得了。他只得說：

「魯迅先生當然是給了車錢的哪，可那錢大概是不夠吧？」

「魯迅先生就不能多給點嗎？再說，他也可以送那個女人去醫院啊！為什麼非得上警察所呢？上警察所只能延誤對傷者的治療。應當先上醫院！救人要緊！如果事件很嚴重，把傷者送進醫院後再上警察所！」美人兒說得很堅定。

陸放翁發現這問題越說越嚴重了，弄不好會有損偉大的魯迅先生的光輝形象了。他趕緊重新去回顧曾經認真學過的〈一件小事〉，說：

「我也被你弄糊塗了，我的記憶全錯了。在那篇文章裡，坐的不是三輪車而是人力車，坐人力車的也不一定就是魯迅先生，而是文中的『我』，是用第一人稱寫的。第一人稱，你懂嗎？魯迅先生寫的這個『我』見巡警走攏來時，的確從口袋裡抓出一大把銅元，也就是錢，給了巡警，要巡警給那個車伕。所以，你的那些疑問，也就全不存在了。」

「可是，那個巡警應當立即送傷者去醫院！他送了沒有？」

「這我就不知道了。文章中沒寫了。總之，這篇文章給了我很大的教育。」陸放翁還想繼續說「教育」，卻聽得美人兒叫道：

「哎，到了，到了。」

摩托車只得在一棟大樓前停下了。

「好了，我再也沒有理由送你上樓了。」陸放翁不無遺憾地說。

「如果我找個能讓你送我上樓的理由呢？」美人兒朝他嫣然一笑。

「那我就能照樣抱著你上樓。」

「那麼我的理由是……」

「既然有理由就用不著說了。」陸放翁不等她說完，將美人兒往肩上一扛，就往樓上爬。

「哎，哎，有電梯。你怎麼不上電梯？」美人兒叫道。

「上電梯我還有表現的機會嗎？」

陸放翁在美人兒的嬉笑中，將她一直扛上八樓。

美人兒從陸放翁的肩上下來，一邊說著「哎呀你把我扛痛了」，一邊掏出鑰匙，打開房門。

陸放翁正考慮自己找個什麼樣的理由好跟著進去時，美人兒已朝他做了個請進的手勢：

「請進吧，勇敢的騎士，我總不能讓一個好心送我回來的人連杯咖啡都不喝，就打發他走吧？那樣，該有人說我太沒有禮貌了。」

此時美人兒說話的聲態，和在摩托車上的時候儼然是兩個不同的人了。她領先走進房間，似乎被撞傷的腿也好得差不多了。

陸放翁跟著走進去。只見美人兒的客廳古色古香，所有的東西都擺放得一絲不苟。一邊牆上掛有幾幅北美古典名作油畫，一邊牆上是書架，書架上立著巴爾加斯・略薩、加西亞・馬爾克斯，還有亨利・米勒的小說。書架旁邊，竟掛著一幅中國畫。

「是個愛好文學藝術的美人！」陸放翁想。

「請你稍等片刻，我換一下衣服。」美人兒走進臥室去了。

臥室門輕輕地關上了。陸放翁走到書架旁，仔細端詳著那幅中國山水畫。裝做很內行而又隨意地欣賞著。心裡卻在猜測著是中國哪位大師的名作，被請進了這個美人的房間。可是他對中國畫實在是個外行，除了覺得好看外，那上面的題詞落款都是草書，印章又是篆刻，根本認不出來。

媽的，中國人認不出中國人的字！他用家鄉土話罵了自己一句。

還是去給這位美人獻殷勤吧。他把看著中國山水畫的視線移開，掃視著客廳裡的古典名作油畫，突然有點拘束起來，他猜想這位美人兒可能是個貴族後裔，是歐洲貴族和亞洲平民浪漫結合的產物，這個產物最後移居北美。她的貴族家族肯定已經衰落，但得到一筆不菲的遺產。所以她受過很優秀的貴族教育，但現在是站在遺產的基礎上自食其力。

一想到美人兒是個貴族後裔，他覺得在這個美麗的夜晚，在這個浪漫的奇遇後，接下來本可以和美人暢談胡聊閒侃，大肆吹牛以博得美人好感的計劃，只怕會破產。

只怪老子讀少了書！他想。但也怪不得老子，老子想讀書時沒有書讀。

他正站在中國山水畫前胡思亂想時，美人兒從臥室裡出來了。

「勇敢的騎士先生，在欣賞貴國的作品啊？」

「呵，對，對，我隨便看一看，看一看。」他怕美人兒提出些有關中國畫的問題。如果是碰上另一個外國佬，他可以假充內行亂講一氣，但在這個美人兒面前，他怕露餡，他實在是連中國畫的基本常識都沒有。

他趕忙轉過身來。他一轉過身，眼睛幾乎呆了。

美人兒換了一套頗似內衣的連衣裙，但絕對不是內衣。連衣裙是白色的，但不透明。有點兒像中國的旗袍，但大腿兩側開叉開得不高。衣領是開放式的，但恰倒好處。於是美人兒高聳的乳胸，乳胸下一馬平川的腹部，修長的雙腿，S形的身段，恰如掛在牆上的那幅中國山水畫，一切都在迷迷濛濛中，讓你看得清，但看不真切；讓你極想看真切，但只有去遐思，才能感悟出其中的韻律。

美人兒好像猜出了他的心思，微笑著說：

「騎士先生，你看了那幅中國山水畫，再看我這身服裝，這二者會有什麼聯繫嗎？」

「唔，唔……」

陸放翁還沒想出該如何回答。美人兒已自顧自地說開了：

「中國畫了不起，很了不起！我就是受中國畫的啟示，設計的這套衣服。請你說說看，中國畫，和我……」

美人兒還沒說完，陸放翁腦子一轉，說這些我是文盲一個，我不和你說山水畫，也不和你說服裝設計，我和你講烹調技術，講吃，講喝，講滿漢全席，講清燉王八紅燒腳魚，講「螞蟻爬樹霸王別姬」，時機成熟了再給你露一手「轟炸東京」。這是俺國人的強項，照樣體現老子的文化水準！但目前的第一件事，是我親自去給你煮一杯地道的巴西咖啡。顯露顯露我的西方飲食手藝。

「對不起，小姐，你答應過請我喝咖啡。我想先喝完咖啡後再談美術與服裝，那樣，我才有勁。」

「呵，對，我這就去煮咖啡。」

「不，小姐，應該由我去，你的腿腳還不方便，我怎麼能忍心讓一位受傷的小姐去為我勞累？你只需告訴我炊具放在什麼地方就行。為了能讓你安心地坐在這裡，等我的咖啡端到你面前，現在，請告訴我你的芳名。」他一邊說，一邊扶著美人兒坐到沙發上。

「安心地坐著和我的名字難道有必然的聯繫嗎？騎士，你太有趣了。太有趣。」美人兒笑得晃動著身子，「看來我是非告訴你我的名字不可了，好吧，告訴你，我叫麗莎。」

「麗莎，太好了，這個名字太美妙了。達・芬奇有幅世界名作，就叫蒙娜麗莎，那是永恆的微笑。那幅名作，畫的應該是你。」陸放翁突然為自己知道些達・芬奇而興奮起來。他想，他媽的，我不懂自己哥們的中國畫，卻能說出些外國畫。我就跟你談達・芬奇吧。

麗莎卻不跟他談達・芬奇：

「我能和永恆的微笑去相比嗎？還是我去煮咖啡吧。」

「請你坐著別動，別動，我一會兒就將咖啡煮好。」陸放翁做著要她只管坐著別動的手勢，轉身欲走。

「你叫什麼名字？勇敢的騎士。」

「陸放翁。我這名字有個故事，待會兒告訴你。」

「哎，我還沒告訴你炊具在什麼地方呢，陸放翁。」

「這還用說嗎？炊具不在廚房裡難道還會放在臥室裡？」

麗莎看著他跑進廚房，很欣賞地搖了搖頭，然後愜意地靠到沙發上。

「麗莎，你的咖啡要不要加糖？」

「麗莎，咖啡馬上就到，你可別睡著了啊！」

陸放翁在廚房裡不斷地喊著麗莎麗莎，沒話找話說。麗莎知道他的意圖，很溫柔很耐煩地回答著。

熱氣騰騰的咖啡端出來了。

「麗莎，咖啡味道怎麼樣？」陸放翁盯著麗莎的眼睛，問。

「好極了。真沒想到你能煮出這麼好的咖啡。」麗莎小心翼翼地品了一口，抿著嘴唇誇讚道。

陸放翁立時像老朋友一樣地侃起來：

「麗莎，我們中國有句古話，叫做不打不相識。我和你呢，是不撞不相識。中國那句古話的意思是說，本來是不相識的，但一打，反而成了朋友。我和你本來也是不相識的，就因為將你撞了一下，所以也就成了朋友。麗莎，你說我們倆，現在也該稱為朋友了吧？你先別說，別開口，讓我來猜一猜，讓我猜中你想說的話。我如果猜中了，咱倆就是朋友了；我如果沒猜中，喝完這杯咖啡我就滾蛋。好不好？你同意，就點一下頭，不同意，搖搖頭。」

麗莎非常感興趣地點了一下頭。

「好，你同意了，那麼，我現在就開始猜。你想說的是，哪裡來的這麼一個不知羞恥的傢伙，騎摩托車撞了人，理所當然地應當送人家回家，人家只是禮節性地請你進來坐一坐，請你喝杯咖啡，你就自以為人家是對你有好感，自稱是朋友了。這樣的人真是少見。行啊，等一下我就要這個不知羞恥的傢伙知道，請你馬上離開是最明智的選擇。對嗎？麗莎。現在你可以開口來當評判委員會的主席了。」

「陸放翁你真是個十八世紀的騎士，你要我來當評判，明明是你說對了，可我偏要說你沒說對，你不就輸了嗎？不過，我還得公平地說，你有一句話是確實說對了。」

「哪一句，哪一句？」陸放翁趕緊問。

「你這樣的人真是少見。就這一句。」

「那麼，也就是說，我其他的話都沒說對囉。哎呀，我真是太幸福了，原來，你不打算要我滾蛋啊？」

「我是那麼粗野的人嗎？」

「還有一點，麗莎，你把我當作朋友了吧？」

麗莎點點頭。

陸放翁跳起來：「我太激動了，我太激動了。麗莎，說，現在你需要我為你做什麼？只要你開口，我立馬去辦。」

「現在，我什麼也不需要你做。」

「不，不，你一定得讓我為你做些什麼？」

「我有什麼讓你做呢？」麗莎思索著

「你好好想想，好好想想，總有讓我要做的事。」

麗莎只好掃視著房間，看能找出點什麼事來。當麗莎的眼睛看著窗戶時，陸放翁說：

「麗莎，你不會讓我從這窗戶口跳下去吧？好，我陸放翁說話算數，只要你說句要我跳，我就跳下去！」

麗莎笑了。

「你真是我從未見過的男人。好吧，我現在要你，把咖啡喝光。」

十一

陸放翁的身影總是縈繞在麗莎心頭，怎麼趕也趕不走。

這確實是她從未見過的男人。開朗，幽默，直爽，油滑，誠懇的虛假，狡猾的忠厚，鹵莽的勇敢，輕浮的實在，幾乎男人身上所有的優點和缺點，都在他身上有機地融合成了令她丟不掉，放不下的——可愛。

那天晚上，她正慢慢地品著陸放翁煮的咖啡時，陸放翁早已將他那杯咖啡喝得精光。

「你就喝完啦?!」她故做驚訝地問。

「嘿嘿，好吃的東西嘛，我就喜歡一下吃光。」

「對於好吃的東西，為什麼不慢慢地，一點一點地，細細品嘗呢？」

她的話裡似乎有話。

「先吃個痛快，再慢慢品嘗，咖啡反正有的是，我想喝時再去煮就是。」陸放翁沒在意她的話。

「咖啡反正有的是?!」麗莎心裡感到不痛快，「這麼說，你的女朋友也有的是囉。」

「什麼，什麼？你說什麼？」

「我是說，你大概有許多讓你去煮咖啡的女朋友吧？所以，你根本就不在乎我的咖啡。」

「麗莎，麗莎，你誤會了。」陸放翁急得忙說。同時心裡一陣高興，這個美人兒，她，是不是對我有那麼點意思了？

「我有必要誤會你嗎？」麗莎的臉沉了下來。

陸放翁一把奪過她的杯子，說：

「我現在就開始慢慢品嘗。只要你不攆我走啊，我慢慢地品嘗到天亮。」

他用麗莎杯裡的湯匙，舀起咖啡往嘴裡送。

「那是我喝過的。」

「你喝過的才更香更甜。」

有什麼辦法呢？遇上這麼一個死皮賴臉的。麗莎的心情一下又被他扭轉得好起來。

「可我還要喝呢！」在他面前，麗莎突然覺得自己可以撒嬌。

「如果你不反對，我喝一口，你喝一口。怎麼樣？」陸放翁狡黠地朝她眨了眨眼。

麗莎不吭聲。

不吭聲就是同意了。陸放翁舀起咖啡，朝麗莎嘴裡送去。

麗莎微閉著眼睛，張開嘴，臉上掩飾不住受到寵愛的激情。

好多年了，她沒有能夠和一個男人單獨這樣相處了。這樣多麼好啊，如果還能躺到他的懷抱裡，由他餵著咖啡，餵著牛奶……再聽他述說著綿綿情話……但是她不敢，面前的摩托車騎士似乎也不敢。

摩托車騎士只是認真地將咖啡餵到她嘴裡。

兩人一時都不說話。彷彿都在慢慢地，仔細地品嘗著咖啡的美味。

陸放翁眼睛一眨不眨地盯著麗莎美麗的嘴唇，唯恐撒出一點點咖啡到她的身上。可是他又想將湯匙搖晃一下，滴一點咖啡到她的胸前，那樣，他就可以裝作替她揩拭，趁機撫摸一下她那誘人的胸脯。然而，他告戒自己，在這麼一個被他視做聖潔的女人面前，絕對不能要痞。

他儘量拖延著時間，好繼續著咖啡的品味。

杯裡的咖啡卻終於完了。

麗莎睜開了並未完全閉著的眼睛。

「沒有了嗎？」她問。

「沒有了。」

「不是完了吧？」麗莎故意說。

「不，不，永遠不會完。」陸放翁知道不能再犯不懂話中有話的錯誤。

「唉，多麼香甜的咖啡啊！」麗莎歎一口氣。

「我這一輩子是頭一次喝到。」

「真的嗎？是頭一次？」

「我不騙你。如果騙你的話，我是小狗。」陸放翁說出了小時候和小朋友賭咒的話。

「小狗，小狗，哈哈，你是小狗嗎？我才是被你餵著的小狗呢！瞧你那麼細心地餵我，就好像我真是你的病號。」

「你是病號我就永遠做你的護士。」

「我才不願做病號呢，我就願意做一隻小狗。」

「應該由我做小狗。不，不，我做一隻小羊。」

「小羊？」

「對，我們中國有一支民歌，我唱給你聽，好不好？」

「唱吧，唱吧。」麗莎又閉上了眼睛。

「我可只能用中國話唱啊。」

「當然哪，中國民歌只能用中國話唱。別的語言是無法代替的。」

陸放翁清了一下嗓子：

「在那遙遠的地方，有一位好姑娘／人們經過了她的帳房，都要回頭留念地張望／……我願變一隻小羊，跟在她身旁／願她拿著柔軟的鞭子，輕輕抽在我的身上。」

陸放翁輕輕地柔情地唱著，美麗的歌詞，美麗的曲調，使他自己也進入了無比的美妙之中。美麗的草原呵！久違了的家園呵！夢境中的姑娘呵！

他唱完了，麗莎卻只能領會那美妙的曲調。

「好聽嗎？」陸放翁問。

「真動人。」

「聽懂了嗎？」

「聽懂了。只是沒聽見那隻小羊。」

「我把歌詞念一遍給你聽。」

陸放翁用英語將最後一段的大意說了一遍。麗莎情不自禁地鼓起掌來。

「變做一隻小羊，跟在姑娘身邊，每天好讓姑娘拿鞭子抽他。哇，太令人感動了。」

「你就是那個姑娘，我變做那隻羊，明白了嗎？」

「太浪漫了，太殘忍了。我可捨不得用鞭子抽你，除非，你做了對不起我的事。」

「我能做對不起你的事嗎？」

「那我就不會用鞭子抽你啊。」

兩人都笑起來。

「可是，對於男人們來說，這只能是一支歌而已。」麗莎似乎不自覺地看了看對面牆上的掛鐘。

陸放翁沒有再不走的理由了。可他就是不起身。

「騎士，在想什麼啊？」

「我，我想看看你的臥室。」

陸放翁突然說出這麼一句，連他自己都感到有點唐突。可是麗莎說：「你想看就請進吧。」

麗莎雖然這麼說，但立即恢復了理智。

能有這麼一個主動提出進臥室的傢伙嗎？除非是早就圖謀不軌。你算是我的什麼人呢？麗莎心裡警惕著，我可不是一個隨便的女人。不過她一點兒也不害怕這個傢伙，你若敢胡來，明天你就別想再去當摩托車騎士了。

麗莎的臥室佈置得非常別緻，床很大，床罩是深色的，梳粧檯鑲嵌著一面古式穿衣鏡，坐到穿衣鏡前，可以看到被反射進鏡中的一盆鮮花，那盆鮮花在鏡子的左上角，人對著鏡子梳妝，就如同在鮮花下。臥室的裡間是浴室，一只很大的浴盆從打開的浴室門可以窺見半截，露出一些誘惑。

麗莎領著陸放翁一進臥室，就故意顯得很疲憊地往床上一倒，「你自己觀賞吧。」她斜睨著眼睛，想看看這個傢伙到底要幹些什麼？

陸放翁對臥室不住地發出讚歎，忽然說：

「麗莎，你是要我觀賞臥室呢還是要我觀賞你呀！」他竟然將穿衣鏡前的椅子搬過來，在床邊坐下。

「主從客便，你想怎樣都行。」

麗莎這句話簡直就是要他付諸行動了。她想著他就會伸出手來，就會來摩挲她的身體，他的手會從下而上來摸呢，還是會從上而下來摸呢？你摸吧，摸吧，摸得我舒服還好說，摸得我不舒服時，有你好看的。

她的枕頭下，有一支手槍。

「不對不對，你這話說錯了，可見你對中國的俗語還不太瞭解。應該是客從主便，怎麼能主從客便呢？」陸放翁坐在椅子上，一動不動，只是把雙眼睛緊緊地盯著她的臉。

麗莎突然覺得似乎有點失望。

她閉上了眼睛。

「睡美人，睡美人！」陸放翁歎道，「好一幅美人春睡圖。」

「現在是春天嗎？現在是冬天！」她的話裡有點不耐煩。

這個男人沒有來動她，這個男人坐在那裡一動不動。她的一個小小的「陰謀」沒有得逞，她覺得自己輸了。第一個回合就輸了。

「在你身上，永遠是春天；在你身邊，永遠是溫暖。我只要看著你，我就覺得滿足，你能讓我就這麼看你一晚上嗎？」陸放翁也許仍在調侃，也許真的陷入了情網。

這是個會討女人歡心的傢伙，也許這就是中國男人的魅力。麗莎閉著眼睛想，不像她平常遇到的那些男人，那些男人一見面就只知道上床，只知道用力量來征服女人。完事後就把一切都忘了，想要你時再來，重覆著老一套。

麗莎忽然感到有點心酸，總算碰上了這麼一個男人，卻是……自己絕不可能和他要好的男人！

一滴清淚，從她眼角淌出。

「你怎麼哭啦？麗莎。」陸放翁著了慌，「是我冒犯了你嗎？是我的話說得不對嗎？我等一下就走，我不守在這裡……」

連陸放翁自己都覺得奇怪，像他這樣的人，什麼女人沒見過，特別是外國女人，一見面就直截了當地說要和她做愛都沒關係，她同意就會和你幹，不同意你就別想幹，全用不著拐彎抹角，可在這個女人面前，他變得像個初次上場的雛鳥，變得全不是摩托車騎士陸放翁了！

他想伸出手去替麗莎擦掉眼淚，但他不敢。

麗莎已經看見了他那伸出來又縮回去了的手。麗莎猛地坐了起來，她一把抓住他的手。

「你不是說會做很多拿手的中國菜嗎？什麼時候請我品嘗？」

麗莎本想抓住他的手按到自己的胸脯上，麗莎本來強烈地想和他做愛，可是她也發覺自己變了，變得不是原來的那個她了。

她害怕他突然走掉，她希望他常來。她願意有這麼個朋友。

一聽麗莎提到做中國菜，陸放翁又來了勁。

陸放翁滔滔不絕地講起了中國菜的奧妙，可是麗莎總有點心不在焉，她打斷了他的話。

「你說你的名字有個故事，你說要講給我聽的，你能先說說這個故事嗎？」

「麗莎，你真願意聽我的故事？」陸放翁一下又顯得凝重起來，「我和我們這代中國人的故事，你就算聽了，也永遠不會明白，永遠不會理解。」

「為什麼？」麗莎眨巴著長長的眼睫毛，恍若剛剛涉世的女孩。

「因為你不是中國人！」

「不是中國人就更想聽中國人的故事。」

「我非常願意將我的故事講給美麗的女人聽。只是，在講我的故事之前，我想放鬆一下。麗莎，我能到你的浴室裡洗一個澡嗎？」

「當然，你去洗吧。願我的浴室能讓你徹底放鬆。」

浴室裡傳出嘩嘩的放水聲。麗莎立即跳下床，抓起一隻男人的皮鞋，很快，一隻小巧的竊聽器，進入了陸放翁的鞋跟裡。

十二

快槍手劉玉玲雖然又回來了，但她尚未明白焦司令的全盤計劃，她只知道焦司令這回是要動真格的了。於是在焦司令的辦公室裡，她仍然是豪氣十足地對焦司令說：

「焦司令，只要我們拿出昔日的威風來，定能殺他個人仰馬翻！」

「宜將剩勇追窮寇，不可沽名學霸王啊！」焦司令仰天而笑。

焦司令的「工會主席」郝仕儒和劉玉玲也齊聲大笑。笑完，劉玉玲說：

「焦司令，這又叫金猴奮起千鈞棒，玉宇澄清萬里埃。我們把那些印度幫、越南幫徹底趕走，不就是澄清了『萬里埃』麼？」

「對對對，下定決心，不怕犧牲，排除萬難，去爭取勝利。」郝仕儒接著說，「焦哥，我們只要有了這股勁，什麼事做不成啊？」

他們每個人的話裡，都引用了毛澤東詩詞和語錄。

「工會主席」郝仕儒曾在香港以走私手錶而在他的戰友們中間名聲顯赫。二十世紀八十年代初，瑞士每年向香港出口一百萬隻成品手錶，同時，蘇聯、日本造的手錶也蜂擁而至。香港成為鐘錶業的「麥加」。僅以瑞士名錶而言，進口的成品手錶才一百萬隻，而賣出去的瑞士名錶超過一千萬隻，可想而知，偽造的名牌該有多少？如果真是用瑞士機芯組裝的手錶，冠以瑞士名牌還說得過去，而實際上，一塊手錶很可能是由蘇聯的機芯，瑞士的錶盤，日本的零件和香港的錶帶組成。於是香港的雜牌「名錶」從天空、海上販運到四面八方、天涯海角。郝仕儒瞄準了販賣手錶的油水，他不出手便罷，出手就「石破天驚」。他以香港的海運港口為「據點」，到停靠的一艘一艘貨輪上進行遊說。

水手們都是些四海為家的人，他們豪爽大方，坦率耿直，什麼世面沒見過啊，要去遊說他們進行某一項事情，能是那麼容易的嗎？可郝仕儒瞄準了他們的心態，更會利用他們的冒險精神。

「兄弟們，想家嗎？」他是這麼開始他遊說的第一句話的。

「誰不想家呢？廢話！」

「你們想家可你們很難和家裡人團聚一次，你們很難和家裡人團聚一次卻並不珍惜和家裡人團聚這麼一次的機會。為什麼這樣說呢？因為你們把錢都在外面胡亂花掉了，根本沒給家裡人帶回去什麼財富。當然，只是一部分人，啊，我說的是一部分人。不包括全部。」

「你怎麼知道我們珍不珍惜？我們這個施尼克瓦先生，就是每天睡夢中都念著他那個家，他把喝加蘇打礦泉水的蘇打錢都省出來，留著帶回家去。」一個水手嚷道。

「那是因為施尼克瓦先生的家裡有一個又嫩又脆的甜蘋果，他怕蟲子把甜蘋果蛀空了，他回去時只能守個空殼。」另一個水手開著玩笑說。

這個水手的玩笑引起一陣大笑。因為說到了女人。長期在海上漂泊的人一說到女人，總是格外興奮。也正是女人，掏空了他們的腰包。每當輪船靠上一個碼頭，水手們上岸的事便只有兩件：找女人和喝酒。

「施尼克瓦先生，是這樣的嗎？」郝仕儒故意加入玩笑的行列。

「別聽他們的胡說。」施尼克瓦應道，「在外面掙的錢都在外面花得差不多了，能有幾個錢帶回去！我和他們一樣，屬於你說的那種一部分人。」

施尼克瓦坦率的話又引起一陣轟笑。他說完，還要補充一句：「有幾個人不屬於那種『一部分人』呵！」

「郝仕儒先生，只有你不屬於那『一部分人』吧？」有人大聲問道。

這些水手們早就將有錢就花當成了一種職業習慣。他們看不起那種心眼兒小，手心攥得緊的小氣鬼。他們以為郝仕儒是要來教訓他們省著花錢，不要在外面胡花，而應當把錢攢起來帶回家去。這樣的教訓他們聽得多了，他們對想來教訓他們的人只能予以鄙夷。

「郝仕儒先生，你是個業餘教書匠吧?!」

「哈哈哈哈。」水手們發出狂笑。因為這個「業餘教書匠」在法國有個故事，是說一個年輕人利用教書去勾引一個貴族有夫之婦。有點像司湯達的長篇小說《紅與黑》中的那個故事影子。

郝仕儒回答說：

「我不是業餘教書匠。但我的確不屬於那『一部分人』，因為我有錢，有花不完的錢！所以我除了在外面可以亂花外，還能帶很多錢回家去。」

水手們一片大嘩。

「有錢算什麼，有錢你就敢到我們面前炫耀啊？」

「他媽的別說你的臭錢，收起你那一套！」

「把他趕出去，趕出去！」

「揍他！揍他個鼻青臉腫，讓他腦袋開花，再將他的錢糊住他的傷口。他不是很有錢嗎？就讓他的錢花到這上面吧。」

「別急，別躁，先生們，紳士們，慢慢地聽我說。」郝仕儒滿臉堆笑，雙手平舉，抬到胸前，又往下壓。

「還聽你說什麼，你要說的那些，我們早就聽厭了。」

「先生們，紳士們，今天，我就是來給你們傳授如何既能大方地花錢，又能給家裡帶回去許多錢的方法。」

「你能有這種本事？」

「你不是來告訴我們那種蹩腳的煉金術吧？」

水手們又是一陣起哄。

「先生們，紳士們，我如果是想來騙你們，告訴你們那些錢變錢，黃銅變金子的騙術，我能走出這條船嗎？」郝仕儒不慌不忙地說。

「諒你也不敢！」

「願意聽我說嗎？」郝仕儒攤開雙手。

「那你就說說看。」有人抱著將信將疑的態度了。
「好，那我就告訴你們，首先，你們要成立工會，組織起維護自己利益的組織。」
「什麼，成立工會?!你就是這麼個點子啊？」
「這就是你說了半天要說的寶貴經驗啊？」
「扯淡，我們大家都是兄弟，團結得跟一個人似的，還要成立什麼狗屁工會啊？」
水手們喧嘩起來，準備要「散會」了。
「你們必須成立工會，選出工會主席，工會委員，然後，我再和你們的工會委員們交談。我今天就住在船上不走了，等你們成立了工會，如果你們還得不到有錢帶回家去的法寶，我就任憑你們處置了，最好的處置辦法是，將我丟下海去吧。」
既然能有這樣的好事，為什麼不試一試呢？何況，組建工會總不是件壞事呀！
水手工會很快就成立了。郝仕儒慷慨激昂，說水手工會就是要維護水手的利益，為水手謀取最大的收益。那麼這個最大的收益從哪裡來呢？
開會！首先召開工會委員全體會議。
開會就能得到最大的收益嗎？
郝仕儒說：「對！」
在與水手工會委員們的「聯席」會議上，郝仕儒將「寶」揭開了。
他對工會委員們說：
「你們現在是水手工會的委員了，你們今後的一言一行，一舉一動，都要代表水手們的利益。為水手們謀利益，單靠要求老闆加工資是不現實的，老闆再加工資，也加不到哪兒去。整個世界經濟都不景氣，老闆們能維持住現狀就不錯了。你們應當替水手們開闢新的財源。」

「這個財源怎麼個開發？」一個委員問。

「做生意。」郝仕儒答道。

「我們能做什麼生意呢？一無資金，二無貨源，三無市場……」

「你們不需要資金，不必擔心貨源和市場。這些，該想的我給你們想好了，該準備的我都給你們準備好了。風險嗎？有那麼一點點，但幾乎等於零。」

有風險?!風險對於水手們來說，正是求之不得的哩。沒有風險，反而沒有什麼刺激。幾乎等於零風險的生意，那不叫風險，而是小孩的玩意。

「郝先生，你快說吧！」委員們開始催促了。

「你們要做的工作，就是讓水手們把那些上岸找女人的冤枉錢少花幾個，這些錢誰也不要他的，你們不要，我更不要，仍舊是他本人的。要他少花的這幾個錢由他自己拿著幹什麼呢？由他自己拿著做生意的本錢。然後一元錢變十元，變百元……賺了錢後，他願怎麼花還是由他怎麼花，但必須包括帶回家裡去的錢。既然已經有工會了，工會就應該是工人的家，這是一個『大家』，這個『大家』也要管他那個『小家』。工會把水手和水手的家庭統統管起來，這個『管』就是關心，就是愛護。人家還不感謝你們工會啊？」

郝仕儒沒費什麼力就和水手工會的委員們達成了協定，即由水手工會發動水手湊錢購買便宜的名牌手錶，水手們買了手錶後，帶到遠東其他港口通過關係倒賣出去。「名牌手錶」的貨源由他提供，他提供的貨源就是他代理的手錶。這種通過組建水手工會走私手錶的妙招，別人能想出來嗎？

一個一個的水手工會被他組建起來了。一個一個的走私市場也被他開闢出來了。具體的販運活動則全由水手們去幹。他把賺來的錢又資助水手工會，捐給慈善機構，救濟偷渡過來暫無衣食著落的人，一時間竟博得「當代羅賓漢」的美稱。崇拜者不計其數。他的戰友們則乾脆喊他工會主席……

劉玉玲問他這手絕活是從哪裡學來的？郝仕儒說是從國際工運理論中學來的。

「你什麼時候學過國際工運理論啊？」劉玉玲笑得要彎腰。

「在實踐中學啊！實踐證明工人階級最有戰鬥力最靠得住是革命的主力軍啊！而水手又是主力軍中的生力軍啊！」郝仕儒說，「你不見當年俄國十月革命砲打冬宮嗎？砲打冬宮的是誰啊？就是水手唄。所以我就堅定地依靠他們！」

「巧舌如簧，巧舌如簧。」劉玉玲邊笑邊說。

「還得不斷學習，不斷學習。」郝仕儒一本正經。

「快槍手」劉玉玲和「工會主席」郝仕儒仍在戲謔地侃著時，焦司令卻歎了一口氣，說：「可我們也該想想是怎麼到了這一步呵！」

焦司令之所以這麼說，是因為他們當年，就是懷揣著《共產黨宣言》，抱著要將世界革命進行到底，解放全人類的宗旨，走出國門的呵！

焦司令唉歎的話，又使得劉玉玲和郝仕儒傷感起來。

「梁園雖好，不是久戀之家啊。」郝仕儒深深地歎了一口氣。

「玲，你這幾天不要隨便出去，他們正在到處找你。不怕一萬，就怕萬一。」焦司令對劉玉玲說。

「我知道。」被親暱地稱作玲的劉玉玲說，「我不會影響你的決策大計。」

「好久沒聽你唱歌了，今兒個唱上一首吧？」焦司令又對劉玉玲說。

「唱首什麼歌呢？《抬頭望見北斗星》？」

「算啦，你還以為真的是在搞文化大革命啊？」焦司令忽然不耐煩起來，「來來來，喝酒，喝酒，我請你們喝正宗的本地土產酒。真正的本地土人釀造的酒。」

焦司令從櫃子裡摸出一瓶顏色棕黑的酒。朝他的兩個部下晃了晃。

「喝，喝，今朝有酒今朝醉。」

三隻盛滿黑色液體的高腳酒杯狠狠地碰到一起。

工會主席郝仕儒將酒一口喝完後，又給自己倒上一杯，他忽然想起一件事，說：

「焦哥，摩托車騎士陸放翁又在下鈎子，吊一個外國女人。」

「他還有這份閒心啊？」焦司令轉動著手中的杯子，「他這幾十年，壞在女人手裡的事可不少哇。」

「騎士嘛，總得不斷地有風流韻事。」劉玉玲插話說。

「我知道摩托車騎士的心思，他是每征服一個外國女人，就是顯示一回中國人的力量。」郝仕儒笑著說，「他應該去當真正的訓馬騎士，將一匹匹洋種母馬騎在胯下。」

「這不會又是工會主席創立的新工運理論吧？」劉玉玲一把奪過他手中的酒杯。

「我說的是外國女人，不含本國女同胞。對於本國女同胞，我們的騎士是愛護有加，愛得像捧著燙手的山芋，捧一個，被燙掉了一層皮，趕緊丟掉，又去捧一個，又被燙掉一層皮。」

「你是說他的愛情很坎坷囉？」劉玉玲問。

「不能說坎坷，只能說他命裡犯女人，是個掃帚星。」

「別說這些了，」焦司令又不耐煩起來，「工會主席你去盯著他，別讓他又在女人手裡栽了跟斗。再一個，我們的計劃暫時不要讓他知道，誰知道那個女人是幹什麼的？」

已經只有三天時間了，運軍火的翰老弟還是沒有消息，焦司令不能不倍加小心。他擔心這個命裡犯女人的騎士又在女人身上惹出什麼大漏子，從而壞了他的大事。他沒想到的是，騎士這回弄拙成巧，反而幫他贏了一個大籌碼。

第三章

行動——砸爛資本主義舊秩序

十三

那一年，我剛滿十七歲。

在麗莎充滿溫馨的臥室裡，陸放翁對麗莎說起了他過去的故事。

下鄉的那天，我記得最清楚，因為那正是我過完十七歲生日的第二天。

你問什麼叫做下鄉？是不是去鄉下避暑？唉，怎麼跟你解釋那個特定時代的特定的名詞呢？有個美國人寫了一本《中國的上山下鄉運動》，你沒有看過？你如果看了，也許能有所瞭解。儘管他那本書寫得很不全面，也很不透徹，所引用的全是當時報紙上登載的消息和文章，但畢竟還是寫到了上山下鄉。

我下鄉下到了美麗的雲南西雙版納。美麗的西雙版納你知道?!你也非常嚮往那裡的自然風光！好，有機會我帶你去一趟，免費的導遊，那裡的一草一木我都熟悉。可是你知道我們對西雙版納是種什麼感受嗎？改天換地的雄心很快湮滅，美麗的異地風光蕩然無存，一切都像一場夢，一切都是一種可怕的幻滅。我們是這麼歌唱「西雙版納」的：

牛車啊馬車啊板板車，
吭哩況啷朝前走，
這就是美麗的西雙版納。

遠看啊綠水啊青青山，
近看是牛屎成堆，
這就是美麗的西雙版納。

你知道我們在那裡受的苦嗎？那些苦當然是你無論如何也無法想像的。你再聽聽我們知青寫的一首歌，歌名叫《精神病患者》，唱的是：「世上人，譏笑我，精神病患者；我有青春被埋沒，有誰同情我。」我們在農村生活難以自立，回到城裡被人鄙視，成為非農、非工、非兵、非學、非商的一群飄泊者。那種內心的痛苦啊，不去說了，只說我是如何差點被打成反革命，差點就被砍了腦殼的。

知青點的生活空虛無聊到了極點，沒有書看，沒有廣播，就連買個收音機聽聽也不敢，隨時會給你安上個偷聽敵台的罪名。青春的躁動又使得我們按奈不住，只要和一個姑娘單獨在一起待一待就感到是一種莫大的享受，後來才知道，這就是青春的生理慾望，無論什麼也無法將它硬性阻擋。這就是渴望戀愛，渴望戀愛之風在偷偷地蔓延，如同患了傳染病一樣。可是政策有嚴格規定，不許知識青年與當地傣族姑娘談戀愛，於是只能在內部偷偷地進行。

戀愛本是件光明正大的事，是人類繁衍的自身需要，連動物都知道求偶，人又怎麼能加以限制呢？可是知青談戀愛總好像不是一件光彩的事，總好像一提到談戀愛就和資產階級連到了一起。更何況現實條件也給知青戀愛釘上了許許多多的桎梏，一想到要戀愛時就先得考慮自身的條件，那就是——

「我夠格嗎？」

談戀愛也得夠格?!對，必須先想到這個問題。因為那時候一想到談戀愛就要和結婚連在一起。作為男的來說，你得考慮你能養活你的對象嗎？作為女的來說，她得考慮男方能養活她嗎？而知青們都是些連自己都養不活的「廢物」！

然而，即算是些連自己都養不活的「廢物」，照樣無法遏止青春的衝動。

在內部偷偷進行的戀愛雖然像傳染病一樣的蔓延開了。但知青內部也很複雜，家庭出身好的自認為高人一等，並且有很多「密探」，專門打探別人的社會關係，只要一得知誰家的社會關係有點問題，就如獲至寶一樣，或到處傳播，或向上彙報。總以看著人家倒楣而沾沾自喜。我下鄉後不久，竟然也被傳出是個有社會關係問題的子弟。這話一傳到我耳朵裡，我立時氣炸了。我打聽到是一個被喊做老獚的知青造的謠，便叫人通知他，我有事要找他，叫他在屋裡等著。

那是一個漆黑的晚上，我將一把「破四舊」時從人家家裡抄出來的電工刀帶到身上。你說我為什麼要帶著刀子去找他？是想決鬥嗎？哎呀，好多事情跟你說不清，你也聽不明白的，你就聽我往下說就行了。不過還是得解釋一下，你知道一個知識青年如果被講成社會關係有問題將意味著什麼嗎？那將是他一輩子也休想抬起頭的開始。而我，確確實實是工人階級出身，我爸爸十三歲就當學徒，我家是真正的「水泥地板」。

「水泥地板」？你當然不知道是什麼意思，簡單地說，就是我的階級成分過得硬，什麼也不必怕。而如果被他講成有問題，那就見了什麼都得害怕。當然，你有一點還是說對了，我就是去找他決鬥的。只是這個決鬥必然要他放血，要他知道我的厲害。

我走進老獚住的房子，對和他同住在一起的其他知青說：「你們都出去，沒你們的事！」

那些知青見我一臉的凶相，不知道出了什麼事，又不敢問，都站起來，悄悄地出去了。當然，也有想看熱鬧的，想看看我到底如何對付老獷。在這寂寞無聊的知青點，打架總是讓人興奮的。

看著那些退出去的人，我又說了一句。我說，你們誰也不要去報告隊幹啊，誰去報告我就對誰不客氣。

當然，當然，老陸，誰他媽的愛打小報告，誰就是活該挨打的對象。一個知青說。

我們知青間彼此都以老什麼的相稱，而從不喊小什麼的。這也叫做自己抬高自己吧。這個知青說的愛打小報告的人，其實指的就是老獷。可見老獷不得人心，同時也增強了我教訓老獷必勝的信心。

待房子裡只剩下我和老獷後，老獷顯見得有點心慌。他結結巴巴地說：

「老陸，你你你……找我，找我有什麼事？」

我將電工刀抽出來，往那張破爛的吃飯桌上一插，說：

「他媽的老獷，你自己做的事自己心裡清楚。」

「我做了什麼事啊？啊，我還能做對不起你老陸的事嗎？」

說來也怪，我將刀子往桌上一插，老獷他反而不害怕了。說話也順暢了，不打結了。

「你真的沒做對不起我的事？」

「沒有，絕對沒有。天地良心，我對你老陸只有佩服。」

我問道：「你佩服我什麼？」

老獷說：「我佩服你靈活機智有膽量，竟敢在鬼子面前耍花槍。」

他竟然用革命樣板戲《沙家浜》裡的話來搪塞我了。可見他根本就沒把我放在眼裡。他為什麼突然如此大膽了呢？我動了點心思，終於發現，他在趁我說話時，已經坐到了床邊，而他坐的那個床邊，有一根鐵棒。

他已經有了武器，他想著他用那根鐵棒來對付我的電工刀是綽綽有餘的了，所以他突然說話來了底氣。

我這人是粗中有細，可以說也很狡猾。當我發現他身邊有一根鐵棒後，我故意慢慢地將電工刀收起，放回了口袋裡。然後說：

「你不是說我的社會關係有問題嗎？請你拿出證據來。」

老獚聽我這麼一說，立即做出了一副非常認真的表情。他說：

「老陸啊，這個問題可不能亂開玩笑哪。這可是一個人的政治生命哪。第一，我不會隨便拿一個同志的政治生命開玩笑，第二嘛，有者改之，無者加勉嘛，也用不著拿刀子來威脅人嗎？就憑你拿刀子這一點，我就可以向隊幹告你個行兇之罪。當然囉，我們之間沒有根本的厲害衝突，我就不去告你了囉，只要你今後注意一點囉……」

一聽他這話，我就知道今兒個晚上找他是找對了。他這像個人說的話嗎？說人家的社會關係有問題，竟然要人家「有者改之，無者加勉」，這是能改能加勉的嗎？正當他還在洋洋得意地顯示自己的「理論」時，先下手為強，我一個箭步衝過去，一拳就將他打倒在床上，再一拳，打得他眼冒金星，不等他反抗，我已將電工刀抽出來，逼著他的臉，說：

「別動，你只要動一下，我就要你還算端正的臉上留下一道永遠抹不去的傷疤，要你一世連個農二姐都找不到！」

「農二姐」是我們對農村姑娘的戲稱，雖說我們也到了農村，而且是來接受再教育的，但總覺得比地道的農民還是要高那麼一層。

老獚這一下服輸了，連聲說：

「老陸，我認錯，認錯。」

我說：「是不是你在造我的謠？」

他說：「我也不是故意造謠，只是隨便說了說。」

我說：「我家到底有不有問題？」

他說：「沒有，沒有。」

我說：「那麼你家裡有不有問題？」

他說：「也沒有，沒有。」

我說：「你家就是有問題，你是資本家的崽，是大地主的崽，是反革命的崽。是牛鬼蛇神的崽……你爸爸當過把頭，當過國民黨特務，當過叛徒內奸維持會長，雙手沾滿了人民的鮮血……」

我也是胡亂說一氣，哪句說得解恨我說哪一句。

我還沒說完，老獱要哭了。他哀求道：

「老陸老陸，你這是往死裡逼我啊，我家要是有這麼大的問題，我早就沒有活路了。」

我說：「那你亂說我，就不是往死裡逼我嗎？你亂說人家，就不怕把人家逼死嗎？說，你是資本家的崽！」

老獱不肯說。我甩手就是一耳光。

「你說不說？我說一句，你就得回答是。我問一句，你只要不回答，我就是一耳光。」

「老陸，你要講究實事求是啊！」

「對你這號人講實事求是，講的人就只有死路一條。說，你是大地主的崽！」

老獱仍然不肯說，「啪」，我又是一耳光。

「好，好，我是大地主的崽。」

老獱終於被我打得喊起來了。

「你是反革命的崽！」

「是，我是反革命的崽。」

「你爸爸當過把頭！」

「是，我爸爸當過把頭。」

……

在外面偷看的知青都笑了起來。

直到把我問的話全回答完，我才放開他。臨走時，我對老獷說：

「小子哎，有種就來跟我『秋後算帳』。老子等著你。」

我在知青點一下出了大名，許多知青因為我也替他們出了一口氣，都把我看做是仗義的哥兒們。

我之所以跟你說這個打老獷的故事，就是讓你知道，家庭出身對我們知青是何等的重要。因而知青內部談戀愛，也講究個「門當戶對」，以家庭出身、社會關係為「門戶」。家庭出身好的如果去找家庭出身差的，一是怕受牽連，二是會有兩個麻煩，一個會說家庭出身好的是蛻化變質，二個會說家庭出身不好的是拉攏腐蝕。

我們知青點裡有一個叫愛華的姑娘，比我小兩歲，本來還不到下鄉的年齡，於是就有「密探」打探她為什麼不到年齡就下鄉？這一打探，探出了她父親是被打倒的「走資本主義道路的當權派」，母親被發配去了北大荒，她也被勒令下鄉。一家人四分五裂，天各一方。這樣，本來一個值得同情的小姑娘，在知青點卻立即備受歧視。加之她又身材瘦小，根本就沒有勞動力，可憐得像頭離群的小羊羔。

其時真正算得上根正苗紅的我，非常同情她的遭遇，主動和她接觸，儘量幫著她做些事。來往的時間一長，漸漸地有了感情。

我之所以敢和她好，是因為我對所謂的無產階級司令部產生了懷疑。這種懷疑不光是看著老幹部統統被打倒，公檢法統統被砸爛，北京公安部八個部長有七個是反革命，只有謝富治一個人是好人。而主要是從下鄉那天起，我對林副統帥林彪都產生了懷疑，認為他是有意在把水攪渾，把一切都打倒。對紅衛兵是卸磨殺驢，我們統統是被他利用了的一顆棋子。當然，我不敢流露出半點這種思想，一流露出來，我就完了，殺頭是不用經過審判的。

我和愛華好，一方面是心理需要，說句實在話，那時候在生理上雖然也朦朦朧朧地想那種事，夜裡睡覺常出現夢遺就是一個明證，我們稱做「畫地圖」。因為床單上總是留下一塊一塊的痕跡。但還真的不敢有所發洩，連「做愛」這個詞都沒聽說過，男女之間的事文雅的說法叫做發生關係，俗話就叫「搞」。男知青和女知青要是發生關係被人知道了，那就是耍流氓；即算暫時沒人知道，沒有避孕工具，沒有避孕藥品，也根本不懂避孕，萬一女知青的肚子拱起來了，那更不得了，更是耍流氓，輕則挨批判，重則被判刑坐牢房。

你說結婚不就得了？誰敢結婚啊？兩個知青結婚靠什麼生活啊？所以談戀愛的知青主要是為了排遣煩惱。身邊有個姑娘，給枯燥的生活增添幾分樂趣，另一方面，就我而言，也是一種叛逆。我就是要和走資派的女兒好，看你們拿我怎麼樣？和走資派的女兒談愛，總不至於殺頭！沒想到，還真的差一點被殺了頭。

為了說明知青談戀愛，完全是為了在窮極無聊中求得一絲慰籍。我再唱首知青情歌給你聽：

猛臘的山來景洪的坡，
大沙河流水蕩清波，
我坐板板車回連隊，
小妹在家中等著我。

長長的辮子紅紅的臉，

小妹的秋波罩過來，
可惜阿哥是近視眼，
小妹的秋波沒看見。

本來下鄉就下鄉唄，修地球修得有口飯吃就不錯了唄，可他媽的知青點名堂特多，白天累得該死，晚上還有這個學習，那個會議，總之就是不讓你安生。一天晚上，開起了批判會，愛華被帶隊的一個姓李的鳥隊長點名批判，因為愛華負責管理的橡膠樹，越長越枯萎，其實那時在西雙版納種橡膠樹，除了生產建設兵團種出些成效來外，因為他們的人力物力畢竟不一樣，凡是在生產大隊、知青點種的，都沒有什麼成效。姓李的鳥隊長眼看著知青點的橡膠樹根本無法向上級報喜，就拿愛華開刀。

鳥隊長說愛華是蓄意破壞，是走資派的女兒與走資派遙相呼應，想把社會主義的知青點搞垮，為資本主義復辟效犬馬之勞，是階級鬥爭在知青點的具體反映。要知識青年提高警惕。這個鳥隊長說，不要以為知青點是世外桃源，知青點的階級鬥爭其實複雜得很。我本來就特別討厭這個鳥隊長，他媽的大夥都是被趕到農村來的，都是來接受再教育的，應該都是一根線上拴的螞蚱了，都是同苦同難的鳥人了，卻還天天來搞這一套，又是你整我我整你，他媽的誰吃你這一套？我就說李隊長你是不是今晚上在哪裡吃飽了撐的，幾棵橡膠樹這樣上綱上線，也不考慮人家一個小女孩能否接受得了，萬一出了事你也跑不了要負責。

鳥隊長立即拍著桌子說：「好啊，姓陸的你自己跳了出來，同志們看看，看看，這就是樹欲靜而風不止……」

我能怕這個鳥隊長嗎？我若怕他我也就不會開口了，老子當年造反雲遊全國時，他姓李的還不知道在哪個角落裡當縮頭烏龜呢！再說連老獷都被我制服了，老獷就沒敢向這個鳥隊長彙報。

鳥隊長一掌拍到桌子上時，正好拍在他自己擺在桌子上的《毛主席語錄》上，我立即以毒攻毒，大聲說：「同志們看見了吧，都看見了吧，他竟然敢拍打《毛主席語錄》，他竟然敢把自己的怨氣發到《毛主席語錄》上，他這是什麼性質的問題？同志們，他這是在發洩對偉大領袖毛主席的不滿啊！他這就是現行反革命行為啊！對一個人的分析，不能光看他的假象，他嘴上滿口是革命的詞語，可實際上呢，他是借機在發洩不可告人的目的。再讓我們去看看他自己負責管理的橡膠樹吧，他的橡膠樹，比愛華同志的還差，都是快死了的。他批判愛華同志的目的，難道不是司馬昭之心，路人皆知了嗎？」

鳥隊長氣得該死，愛華則感激我救了她。

我還是不夠狠心，我抓鳥隊長的岔子純粹只是解解心頭的火氣，嘲弄他一回也就算了。我當時應該立即把他捶打《毛主席語錄》的「反革命行為」向上級彙報，撤掉他的鳥隊長職務就沒事了。我沒想到，他從此把我列入了頭號敵人。

愛華常來幫我洗衣服什麼的了。我也常在晚上約她出去散步，我和她的愛情也就開始了。我們先是談些各自家裡的瑣事，我總是安慰她不要將父親的事當作包袱，我說你這還不屬於家庭出身的問題，那麼多家庭出身不好的人都在忍辱負重，照樣活著，你爸爸還只是暫時被打倒而已，過去說三十年河東四十年河西，我看現在是三年河東四年河西，說不定哪天你爸爸又被解放，官復原職了呢！你爸爸一官復原職，你不又是上層社會的人了嗎！她說我的膽子真大，這些話被人聽了會說是妄想復辟。我說我膽子大的時候你還沒見過呢，以後說不定幹件膽大的事給你看看。說一句復辟有什麼了不起，復辟就復辟，我希望你爸爸復辟你還會去告發我啊？

漸漸地，我和她到了無話不說的程度。這個時候中共「九大」召開了，知識青年天天要慶祝，敲鑼打鼓遊行歡呼團結的大會、勝利的大會，又一個里程碑。一天晚上，我和她在橡膠林裡偷偷地約會時，望著天上不時閃爍的幾顆星星，我突然說：

「愛華，我有一種想法，不知道跟你當說不當說？」

愛華完全誤會了我的意思，她以為我是要和她說兩個人之間的私事，她立時顯得羞澀起來。

她輕輕地說：「有話你就講嘛，還要問我呀。」

我又沉默了。我知道我要說出來的話會嚇她一大跳。

她在等著我要說出來的話，可見我遲遲不開口，她又催促了。

「你說呀！為什麼不說了呢？」

我回答說：「唉，算了，還是讓我一個人悶在心裡好些。」

「是有什麼事想瞞著我吧？」愛華做出要生氣的樣子。

我掐斷身邊的一根小草，放在嘴裡嚼著。小草嚼出來的味道有股苦澀的清香。我使勁地嚼著，坐在身邊的愛華聽見了我嚼出的響聲。

她一把將我嚼著的小草扯了過去，嗔怒地說：

「你到底說不說啊？你再不說，我就要走了哪。」

我仍在思索著，這話到底跟不跟她說。因為我自己也覺得，我的這種想法太可怕了。

「陸，你有什麼事就說出來，啊，不要悶在心裡。你難道還不相信我嗎？我們的朋友關係，已經……已經這麼好了……」

愛華又溫柔起來，她大概是見我不想說，便越發想知道我要說些什麼。她也不敢說和我已經有愛情關係，不敢把「愛情」這兩個字說出來，只能用朋友關係這幾個字來代替。

我說：「我講出來，你不會害怕吧？」

愛華說：「我如果怕你，我還跟你坐在這裡啊？」

我說：「我不是說你怕我，而是，而是我怕我講出來的話嚇了你。」

「什麼話會讓我害怕啊？只要，只要，你……你不提過分的要求。」

愛華把頭勾下了，雙手放在腿上，相互使勁地掐著指甲。這個姑娘，她以為我會說出那既讓她害怕又令她也嚮往的話來。因為說句大老實話，我和她好了這麼久，竟然連親都沒親過她一下，更不用說擁抱了。我們每次偷偷地約會，都只是坐在一起，相互要隔開一個人的距離。那時候我們對親吻擁抱的概念，就跟做愛差不多，以為一親吻一擁抱，肯定就會懷孕一樣。

我終於將想要說的話往外說了，因為我實在是憋不住了。再繼續憋下去，我會冒更大的風險，也許哪一天，我會突然對另一個知青說出來，那樣的話，我說出來的話立即就會被彙報上去。而身邊的愛華，畢竟是我的戀人。我相信，只有跟她說才最保險。

我慢慢吞吞地說：「愛華，你認為『九大』開得到底怎麼樣？」

「什麼，你問『九大』？這就是你要說的話？」愛華顯然大失所望。她的話裡，明顯地有著我太不懂味的意思。

我的確是太不懂情調了。在這麼美好的夜晚，在這麼寧靜的時候，在這麼好不容易才獲得自己一點空間的地方，我，看著坐在身邊的她；她，又已經表示了「只要不提出過份的要求」，那種「過份」，我可以肯定它指的不是接吻和擁抱，而是接吻和擁抱的下一步。那麼，我應該是立即伸出手去，攬住她的肩膀，自己再迅速靠緊她，將她抱在自己的懷裡，然後去尋找她的小嘴，把我的嘴貼上去，再去尋找她的乳房，把我的頭伏下去……

可是我這個混蛋，我不但把這一切全破壞了，而且將自己和她，送進了深不可測的旋渦。

我忽然激憤地說：

「『九大』的黨章裡竟然規定林彪做毛主席的接班人，把接班人寫進黨章裡去，我們黨的歷史上，有過這樣的先例嗎？沒有，沒有！從來就沒有過！這簡直是荒謬，是自相矛盾。毛主席早就說過，領袖來自群眾，黨的領袖應該由黨的代表大會產生，怎麼可以用黨章的形式規定以後由誰來當主席呢？這是林彪的一個陰謀，一個極大的陰謀，他瞞住了偉大領袖毛主席，他是心懷不軌……」

我的話還沒完，她已嚇得臉都變了顏色，忙用手將我的嘴捂住。

「你怎麼能說這樣的話?!你怎麼敢說這樣的話?!你今天怎麼啦？你是發瘋了，發神經了。你千萬不能跟別人說呀，別人聽到了不得了呀！」

我說：「我沒發瘋，也沒發神經。」

她說：「我知道你沒發瘋，也沒發神經，但你不應該說，不能說，特別是不能在外面說。」

我說：「我連這點都不知道嗎？我只跟你說說，你還能是外人嗎？」

她不吭聲了。只是突然像很冷一樣的顫抖起來。

我又說：「我真感激你啊，是你才使我有了一個能說說心裡話的知音。不然，一些話憋在心裡，人都要憋死了。」

看著她像很冷的樣子，我這才想到我應當抱住她，讓她在我的懷抱裡感到溫暖。可是當我將手伸過去的時候，她已經站了起來。

她說：「我們回去吧，你送我，我怕。」

這個本來應該美好的晚上，就這樣被我破壞殆盡。命運的厄根，卻從這裡種下。

我對她講過的三年河東，四年河西的話，不到幾個月就得到了證實。一天，她喜氣洋洋地跑來告訴我，她父親被「解放」了，重新「結合」進革命委員會的領導班子了。我由衷地祝賀她，我說你這下就好了，又由「黑」變「紅」了，你再也不用怕那個姓李的鳥隊長了。

什麼？「黑」和「紅」你聽不太明白？不是黑幫和紅幫，不是！不過細細琢磨，也和黑幫紅幫差不多。是那麼回事。這可不是一下能解釋清楚的，你就似懂非懂地繼續聽我往下講吧。

那個姓李的鳥隊長知道她爸爸又變成無產階級的領導後，以知青點領導的身份，代表組織找她談話。鳥隊長說：「你爸爸的解放，既是你爸爸自身努力改造的結果，更是黨對他的信任，同時還是一種考驗，被解放不能說一切問題都解決了，作為被解放了的領導的子女，一定要站穩無產階級立場，自己所有的言行，都要為黨負責，為人民負責，為父親負責，不能再當逍遙派，要勇敢地站出來與一切資產階級思想作鬥爭。特別要勇於檢舉揭發身邊人的反動言行。『親不親，階級分』，『世界上決沒有無緣無故的愛，也沒有無緣無故的恨』。你想想，仔細想想，那個小陸為什麼早不跟你好，遲不跟你好，偏偏在你爸爸還未解放時跟你好？他為什麼不跟別的女知青好？這難道是偶然的嗎？不，他這是在利用你，趁機扇陰風，點鬼火，引誘你犯錯誤，與無產階級對抗，使你父親永遠不能翻身！而組織對你的批評，對你的嚴格要求，正是為了你好，為了你少犯錯誤，不犯錯誤。為了你爸爸早點得到解放，重新出來為黨工作……」

姓李的鳥隊長還說，已經有許多人揭發了我的反革命言行，現在是組織考驗她的時候到了，就看她能不能勇敢地站出來揭發我了。

「你不是正在積極地向黨組織靠攏嗎？對黨，是不能有任何隱瞞的啊！」鳥隊長的這句話忒毒，那時候誰不想入黨呢？就連我也想啊。為了能入黨，多少男人不惜出賣良心，誣陷他人，把別人踩在污泥坑裡，使自己去拿到那張黨票；又有多少女人為此不惜出賣肉體呵。後來有個民間段子是這麼說的，一個黨支部書記要搞一個女孩，對女孩說，你不是想入黨嗎？我就是代表黨啊。那麼，首先，你要積極向黨組織靠攏，投入黨的懷抱；其次，你要不怕流血犧牲，別怕痛；最後，你要嚴守黨的祕密，不要對別人說。這些，你當然是弄不懂，弄不懂。這就是中國語言的奧祕。

愛華在鳥隊長用入黨做釣餌的啟發教育之下，她的「無產階級革命性」終於戰勝了資產階級的虛偽柔情。她流著眼淚，悔恨交加地把我對她說過的那些話，一古腦全揭發了出來，表示從今後要徹底與我決裂，從政治上劃清界線，從思想上清除流毒。

那天中午，我剛從地裡回來，進屋連口水都沒來得及喝，幾個知青民兵衝進來，二話不說，扭著我的胳膊就往外走，我不知道出了什麼事，還開玩笑說：「哥兒們，又要拉我去搞武鬥啊？」因為我們知青常和當地農民、外地知青打架。同時，我也是基幹民兵。可這些知青哥們的臉都板得鐵青，如同抓住了特務一樣地抓著我走。

一到知青點會場，我就一切都明白了。

會場上已掛著長幅標語：堅決批判現行反革命分子陸××！我的名字被用黑筆打了一把大×。會場裡，已經坐滿了人，姓李的鳥隊長把好幾個知青點的知青都召來了。當我看見坐在批判台旁邊的愛華時，我知道是在劫難逃了。

鳥隊長宣佈批判會開始，喝令將我押上台去。

我的罪名是惡毒攻擊偉大領袖毛主席，惡毒攻擊毛主席的親密戰友林副主席。鳥隊長說，根據我惡毒攻擊毛主席，惡毒攻擊林副主席的罪行，已經夠槍斃十次的了。他這話並沒說錯，如果我的罪名一成立，立即殺頭是毫無疑問。已經有多少人僅僅表示了對林彪的懷疑就被判了死刑，又有多少人只是無意中說錯了一句話，寫錯了一個字，就掉了腦袋，何況我確也夠得上「惡毒攻擊」的了。

鳥隊長又宣佈了批判會的紀律，其中有一條，為了「防止反動言論擴散」，揭發者不許重提那些「惡毒攻擊」的原話，交代者也不許重覆原話是怎麼說的，只許老老實實認罪，接受知青的批判。凡是開類似的批判會，都是有這麼一條規定的。

我知道，我現在唯一的一線生機，就是死不承認。只要死不承認，這個罪一時便難以定案。而如果經受不住壓力，稍微一鬆口，便是必死無疑。因此一要我老實交代時，我就一口咬定，說我從來沒說過對毛主席，對林副主席不忠的話，我說我不但是貧下中農出身，而且是工人階級出身。我們一家都是搭幫黨，搭幫毛主席，才有了今天的幸福生活。我胡亂地說起了我家在舊社會受的苦，將那些在訴苦會上聽到的貧下中農所受的苦重覆一遍又一遍。我說我生在紅旗下，長在紅旗下，沒有黨和毛主席就沒有我，我為什麼要攻擊毛主席和林副主席呢？

會場上響起了說我不老實，頑抗到底只有死路一條的口號聲。我心裡想，只有頑抗到底我才有一條活路。口號聲一停，我又接著訴苦。鳥隊長惱羞成怒，把殺手鐧使了出來。

「張愛華，」他喊道，「你來當面揭發！」

愛華站到我對面，她雖然出賣了我，此時卻不敢正眼看我。她剛一開口，我就說：「愛華同志，你我都是老戰友了，你下鄉這兩年，我也幫助過你，後來雖然和你談愛，是沒有經過組織批准的，最多算我個生活作風問題吧，何況談愛一個人是談不成的，我總不能強迫你吧，你如果誣告我一個強姦罪，還算有點由頭，因為你是女的我是男的，女人總是弱者……」

我剛說到這裡，台下又響起不許我講流氓話，轉移鬥爭大方向的口號。口號聲一停，我又對愛華說：「愛華同志，你也應該知道黨的政策，我們黨歷來是重證據的，好，你說我有十分惡毒的攻擊毛主席和林副主席的言論，那麼就請你講出來，我究竟在什麼時間，什麼地點，到底是怎麼跟你說的，具體說了些什麼，說出來讓大家評評！並且請把證明人喊出來。」

「愛華呀愛華，」我故意做出語重心長的樣子說，「我與你前世無冤，今世無仇，以前你還是走資派的女兒，只有我才敢跟你好，因為我是牢記黨的『有成分論又不唯成分論』，『出身不由己，道路可選擇』，我相信你走的是革命的路，所以我敢和你好。如今你也不過是成了革命幹部子女而已，革命幹部子女有什麼了不起啊？『工人階級貧下中農革命幹部』，你還是排在我後面呢！不想和我交朋友了，直截了當說出來就行，我絕不會死皮賴臉地纏著你。你何苦要這樣陷害我，非置我於死地不可呢?!」

我已經橫了心，一口咬定是她誣陷。反正當時只有我和她兩個人，沒有第三者作證。愛華被我問得張口結舌，既無法解釋，又不許覆述我那些「惡毒攻擊」的原話，急得在會上哇哇地大哭起來。

批判會開不下去了，在一片堅決打倒我的口號聲中，我被押了下去，關進一間黑屋子裡。

很快，進來幾個人，一索子將我綁了個死豬朝天，將繩子掛到屋樑上，把我懸空吊起。隨著一聲「叫你反動到底！」「刷」地一皮帶抽到我身上，「叫你誣衊毛主席！」「叫你攻擊林副統帥！」皮帶一下比一下狠地抽打過來。

屋子裡很黑，我根本看不清是誰在打我，但對於這種挨打，我毫不生疏，因為我在城裡當造反派時，也像這樣打過別人，而且打人的手法比他們更凶。

我對打我的人說：「好哥們，有本事把窗戶打開，讓我看著你們打，只管使勁打，只要沒把我打死，下次若輪到有人誣陷你時，第一個打你的就是老子！你最好這次先把本撈回去，免得輪到我打你時你划不來！」

我在「破四舊」時打人的名聲在知青點早就傳開，而拳打老獱的事更是無人不知道。聽我這麼一說，打我的人不敢打了，他真怕我報復。皮帶一停止抽動，窗戶被打開了，烏隊長說：「怎麼，還想秋後算帳啊？告訴你，我們這是組織派來的專案組，要對你實行無產階級專政！現在就讓你看看，該輪到誰來觸及你的皮肉！」

我一看，烏隊長把皮帶遞到了愛華的手上：

「現在是黨考驗你的時候到了。張愛華，就看你的實際行動了！」

張愛華舉起了皮帶，我橫著眼睛，狠狠地瞪著她。我心裡在想，只要你這個「叛徒」敢打我一下，我躲過這一劫後，非殺了你不可！

就在這時候，愛華突然將皮帶一丟，一下抓住我懸空的雙腿，放聲大哭，說是她害了我，是她害了我！

形勢陡然驟變，鳥隊長被弄得措手不及。我抓住這突如其來的轉機，趕緊對愛華說：「不是你害我，愛華，是姓李的逼你害我，因為我揭露過他捶打毛主席語錄，所以他利用你對我實行階級報復！」我這是在提醒愛華趕緊改口，但愛華只知道哭，一句話也不會說。

鳥隊長暴跳如雷，一邊對我說：「你胡說，你這是誣衊專案組。」一邊抓起皮帶，往我身上抽來。我對另外兩個打手說：「哥們，戰友們，你們都看見了事情的真相，揭發者都翻供了，你們還要助紂為虐啊？還不將我放下來啊？」

一個打手說：「得，得，這是一樁無頭案，李隊長，等你搞清後再喊我們。」他將我放下來，走了。一鬆開繩子，我抓起屋子裡的一條凳子，就朝鳥隊長撲去。

鳥隊長邊往外跑邊喊：「反革命要行兇殺人了，反革命要行兇殺人了！」我則一邊追一邊喊：「抓住反革命報復犯，抓住反革命報復犯！」

事情被我攪成一團漿糊，最後不了了之。

鳥隊長還是當隊長，我還是他手下的「兵」，他還是隨時可以整我，我還是鬥不過他。於是我想，他之所以能當隊長，就在於他是個黨員，如果我也是黨員，我就可以鬥贏他了。有了這個想法後，我越發想當黨員了。可是我能在知青點入黨嗎？我要入黨得先經過他同意！

我突然想到了緬甸。

雲南的國境線緊挨著緬甸，當時邊境對面就是緬共領導的革命武裝根據地。中國大陸解放後，從雲南偷越國境到緬甸、泰國、老撾的人很多，聽說有好幾十萬。除了歷次運動中在大陸無法生活下去才不得不冒死外逃的外，文化大革命中像我這種紅衛兵知青偷渡的更多。當時在知青中流傳著一本油印的《格瓦納日記》，格瓦納這個人你知道嗎？他是古巴革命領導人之一，「游擊中心論」的創始人，職業革命家。他生於阿根廷，是卡斯特羅的戰友。曾任古巴革命軍第二縱隊司令，率領古巴遠征軍攻佔烏維羅兵營。古巴革命勝利後，當過古巴國家銀行行長、工業部長和中央計劃委員會委員，還當過古巴統一革命組織全國領導委員會書記處成員。後來他辭去古巴黨內外一切職務，並放棄古巴國籍，專門從事「國際共產主義革命」，先到非洲，後來又到玻利維亞，建立「游擊中心」組織，進行武裝活動。一九六七年十月，他和他所訓練的游擊隊團被農民出賣，游擊隊團全軍覆滅，他則被玻利維亞政府俘獲後給槍斃了。他死後不久，他寫的書就流傳到了中國知青手中。

他的書很有煽動力，鼓動青年學生參與游擊戰，參與國際共產主義運動，以求得全人類的解放，最終求得自己的解放。在這之前，已有知青邀我到緬甸去參加游擊隊，但我不想去，我想在知青點參加中國自己的解放軍，叫做當兵。因為在中國當兵很光榮，等於是一種政治待遇。此時想到參軍的希望也徹底破滅了，心中的怨恨全部到了那個烏隊長的身上，於是，到緬甸去的想法強烈地浮上了心頭：

老子在大陸加入不了共產黨，老子去參加緬甸共產黨；老子在大陸參不了軍，老子去參加緬甸解放軍。

我想著憑我在文化大革命武鬥中真槍實彈練就的本領，到了緬共游擊隊後，只要打幾個漂亮仗，當上個將軍是毫無問題的。我當了將軍後，再回大陸來，那就和大陸的軍區司令是平起平坐的了，我就要提出想見見知青點的烏隊長，那個烏隊長就得立馬趕來，他來了後，我就得好好地羞辱他一番，將心裡的這口惡氣出掉。

我決定立即行動。

可是在行動前，我又想到了愛華。愛華雖說出賣過我，但她最後還是悔恨不已，又改口救了我，我覺得我應該帶著她一道去投奔緬共。

愛華會不會跟我去呢？當時我心裡沒有十足的把握。但我決心試一試。因為我想著多帶一個人去，就是對革命力量多一份貢獻，我的功勞也要大一些。更何況，我帶著去的是一個女紅衛兵，女將！颯爽英姿五尺槍，哇，多美啊！

這天收工時，我偷偷地將一張紙條塞給了愛華，紙條上只寫了一行字：老地方見，我在等你。

當夜幕降臨後，我裝作到外面溜達，三轉兩轉轉到了上次和她約會的地方。這個地方對我的印象太深了，現在依然記得清清楚楚，那兒雖說是一片橡膠林，但前面不遠處有一塊寬闊的草坪，草坪不遠處有一條小河，坐在橡膠林裡，可以看見小河隱隱約約蜿蜒流逝的身影。

我在那天晚上和她坐在一起的地方坐了下來，有風兒在輕輕地吹著，吹得我的心裡泛起陣陣漣漪。我想著那天晚上如果不和愛華說那些害得我們兩人都吃了苦頭的話，我和她的關係肯定更進了一步。當她告發我後，當我被吊打後，我曾發誓再不理她，但我無論如何也恨不起她。相反，我倒是不斷地回想起她那天晚上說的話：只要你不提過份的要求。我把這句話想過來想過去，總覺得是自己丟掉了最好的時機。

我想像著親吻她的那種滋味，我想像著擁抱她的那種美妙。我甚至還想到了她的禁區。我好想去探索探索啊，但還是用堅強的努力把這種想法壓抑了下來。我在心裡說，在她成為我的正式愛人之前，我一定不去「傷害」她。

你說愛人就是情人啊？不，不，那時候中國幾乎沒有情人的稱呼，愛人就是妻子、老婆。對，喊老婆、妻子，就是喊愛人。不，太太也是不能喊的。太太就是資產階級太太。誰要被攤上個太太，那他就活該倒楣了。老婆一般也不能喊，一喊就是臭老婆。大家都喊愛人，愛人是最好的稱呼。

我在胡思亂想時想得最多的，還是她到底會不會來赴約，因為畢竟我還是傷害了她的感情，我曾狠狠地罵過她一頓，我罵她是叛徒，是奸細，是世界上最可恥的人。

時間在一分一分的過去，我算真正嘗到了約會時不見戀人來，苦苦的等待的滋味。我站起來，走幾步，坐下；剛坐下，又站起來。我拼命伸長脖子，往橡膠林外看，想看清黑暗中有沒有她走來的身影。我屏住呼吸，全神貫注，想聽見她走來的腳步聲。

終於，我聽見橡膠林外響起了「沙沙」的腳步聲，我一陣驚喜，趕緊坐下，裝出什麼也不在乎的樣子。腳步聲近了，近了。可是卻走過去了，根本就沒有停下。

我這才發現我是真正的陷入戀愛中了。這是我的初戀，愛華是我的初戀。我驀地想到的全是愛華的好處。她個子單瘦，但有著一張特別動人的臉蛋。她即使在憂鬱的時候，臉上也是動人的表情。而她一笑起來的時候，臉上更是燦燦的美麗。她愛對我眨巴眼睛，她一眨巴眼睛時，我就覺得心花怒放……她幫我洗衣服，幫我折衣服，幫我補衣服，還愛用手撫平我衣服上的皺折。她對我說話總是細聲細氣的，在我面前總像一個可憐的小妹妹，又好像要用她的細聲細氣來改變我那粗暴的脾氣……

唉，愛華呵，你應該來呵！你知道我是如何在焦慮地等待著你嗎？

唉，愛華呵，即算我有千錯萬錯，你再來見我一面總還是可以的吧！

愛華呵，我愛你，愛你，愛你喲！

我突然強烈地想到了愛。對，這就是愛，就是愛！我幾乎要把「我愛你」喊出口了。

突然，我又聽到了腳步聲。

這回，是愛華來了，對，沒錯，是她來了。她的腳步聲，我太熟悉了。

腳步聲果然朝著我來了。

如果我有先見之明，如果我能預測未來，哪怕是短暫的未來，我是絕對地希望這種腳步聲不要響起，愛華不要來！是的，她不要來，她不能來！我就會大聲地對著她喊，你回去，回去，不要再靠近我，我，我是一個魔鬼！

可是我不可能知道未來，我只是在熱切地盼望著她來。她這一來，我將她帶入了死亡的墓地。只有到了事後我才能恨自己。可這種恨，已完全於事無補。

當時我只是一聽到她的腳步聲後，條件反射地跳了起來。那種還想裝出什麼也不在乎的念頭早已不見了蹤影。

愛華出現在我面前了。我衝上去，幾乎像要摟抱她似的抓住了她的雙肩。我一個勁地說：

「愛華，你來了，你終於來了，我以為你不會來了，我以為再也見不著你了……」

「我又不會死，怎麼會見不著呢？」她還在生氣，將我樓著她雙肩的手掰了下來。

我只好「嘿嘿」地傻笑著，說：

「我以為你再也不會理我了，所以，你不會來了的。」

「你算說對了，我本來是不打算再理你的了。」

「可是，可是你還是來了啊！」

「後來我又想，雖然不打算理你了，可我們還是同志啊，作為同志，去一下又有什麼關係呢？所以，我還是來了。」

愛華的話雖然還是很硬，但我聽得出，她仍然在喜歡我。突然，我不知道從哪裡來了巨大的膽量，我什麼也不顧了，什麼也不想了，我張開雙手，一把就將她抱在了懷裡，我的嘴，立即在她頭髮上狂吻，雨點一般地啄著。我聞著她頭髮發出的剛洗過的清香，我的嘴又像一頭渴極的了水牛在她頭髮中尋找著水源。爾後順著頭髮而下，到了她的臉上。

我抱著了她，她竟然沒有反抗，她一動不動，任憑我吻著她的頭髮，吻著她的臉頰。可是當我終於把嘴貼向了她的嘴唇時，她輕輕地，但又是堅定地推開了我。

「我們坐著說話吧。」她毫無偏差地走到我們曾坐過的地方，坐下，又指了指她的身旁，示意著讓我坐下。

在這一刻，我發現她似乎成熟了許多，全不像原來那個任憑我指揮的姑娘了。現在是她在指揮我了。我也不由自主地變得聽話而不耍貧嘴了。我乖乖地順著她的意思，在她身邊老老實實地坐下。

我心裡想，人啊，只要經歷了一場劫難，就能發生突變。變得成熟，變得堅強。

「說吧，你喊我來有什麼事？」她看著自己腳下的泥土，輕輕地說。

「我，我就是想見你。」我把原來想好要跟她說的話全給忘了。我竟然有點手足無措。此刻，我就是想著要讓她和我重歸於好。

我其實是個傻瓜，我一點也不懂女孩的心思。她如果不願和我重歸於好，她會來嗎？難道真的會像她說的那樣是作為一個同志來一下嗎？她來了後，又會讓我擁抱嗎？我以為非得讓她從口裡說出願和我重歸於好的話，那才是真正的重歸於好。

「就是想見我？我們不是天天在見面嗎？」她依然輕輕地，不緊不慢地，似乎毫不在乎地說。

我和她已經完全調換了位置。原來我是想著等她來到時，裝出什麼也不在乎的樣子，可現在什麼也不在乎的是她，而不是我了。

我說：「白天那種見面，那麼多人，我想和你說句話都不好說……」

她說：「有什麼話不能說啊？又有怕叛徒內奸說出去的話啊？」

我這才明白她還在恨我罵過她是叛徒內奸，我急了。

「那是在什麼時候說過的話啊？你還記得啊？我早就把它忘了。我知道你是在被逼得沒有辦法的情況下才說出我的，我都不記那些事了，你還記著幹什麼。你就永遠不肯原諒我啊？」

「你能忘記，可我不能忘記。我就是要永遠記著。你罵過我是叛徒內奸。」

「好好好，你記著，記著，你就永遠記著吧。」我剛想發火，可立即意識到，不能發火，絕對不能發火。好容易把她盼了來，如果一發火把她給氣跑了，那麼今天晚上，我將怎麼度過啊？我會痛苦，會失眠，會永遠地失去她。我不能失去她，我就是要擁有她。為了擁有她，什麼代價我都願意付出。

沒想到，我這句其實已經有了火氣的話，卻得到了她令我驚喜的回答。

她回答說：「我要永遠記著你罵我的話，是因為，我對不起你，我沒法子彌補給你造成的傷害，只有記著你罵我的話，以後，好永遠不再傷害你……」

她還沒說完，我已經不能讓她再說下去了。還有這更讓我感動的話嗎？有了她這句話，就是再捆我一百次，再鬥我一千次，再吊打我一萬次，我也心甘情願啊！

「愛華，愛華。」我本想說，你不要再說了，你沒有傷害過我，沒有！我從罵了你後，我就悔恨不已，我不應該罵你，不應該怪你。我向你檢討，向你認錯，無論你怎麼處罰我都行……可是我說出來的卻是，「愛華，我愛你，我愛你，我不能沒有你……」

愛的話語，竟然就這麼衝出了口。「愛」，這個處處，時時，受到禁錮的字眼，竟然就從我的嘴裡毫無顧忌地說了出來。

我的話剛一出口，愛華就把頭靠在了我的肩上。天啊，她主動地把頭靠在了我的肩上。原來她一直是在愛著我的喲！我再也不傻了，我立即將她緊緊地，緊緊地貼胸抱住，我直截了當地吻住了她的嘴唇。我倆都不會接吻，完全只是嘴唇的貼合。但這是最甜蜜的接吻，是最幸福的接吻。

我倆久久地吻著，不敢稍有鬆懈，彷彿只要稍一鬆懈，就再也不可能接吻了一樣。我撫住了她的乳胸，但我的手一動也不敢動。我只是感覺到了那令人無限的溫柔和莫名的陶醉。黑暗已經不見了，橡膠林也不存在了。

過了好久好久，我感覺到嘴唇上有冰涼的濕潤，她的淚水，流到了我的唇邊。

「愛華，你怎麼了？你哭了?!」我鬆開她，緊張地問道。
「沒有，沒有。」她趕緊用被我鬆開的手去擦眼睛。
「是不是有誰欺負了你？告訴我，我替你報仇！」在她面前，我更加來了豪氣。
「沒有，沒有。你不要亂想。」
「那，你為什麼流淚？」
「傻瓜，是高興。我一高興就愛流淚。你又不是不知道？」
一聽她這話，我真的高興了。是啊，我們都是頭一次，頭一次接吻，頭一次擁抱，我自己不也是激動得無法自制嗎？
「我也想流淚。」我說。
「為什麼？難道流淚也有傳染？」
「因為你沒有離開我，沒有拋棄我。所以，我高興得也想流淚。」
「男子漢還怕人拋棄啊？」
「別人我不知道，但是我，的的確確害怕你拋棄我。」
「我要是真拋棄了你，你怎麼辦？」愛華被我的話說得臉上露出了笑容。我忍不住把自己的臉貼到她的臉上。
我對著她的耳朵說：「你如果真的拋棄了我，我會鋌而走險。」
「想打我啊？狠狠地痛打我一頓？」
「不，我就去死！」
「假話。像你這樣的人會為了一個戀人去死，我不相信。」
「真的。我不說假話。」

「就算你說的是假話，我也願意聽。」

我又抱住了她。但這回，我們沒有接吻，她只是靜靜地躺在我的懷裡，我只是靜靜地看著她那生動的臉。

我們都不說話。彼此感覺著心的跳動。

又過了好久好久，她突然從我的懷抱裡掙脫出來，對我說：

「陸，親愛的，我好想離開這個地方，我好想趕快回城。不知為什麼，還待在這個知青點裡我總有點害怕，害怕。」

「有我在，你根本就用不著害怕！」

「我總覺得，在我倆之間，還會出一樁大事。我再也承擔不起了。我總害怕再傷害你。陸，親愛的，我倆走吧，我知道回城是不現實的，我倆到另外一個知青點去，離開這裡越遠越好，去投親靠友，知青是可以轉換下鄉地點的。你有親戚在農村嗎？我們到你的親戚那裡去插隊落戶。」

愛華的話一下提醒了我，我約她到這裡來，本來就是想領著她離開這裡的。

「我們去緬甸，好不好？」

「什麼？去緬甸?!」她一下從我的懷抱裡鑽了出來，雖然沒有像上次聽我說到懷疑林副統帥那樣嚇得渾身顫抖，但也是大吃了一驚。

「你，你又想惹出大亂子來？」她盯著我的眼睛。

「去緬甸也會惹出大亂子來？」我儘量用輕鬆的口氣說，「去緬甸是投身革命，是去支援國際共產主義運動。已經有好多紅衛兵走在我們前面了，他們在緬甸已經做出了突出貢獻，已經為緬甸的解放立下了赫赫戰功，我們已是他們的後繼者了。再不抓住這個機會，我們的青春，可就白白地消耗在這枯燥而又無聊的修理地球中了。」

我的這些話，在當時可說是一個紅衛兵的真情實話。就連她也早就知道，已經有成隊成隊的紅衛兵去了緬甸，參加了緬甸游擊隊。

我把去投奔緬共的種種好處說給她聽，我說文化大革命一開始，你爸爸就被打倒，你連一天革命運動也沒參加過，這對於人生實在是一大缺陷，生在大革命時代而不能親身體驗這個時代，內心的痛苦是無法彌補的。

「愛華，」我搖晃著她的肩膀說，「現在我們只有抓住這個最好的機會——只有跨過國境線！」

我說：「你明白跨過國境線將意味著什麼嗎？跨過國境線，命運大轉變，參加游擊隊，殺敵把功建。到那時就能加入緬甸共產黨，成了緬共黨員，就等於是中共黨員。到時候我們還可以把緬共黨員的關係轉到中國來。中共許多領導人，當年不就是在蘇聯加入布爾什維克的嗎？」

我的話立時將她的激情煽動了起來，特別是可以加入緬甸共產黨，又可以轉為中國共產黨的話，更使她覺得真的就成了共產黨一樣。

「去參加緬甸游擊隊，加入緬甸共產黨當然好，但是就這樣過去，人家會說是偷渡啊！」

她一說出這句話，我就知道說服她的工作已經成功了一大半，接下來就只是商量如何過去的具體工作了。

我說：「這怎麼是偷渡呢？第一、緬甸和中國一直是友好鄰邦，兩國邊境上的人民是『母雞出國去下蛋，外國瓜藤爬進來結瓜』，友好鄰邦之間不存在什麼偷渡不偷渡，你看那麼多跑過去的人，即算被抓住，有什麼大的處分嗎？沒有。因為這和去香港、台灣不一樣，香港、台灣是帝國主義國民黨，那才叫偷渡。第二、我們去緬甸是幹什麼啊？是去幫助緬甸共產黨奪取政權，變資本主義社會為社會主義社會。是去參加世界共產主義大聯盟。是去立功。只要立了功，我當個將軍什麼的回來，你當個校官什麼的回來，嘿，比你爸爸的官還大！你爸爸不高興得直誇你啊?!你如果在大陸啊，這輩子是休想……」

我還跟她說，你記得在我們下鄉的頭一年，也就是文化大革命的第二年年底，報紙上登過那麼一個重要消息，緬甸共產黨中央和新組建的人民軍代表在北京受到毛主席、周總理等人的親切接見嗎？她想了想，說好像是有那麼個印象。我說什麼好像有那麼個印象，那是千真萬確的。那個消息說明什麼呢？說明我們的毛主席無產階級司令部黨中央是堅決支持緬甸共產黨和緬甸人民軍的，是鼓勵我們去參加解放緬甸的戰鬥的。只不過不是像抗美援朝那樣公開組建志願軍「雄赳赳氣昂昂，跨過鴨綠江」，而是祕密的幹活……當時我不可能知道的是，在毛澤東、周恩來等接見緬共中央和人民軍代表之前，緬共駐北京代表團就已經向中共求援，請求中共給予軍援，並派遣軍事顧問和戰鬥骨幹。中共成立了援助緬共的三人領導小組，組長就是毛澤東，周恩來任副組長，組員是國防部副部長李達。而在毛、周接見時，雙方達成共識，並簽定了有關祕密協定。不但大力向緬共提供經費援助、軍事援助，而且在中國靠近緬甸的許多地方，實際上就是緬共和緬共人民軍的據點……可我們不知道這些祕密啊，弄得我們還真的以偷渡客的身份偷越國境線去參加解放緬甸的偉大事業……

幼稚而又可笑的我說服了幼稚而又可笑的她。幾天後的一個晚上，我們倆懷著崇高的國際共產主義理念，激蕩著滿腔的革命豪情，以「唯有犧牲多壯志」的勇氣，同時從知青點消失了……

「後來呢？」聽得饒有興趣的麗莎問。

「後來嗎，唉，後來不堪回首。」

「怎麼，你和她分手了？」

陸放翁搖搖頭。

「你拋棄了她？」

陸放翁還是搖搖頭。

「那後來到底是怎麼回事啊？」

陸放翁沉默不語。

「你說呀，騎士，繼續說呀。」麗莎催促著。

「我能抽支煙嗎？」陸放翁突然對麗莎說。

「可以，當然可以。我光顧了聽你說話，都忘了該請你抽煙。抽雪茄，好嗎？我這裡有。」

陸放翁從自己口袋裡掏出煙：「我抽這個。」他將煙朝麗莎晃了晃，「雪茄太厲害。」

「給我一支，好嗎？」麗莎要過一支，先替陸放翁點燃，再將自己的點著。

「我偶爾也抽一抽。」麗莎說，「我陪著你抽。」

陸放翁點點頭。

煙霧在房間裡逐漸彌漫開來。麗莎一邊抽著煙，一邊專注地看著陸放翁抽煙的神態，當陸放翁叼在嘴上的煙吸出了一段長長的煙灰時，她拿過煙灰缸，從陸放翁嘴上取下煙，彈掉煙灰，又放到陸放翁嘴裡。

陸放翁的煙吸完了，他將煙蒂放到煙灰缸裡狠狠地掐滅，說：

「後來，是我害死了她……」

陸放翁在麗莎房間裡說的話，在街上拐角處停著的一輛轎車裡嗡響著。

「他媽的，盡是些廢話。」一個在聽著的人說。

「通知她，儘快從這個傢伙口裡得到那個女人的下落！」

「太著急會引起懷疑吧？」

「那也不能老這樣聽些無用的東西。」

「恐怕得上床。上床才好從枕頭邊掏出想要的話。」

「上床？不行！如果這個傢伙根本就是個對我們沒有任何用處的，豈不是，用中國話怎麼說？」

「賠了夫人又折兵。」

「對，就是這句話。」

「她是你的夫人嗎？」

「不是夫人也不行。」

「哈哈，吃醋了，吃醋。」

「什麼吃醋，早就被老子玩膩了的。」

「玩膩了你還這麼小心眼。只怕是想玩沒玩到吧。」

「繼續監聽，這是頭兒佈置的任務！」

十四

一個戰友衝進焦司令的總經理辦公室，進門就嚷：「焦哥，這回我吃了個啞巴虧，做不得聲。」

「什麼啞巴虧？又是買了假貨吧？」

「焦哥你會掐指神算啊？怎麼猜得這麼準？」

「我當然猜得準。」焦司令說，「如果你是在女人身上虧了，你不會來告訴我；除了女人不就是貨物嗎？」

「也許，我是被鬼佬欺負了呢！」

「鬼佬欺負你不會說是吃啞巴虧，鬼佬是明打明的瞧不起咱中國爺們。只有在買賣上吃了外佬的虧才是有苦說不出，只怪你無能。」

他們說的鬼佬是指這個國的人，外佬則是來到這個國的非中國人。

這個戰友只得氣呼呼地告訴焦司令，確實不是鬼佬而是外佬，他從外佬那裡買了一輛漂亮的小車，那小車漂亮得讓人心疼。他開著車跑一圈回來就要心疼地將車好好洗一洗，這一洗，怎麼地覺得不對頭。車子的保險桿就變了形，再用勁一擦，露出真相來了，他媽的保險桿是用硬紙板做的，刷的漆。

「其他部位呢？」

「外殼全是紙板做的。」

「得，得，你好好地向人家學著點吧，他們能用紙板做汽車，還能讓你歡天喜地地買走。」

「焦哥，我總得也賣點什麼好貨給他們才行吧。」

「那你就去發明創造吧，總之要比紙板汽車更『先進』。趕不上他們的技術你不要賣。去去去，這些雞毛蒜皮的事別來煩我。」

他把門關上，對保鏢說，除非有翰老弟的消息得趕緊告訴我，其他的一概別來打擾。

被稱作焦司令焦哥的這位漢子，自從來到N國後，也曾把自己反鎖在屋子裡，仔細思索著這二十多年來經歷的一切。他也和那位被他稱做玲的快槍手劉玉玲一樣，想到過生與死的問題。這正和許許多多「功成名就」的人物類似，在他們努力奮鬥，努力要得到想得到的一切時，他們只有「不擇手段」四個字，他們只相信「物競天擇」，而當想要有的一切都差不多有了時，他們反而來考慮生與死的涵義了。就譬如中國的皇帝吧，他一打下江山，奪得天下，他首先考慮的就是自己死後該把皇帝的位子傳給哪一位太子，而在打江山，奪天下時，他就從未去想過自己會戰死，會被人殺死，要由哪個兒子來繼續打，繼續奪。再譬如一些名作家，寫出的書成功了，大名鼎鼎了，甚至得諾貝爾文學獎了，可他要自殺了。焦司令自然不同於皇帝，也不同於大作家，他沒有什麼位子要傳給兒子，他希望兒子走的，正是要和他完完全全不同的普通老百姓的路；他雖然也像那些大作家一樣，把這個世界看得太透了，大作家們把世界看得太透，所以自殺，而他絕不會自殺，所以他不可能像那些大作家那樣超脫。他也更不同於人們想像中的黑幫老大，只以搶掠綁架為非作歹為樂。他是真正有思想的人，而正是因為有思想，他才走到了這條道上。他在豪華生活蒙照下的痛苦，那種內心的痛苦，才是外人絕對無法體諒得到的。

他想到了尼泊爾族人歡樂的葬禮。尼泊爾族人中的一個首領死了後，當人們最後一次瞻仰他的遺體時，死者被人用白堊塗畫全身，表明他是純潔高尚的，他的下巴用帶子捆紮以支撐頭部能筆直地坐著受人瞻仰。而他的兒子，則帶領著本族的人們在屋外歡樂地跳舞。因為他們認為，人死就是升天，解掉寬腰帶就是「歡樂」。他想，他死後，他的葬禮如果能讓人們得到類似的歡樂，那他寧願現在就死，可是他知道，他的死只會讓人們是一種解恨的拍手稱快的歡樂，所以他不能死。

他曾想到過去當美國的牛仔，戴著寬邊帽，穿著高統皮鞋、皮邊緊身馬褲，帶著牛群過流沙，涉惡水，穿越八百英里無人煙地區。他想著自己一定能馴服那些性情暴烈的野馬和牛群，他有勇敢的精神，也能練出牛仔的騎術和使用套索的本領。如果能當牛仔的話，他將在馬背上唱著豪放動聽的牧歌，唱著《牧場上的家》，可是，這當年在中國自己的故鄉就想做著的夢，早已被無情的現實擊得粉碎，即算在美國，牛仔也早已只是牧歌時代的微弱餘音而已。

他還曾經想到過世界上最小的王國，這個王國總共只有六戶三十三人。王國雖小，但也有自己的國旗、國歌，還有自己的貨幣和郵票。這個王國就在澳大利亞的西澳大利亞洲，叫做赫特河王國。凡有客人來訪時，身穿便服，膚色黝黑的里奧納得親王，就站立在路標旁，歡迎前來訪問、遊覽王國的客人。他最羡慕和嚮往的就是這樣的王國，因為這個王國是里奧納得自創的，親王也是他自封的。里奧納得原來是個鐵路工人，工作了二十年後，利用積蓄的錢買了赫特河沿岸的土地，全力種植小麥。當他豐收的小麥得不到聯邦政府和州政府的全力收購，並對他提出的改變收購辦法不予答覆時，他就向聯邦政府總理和州長送交了一份《獨立宣言》，同樣未得到答覆。「不答覆就等於批准！」里奧納得便自封為親王，將妻子莎莉封為王妃，三個兒子分任外交、財政和貿易部長。澳大利亞州政府當然不會容忍，但他們的不會容忍只是用停電、停水、停煤氣來扼殺。里奧納得親王則帶領全體國民，自己開井，自己發電。沒有煤氣，改用石油……每天日出時分，王國升旗儀式開始，全體國民圍集在旗桿前，觀看身穿禮服的親王親自升旗。三十三位國民齊唱國歌，歌聲莊嚴而昂揚。升旗完畢，親王向全體國民講話，講述互助互愛……這樣的王國，就是他焦司令的理想啊！

里奧納得本來並沒有想獨立想搞王國想當親王的理想，可里奧納得做到了。他焦司令有著要建立沒有剝削沒有壓迫人人自樂的大同世界的理想，卻連一塊小小的實驗園地都永遠找不著，搞來搞去成了黑幫。

此刻，他實際上心急如焚。運送軍火的翰老弟仍然沒有消息，而時間，已過去了三天。

離印度幫的寬限期已只有最後兩天了。

如果翰老弟不能將軍火在這兩天運到，那麼就真的只有將G市的地盤拱手相送了。否則，印度幫是會動用武力了的。就自己手裡現在掌握的武器，和他們硬拼是絕對拼不過的。

而這些，他又暫時還不能告訴他的部下。不到最後一分鐘，他不會將自己的這個決定告訴任何一個人。

只有喝酒，喝酒！每到緊要關頭，他就靠酒來支撐自己。酒喝得越多，他反而越清醒。當他突然將酒杯往地上一砸時，那就是行動的命令。

他猛地打開門，喊「工會主席」來陪他喝酒，保鏢告訴他，郝仕儒早就出去了。他這才想起「工會主席」郝仕儒是奉他的令去「照看」摩托車騎士陸放翁去了。他對保鏢說，那就把劉玉玲喊來。劉玉玲來後，他對保鏢說，你也來陪我喝一杯。

劉玉玲說：「焦司令，昨天你請我和工會主席喝酒，我們說『今朝有酒今朝醉』，你好像不太高興，今天由你自己說句助興的話來鼓起喝酒的勁吧。」

焦司令曾把一本《毛主席語錄》和《毛澤東詩詞》背得爛熟，他的戰友們也都個個如此。劉玉玲一要他說助興的話時，他又不自覺地想用一句毛主席的話來表達意思。可他只記得毛主席的詩詞裡有「把酒酹滔滔，心潮逐浪高」二句，而這二句也是顯得很沉重的，據該詞自注：「一九二七年，大革命失敗的前夕，心情蒼涼，一時不知如何是好……」可見用這兩句抗衡不了他們說的「今朝有酒今朝醉」。焦司令便乾脆喝道：

「為我們的『紅坤』世界乾杯！」

這句話立時鼓起了保鏢和劉玉玲的激情。他們同時喊道：

「對對對，為『紅坤』乾杯！『紅坤』萬歲，萬萬歲！」

十五

焦司令說的「紅坤」世界，其實就是他們這個曾在港澳名聲顯赫的紅坤幫。

說起紅坤幫，就連香港警方也不能不咋舌。

在香港尚未回歸大陸前，「紅坤幫」在香港幫會中可謂「大哥大」。它的出現則可謂「三年不鳴，一鳴驚人；三年不飛，一飛沖天。」

一個秋季的上午，香港銅鑼灣的數家金鋪被一夥黑幫在半個鐘頭內掃掠一空，香港警方火速出動「皇家警察」飛虎隊，實行海空包抄。然而，這夥「飛天大盜」卻將警方布下的「天羅地網」戳出一個大洞，走得無影無蹤；當時，誰也沒有想到這就是「紅坤幫」所為，因為其時在香港，警方根本就沒聽說過這麼一個黑幫名稱。

接下來的幾個月內，這夥黑幫在香港如入無人之境，又連著做了好幾次大案。一時間，香港市面風聲鶴唳，金鋪業人人自危。這夥黑幫做完案後，還要留下「紅色乾坤」的字條。頗有水滸中的武松殺完人後在牆上寫下「殺人者打虎武松也」的英雄氣概。「紅色乾坤」字條背面，還印有「我們的行動，就是要砸爛資本主義舊秩序，劫奪資本主義財富」和「全世界無產者，聯合起來」等等的字樣。人們才知道，原來又來了個「紅色乾坤」幫，「紅色乾坤幫」喊起來不順口，就變成了「紅坤幫」。

「紅坤幫」的出現被傳說得神乎其神，有的自稱目擊者說，當警察圍堵某某現場時，有一輛轎車與警車擦肩而過，那輛轎車裡，坐的就是「紅坤幫」頭頭；還有的自稱知曉內情者說，在某日某日，一位和皇家警察坐在同一個茶館，同一張茶桌上喝茶的人，就是「紅坤幫」的老大，他喝完茶臨走時，還拍著皇家警察的肩膀，說，先生，我住的那條街發生了搶劫案，你們什麼時候才能給破案啊？如果需要我協助，請打我的電話。說畢，遞給皇家警察一張寫有電話號碼的字條，「拜拜」而去。直到這位警察從口袋裡掏出一張印有「紅色乾坤」的「傳單」時，才想起走了的人就是要犯。

這些傳說簡直就像大陸早期出版的小說裡寫那些敵後武工隊、飛虎隊一般的情節。

香港警方對「紅色乾坤」進行多方調查，卻收效甚微。警方根據「紅色」二字，特別加強對從大陸來到香港的可疑人員進行跟蹤，也抓了幾個可疑人員，這些被抓的人中也確實有「紅坤幫」的成員，但被抓的人一個個都是緊咬鐵牙，什麼也問不出。威逼、利誘，對他們全沒有用。他們與一般的黑幫似乎有點不一樣，總像有根什麼支柱在支撐著他們，使得他們很自信，好像還占著什麼理兒，對警察都有點不屑一顧。警方又採用派員「臥底」的辦法，但這個「底」幾乎臥不進去，像個沒有裂縫的圓球，很難從哪裡下刀。

十六

香港霄箕灣曾有過這麼兩句粵曲唱詞：「英雄被困霄箕灣，未知何時到中環」，這本是一個到霄箕灣演神功戲的伶人，出台後忘記了唱詞，著急起來的「爆肚」之作，也就是臨時編出來的救台詞兒，如同侯寶林說相聲「關公戰秦瓊」，「關公」、「秦瓊」二位到了台上，沒唱詞，只得臨時湊合，一個唱：你在唐朝我在漢，我倆打仗為哪般？另一個則唱：叫你打來你便打，你不打老闆就不管飯。這個在霄箕灣編救台唱詞的卻博得了觀眾的一片叫好，因為「中環」就是香港的中環路，他道出了當時的霄箕灣之偏僻，交通的不便利，唱出了觀眾的心聲。正因為霄箕灣較偏僻，居住的多為漁民和打石工人，雖然和市區的交通不太便利，卻是出港入海的好去處，對於躲避追捕的人來說，正是藏匿方便，逃跑迅速的地方。警方便把它視為了紅坤幫的一個落腳之地。派出警員，裝扮成從外地來找工打的流民，混入了打石工人中。

打石工人中到底有不有紅坤幫的人，警察心中無數，是否有參與搶劫金行的，更無半點線索。但警方斷定從這裡一定能發現紅坤幫的活動蹤跡。裝扮成打工者的警察便決心熬皮肉之苦，天天和他們一道上工，好覓機成為他們的好朋友，加入進去，再伺機向他們的高層靠攏。

裝扮成打工者的警察終於等來了好時機。工地上發生了勞資糾紛，這種勞資糾紛又和在大陸看到的電影上的勞資糾紛不同，電影上的資方總是極少數，工頭總是資方那邊的，資方總是利用工頭破壞勞方，依靠警察、軍隊鎮壓勞方。而這裡的勞資糾紛就是由工頭帶頭向資方發難，工頭就是勞方的組織領導者。而擁護資方的工人也很多，有點像文化革命搞兩派，一派要揪，一派要保。裝扮成打工者的警察左挑右選，選中了「揪派」，因為「揪派」的工頭中有從大陸過來的，且愛大聲唱「英雄被困霄箕灣，不知何時到中環」。

裝扮成打工者的警察不知道這兩句唱詞的來歷，只發現該工頭一唱這兩句時，就有人圍攏來，或竊竊私語，像在商議什麼；或高興而笑，像完成了一件什麼大事；或七嘴八舌，像爭論著什麼，爾後像統一了意見，各自散去。他斷定這兩句唱詞是個什麼信號、暗號。

經過了一番認真的勞苦表演，裝扮成打工者的警察終於博得了專愛唱這兩句詞的工頭的青睞，他可以進行探詢了。

一天，他悄悄地對這位工頭說：

「大哥，你是從那邊過來的吧？」他做了個偷渡的手勢。

這位「大哥」卻像沒聽見他的話，連頭都不回。

「大哥，我在問你話呢！」臥底者提高嗓門。

「大哥」還是不理睬。

這位「大哥」簡直就像個聾子、啞子，可他唱起「英雄被困霄箕灣，未知何時到中環」來卻中氣十足。臥底者想，這是擺譜呢，甩架子呢，看老子不起呢！行啊，老子就在你面前先裝回孫子吧，到時候再收拾你！

「大哥，您抽煙，抽煙。」臥底者從「大哥」身後轉到「大哥」面前，殷勤地將煙遞過去。

「大哥」看了看香煙牌子，才接到手上，他忙給把火點上。

他看著「大哥」，臉上擠出諂媚的笑，等待著「大哥」問話。

「大哥」還真能擺譜，叼在嘴裡的煙就一直那麼叼著，煙灰燃出了長長的一截，他連用手彈都不彈一下。

「他媽的。」臥底者在心裡罵了一聲，嘴上卻趕緊說：

「大哥，煙灰，煙灰……」

他伸出手，放在「大哥」的煙下接著。「大哥」這才將嘴唇抖動了一下，煙灰落到他的手心裡。

「嘿嘿，大哥抽煙的本事就是不一樣。」他將落在手心裡的煙灰拍掉，討好地說。

「大哥」根本就不為他的討好感動，眼睛反而閉上了，只有嘴裡發出吸煙的「絲絲」聲。

一直到叼在嘴上的那支煙吸完後，「大哥」睜開眼睛，將煙蒂「噗」地往外一吐，才說出了第一句話：

「你開始問什麼來著？」

「嘿嘿，大哥，大哥，我是說，你，你也是從那邊過來的吧？」

「你問這個幹什麼？」「大哥」以不屑一顧的眼神打量著他，「我從哪裡過來的關你什麼事啊？」

「大哥，不瞞你說，我也是從那邊過來的，唉，這日子難熬啊！」他又遞一支煙過去。

「你是怎麼過來的？偷渡吧?!」

「嘿嘿，確實是偷渡。我們這號人，除了偷渡還能有別的法子？」

「我一看你這小子就是個偷渡犯！」「大哥」這回沒等他送上火就自己將煙點燃，「小子呃，你在那邊犯的什麼事啊？」

「我什麼事也沒犯，什麼事也沒犯！」

「沒犯事？我告訴你，你如果是個殺人犯，我勸你早點去警察局自首，殺人犯在我們這裡，如果被發現了，先把你打個半死，然後再送警察。我們這裡雖說是幹苦力，但個個都是靠自己的勞力吃飯，個個都是清清白白的人，混進個殺人犯來，那還得了！你敢殺頭一個就敢殺第二個……」

臥底者哭笑不得，被「大哥」當成了殺人犯。他心裡清楚，這是這個「大哥」故意耍的一手，這裡的人如果個個都是清清白白的，他幹警察這碗飯就不用吃了。可他不得不裝下去。

「大哥，你看我這樣子像個殺人犯嗎？我還敢殺人呀，殺他媽的一隻雞都不敢下手。我偷渡過來，也是想發點財，可這財到哪裡去發呢？人家說香港到處是黃金，輪到我時，連撈點銀子都沒份了，吃飯的錢都沒有了，只好到這裡來打石頭。」

「好吧，」「大哥」揮了揮手，「就算你是為了發財偷渡過來的，你在偷渡時，給了蛇頭多少錢啊？」

這個臥底者就編了一個動人的故事，還講得淒淒切切，說他如何如何地費盡了周折，如何如何地上當受騙，如何如何地差點被警察打死，如何如何地才到了這裡。警察對這些事熟悉得很，說起來滴水不漏。把偷渡的故事講完後，他說：

「大哥，收留我吧，讓我和你們一起幹吧！」

「和我們一起幹？你現在不正是和我們在一起幹嗎？你不想打石頭了啊，你想去幹什麼？」

「大哥，我們難道真的只能靠打石頭過日子啊？」

「不靠打石頭還靠什麼啊？你還有別的門路啊？」

「大哥，只要你收留我，要我幹什麼我就幹什麼，上刀山，下火海，大哥你下個令就行。我這條命反正是不打算要了的。」

他說得煞有介事，聽的人卻只輕輕地問了一句：

「你在那邊原來到底是幹什麼的？」

「也是打工。想到這邊來發點財，沒想到，唉，這樣子下去，哪年哪月才能混出個人樣來？」

「那你就還是老老實實地打工吧。」

對話到此就只能結束了。你在那邊也是打工的，打工者的內涵該多豐富啊，誰都能打工，誰都是打工者，總經理也是給老闆打工的呢！

「大哥」走了，揚長而去了。這位臥底者以後無論再怎麼去套近乎，人家一概不予搭理。臥底者只以為自己是說錯了話，不應該說是打工的，人家認為他是沒本事，應該說在大陸也幹過黑社會的勾當。他其實更想錯了，若在大陸也幹過黑社會勾當的，則更在防範之例。紅坤幫非常清楚，大陸的黑社會都是些什麼玩意，嘴巴上哥們義氣掛得鐵牢，只要一被抓，毫無例外地招供。

他們幹著哥們義氣那一套，但並不相信哥們義氣。

警察不相信沒有臥底臥不進的黑幫。在摩羅街，警察演了一齣以黑幫去投靠黑幫的臥底戲。

位於香港中環靠西地區的摩羅上街和摩羅下街，其實早就由官方改了名號，但改了的名號無人記得也無人喊，人們只曉得摩羅上街和摩羅下街。因為在早年的小學教科書中，專有摩羅上街和摩羅下街的解釋，其解釋為：「摩羅上街，在摩羅下街之上。摩羅下街，在摩羅上街之下。」小學生們念著特有味，成為傳誦一時的「名篇」。

「摩羅」，本是當地人對印度人的俗稱。也就是說這裡本是印度人居多，後來印度人逐漸遷走，摩羅街發展成為一條專門買賣舊貨的街，古玩、鐘錶、用具、器皿、家私雜物，應有盡有。街上的人家，每家都並營著收購和賣出業務，誰有棄置的舊東西，多餘的舊書，都可以拿到那裡去由他們廉價購入，要買些什麼舊貨、古董，也只需去那裡尋。不但香港人愛去逛，過港遊客包括外國人也愛去逛。人員複雜。因此，警察的眼光盯住了它。

這回，警察學聰明了，不搞親自去臥底的那一套了，而是要一個名叫阿黃的黑幫分子去將功折罪。

阿黃原是水磨幫的得力幹將。他在一次械鬥中被警察給抓了。被警察抓了後，他原想著水磨幫定會通過關係，打通警察，把他給救出去的，沒想到半路裡殺出個紅坤幫，把水磨幫滅了。沒人來救他了。聽警察說要他去臥紅坤幫的底，他毫不遲疑便一口答應了，一則可為他的水磨幫報仇，二則討好了警察，自己可早點出去。

阿黃來到摩羅街，開起了賣舊貨的小鋪子。他雖然也不知道紅坤幫是些什麼人，儘管問過一些小兄弟，目睹過紅坤幫來掃蕩水磨幫的人也說不出個真切，只知道來人都是些高手，全是蒙面，格外凶，衝進來就開槍，連一句恐嚇的話，或者顯示自己威風的話都沒有，不到五分鐘便已完事，走得不見了蹤影。除了留下大哥們的屍體外，什麼也沒留下。要說他們有點像誰呢？有點像二戰片中的德國鬼子，德國鬼子端著槍，衝進樓房，見拐角處，人根本不去探頭，管他有人沒人，密集的火力先開路；一腳踢開房門，也不管房裡有不有人，先掃幾梭子子彈再說。說來說去說得像了德國鬼子。總之，他們的突襲使得你根本沒有還手的工夫。

阿黃雖然只得到了這麼些線索，但以他的經驗，他斷定，總會有紅坤幫的人進他的店子。因為他開的是家真假古董金銀首飾舊貨店。你得了贓，總得要銷出去。只要你銷贓，這裡是最好的地點。凡進他店子的人，阿黃就憑著他的嗅覺也要去嗅出點味兒來。但他又哪能嗅得出呢？他要找的人，是完全不同類型的一種人。

終於有一天，來了個和他聊古董的人。來人有舊古董想出賣。

阿黃心中竊喜，有古董出賣的人，跑不了是道上的夥計。

來人果然顯得神祕兮兮，在營業間什麼也不肯談，非得到阿黃的臥室裡才肯開口。

來人長得一副精瘦精瘦的癆病相，才四十多歲，背就有點彎，站著時，兩隻手像沒地方放，坐著時，兩隻手也像沒地方放。總之是站沒站相，坐沒坐相。更讓人厭惡的是，嘴裡總是不停地往外吐痰。

此人的長相舉止，就連阿黃也實在是看不上他，更不願意讓他去自己的臥室。可沒辦法，為了能夠臥底進去，只得忍讓。

到阿黃的臥室裡後，此人還親手將窗簾子拉上，才擺開架勢，對阿黃說，他有一批真貨，本來是絕不願出手的，這都是他家的祖傳，把祖傳的東西都拿來賣，唉，實在是沒辦法哪！

若在平時，若不是接受了臥底的任務，就憑他說的這幾句話，阿黃就能斷定，此人是個賣假貨的傢伙。你想想，都到這年月了，誰家還能有一批真古董？真有以「批」記數古董的人，還用得著沒辦法了拿出來賣？那早就是大富翁了。也只有大富翁才配「批」。再說，別說是一批，就算有一樣真的，也絕不會拿到這摩羅街來賣。但正因為是搶了人家的，搶了古董店的，當然就有一批啦，有了貨，得銷贓，銷贓怕人懷疑，怕人注意，就只能說是祖傳的啦，就只能到這摩羅街來啦。

阿黃分析得特有理。阿黃也相信他的「假話」。

來人見阿黃深信不疑，越發來了勁，說他的古董價值連城，有清朝乾隆年間的，康熙年間的，有明朝萬曆年間的，洪武手裡的，還有唐朝開寶元年的，更有一絕，是商朝的青銅器。

阿黃只是連聲應著。

「商朝的青銅器，了得？那是要冒殺頭危險的呵。」

「當然，黃先生，你可以看貨，看貨。黃先生，我劉某是最講義氣的，為了朋友，我劉某把腦袋割下來給朋友當凳子坐都可以。黃先生，只要你幫我將這批貨出手，我是絕不會忘了你的，我劉某說話是算數的。」

「行，只要你有真貨，我阿黃照單全收。不過劉先生啊，你賣貨要冒殺頭危險，我買貨照樣要冒殺頭危險的啊，不如我倆合夥來幹，你看怎樣？」

「不行不行，我的貨是現成的，是祖傳下來的，你願買就買，不願買就別買，我另外找家買主就得。」劉某站起來就要走。

阿黃想，這傢伙還挺會裝，不能讓他走。自己若是實在打不進去，告訴警察，將他抓了再說，一審訊，不就審出來了？抓住一個，自己不也是立了功？也能向警方交差了。

「慢慢談嘛，慢慢談嘛。生意是談出來的嘛。」阿黃忙給他敬煙，這位劉某卻說從來就沒抽過煙。

「那就先看貨，先看了貨再說，好吧。」

阿黃提出要看貨，劉某一口答應。只是得要阿黃去珠海看貨。阿黃送劉某走後，忙向警方報告，警方要他去珠海。

阿黃到了珠海，劉某將他引到自己租住的一間樓房，走進去，房裡有一個長相醜陋的女人，還有一個小孩，劉某說是他的老婆和兒子。阿黃就覺得有點不對勁，這個道上的人怎麼會將老婆兒子帶在身邊呢？如果是他的情婦，誰會找個這麼醜的女人做情婦呢？再看那小孩，長得和劉某一個樣。待到劉某將他的祖傳寶物拿出來時，阿黃就傻了眼。

劉某的所謂古董，全是地攤上的那種貨。什麼瓷瓶，什麼花插，什麼龍舟瓷碟，稍微內行一點的人一看就知道，這是內地人一窰一窰燒出來的假貨。劉某還煞有介事地舉著瓷瓶，要他看瓷瓶裡面底部印有的乾隆年製幾個字。

「黃先生你看看這字，這字可不是現代人能做得出的喲。」

阿黃這才明白，自己是真的碰上了一個賣假古董的小騙子，這號小騙子，在街上隨手抓一把都是。

阿黃氣得該死，罵句「吊你老母黑呵」，走了。

阿黃想來想去，只有和警察演一齣苦肉計了。於是在一個黑夜，他蒙面持刀，闖進了一家小金鋪，警察很快趕到，他揮刀奪路逃跑，警察緊追不捨，他扔掉刀子，逃進了一處為警察有所懷疑的夜總會。

阿黃認識夜總會的一個道上人，他對道上人說，快給我找個地方藏一藏，警察在追我。道上人看看外面，警車已呼嘯著開過去了。道上人說，警察不敢到我們這裡來，我們這是受特殊保護的。阿黃就告訴道上人，水磨幫完了，他又受警察追捕，求道上人給他薦個好大哥，他願跟隨鞍前馬後，死心塌地。道上人想了想，說他認識一位主顧，先去幫他說一說。

幾天後，道上人告訴他，人家早就不幹這一行，金盆洗手了。其實是道上人一說阿黃也是幹這一行的，主顧就說不見。而這位主顧，確是紅坤幫的人。

紅坤幫的規矩是：凡非同路人，免談！

所謂同路人者，必須是和他們一樣，出身：生在紅旗下，長在紅旗下；經歷：學生—紅衛兵—知識青年—偷渡。

倘若你不知曉這條路子，你能和他們接觸嗎？就算你知曉了這條路子，你又能在被審查時，答覆得滴水不漏嗎？

生在紅旗下，長在紅旗下，好回答。隨便編個家庭出身吧，工人、農民、教員、革命幹部、高幹，都行，只要年代、時間套得上。學生這段經歷，也算好編，某某地方、某某小學、某某中學。一到了紅衛兵這詞上，你就得犯難了，什麼時候加入紅衛兵組織的啊？什麼時候到北京接受毛主席檢閱的啊？大串聯的路線怎麼走的啊？你那裡的文攻武衛是什麼時候開始的啊？造反司令是誰啊？學校的司令是誰？縣裡的司令是誰？地區的司令是誰？省裡的司令是誰？北京支援你們的司令又是誰？有哪幾次較大規模的武鬥，你學校裡沒有？縣裡有吧，地區有吧，省裡有吧，你沒參加？該知道吧，省裡那次打死了多少人？中央是哪個領導人表態支持的哪一派？等等等等，你個想臥底的香港警察能答出來？再輪到知識青年這個話題了，沒有當過知青的，能說出知青的苦、知青的愛、知青的憂愁、知青的心態？能唱出「秋季流浪的人歸來，樹葉它落滿地／秋風吹來陣陣涼，世事記心上／走在大街無人理，我內心多孤寂。」這樣的《流浪四季歌》？還有知青的打架鬥毆、偷雞摸狗，乃至想離開農村給支書送禮而又無錢，撿兩個空酒瓶子往裡撒滿尿，再密封好送去等等的細節，香港警方能有當過知青的警察？

別說臥底是臥不進了，在你和盯上的實際上也不知道他到底是幹什麼的對象套近乎套了兩次後，他走了，不見了。別人說他是另外找地方打工去了。誰知道他是還在香港或是溜回大陸去了。

紅坤幫的行動，有點像搞地下活動的那般隱密。幾天後，阿黃的那個道上人便不見了蹤影。

十七

香港警方只能從一些目擊者提供的情況，和案發現場留下的痕跡，給這夥黑幫定格如下：一、幾乎均為大高個的蒙面歹徒。二、所挾槍械全為自動武器。三、動作乾淨俐落，訓練有素。四、案發前幾乎毫無動靜，案發後全面隱蔽。五、成員內部聯繫緊密，有一條無形的精神鎖鏈，基本上如同一個宗族，根本不讓外人參與。結論：不像本港黑幫。

讀者也許從香港警匪片看到的槍戰造成了一個錯覺，那就是香港黑幫的火力如何如何兇猛，似乎比香港警方的火力還強，許多根本沒見過的新式武器全在那些黑幫手裡，他們好像掌握了軍火庫一樣。其實，「紅坤幫」才是開了香港有史以來持自動武器打劫的先河。而在這以前，據有關資料，香港的黑幫最多也就是摸過幾支日本鬼子當年用過的三八大蓋和大陸的黑星手槍（五四式），哪裡見過「紅坤幫」這樣「威風」的場面！否則，香港警方的材料上也就不會有「所挾槍械全為自動武器」這一條了。

香港警方的注意力朝向了大陸。他們帶著一些資料向大陸警方諮詢，大陸警方肯定了兩點：一、這班人是行伍出身，訓練有素；二、應該是真槍實彈打過仗的，有實戰經驗。

那麼，符合這兩點的是些什麼人呢？也只有兩種：一是在文革時期參加過大規模武鬥的紅衛兵，二是參加過對越自衛還擊戰的退伍兵。

大陸警方的判斷完全正確。「紅坤幫」主要就是由文革時期的一些紅衛兵──知青構成，主要來自廣東、湖南、上海，以及其他一些省份。

香港警方在大陸警方的配合下，對「紅坤幫」進行全面搜索打擊。然而，一切仍然並不如想像的那樣卓有成效。只是，在又一起搶劫案發生後，現場留下了一封長長的《告香港勞動人民書》，這封「告示書」中引用了許多革命領袖的話，諸如血腥的資本原始積累；在市場上叫喊得最凶和發誓發得最厲害的人，正是希望把最壞的貨物推銷出去的；帝國主義和一切反動派仍然是紙老虎；還有熱烈歡呼香港即將回歸祖國，等等等等。這夥黑幫簡直又像是一夥政治狂人。

然而，從這次搶劫案發生後，香港又忽然一下平靜了下來。

「紅坤幫」似乎突然從香港地面消失得不見了。

只有香港警方的案卷裡，仍然記錄著他們。

沒有人知道，那封《告香港勞動人民書》是「紅坤幫」的告別書，他們要離開香港了，要轉移戰場了。

關於他們的轉移，有幾種說法，一是說他們在香港和大陸警方的聯合打擊下，在香港已難以立足，因為原來只有香港警方追捕，他們可以隨時往大陸溜，而大陸有他們的保護傘，他們的成員中有不少是大陸高幹子弟。現在香港警方和大陸警方一連手，他們沒有了退路，如不迅速轉移，終有一天會成為階下之囚。也就是說是被逼迫而不得不走。另一說是他們主動撤出，因為他們找到了另一個更適合於他們生存和發展的地方，那個地方沒有死刑，即使被逮住也只會蹲大獄，所以他們寧願去冒蹲大獄的危險而不願冒被殺頭的危險。在這二者的權衡下，他們怎麼會不主動離開呢？還有一說，講他們是眼看著香港就要回歸祖國，他們不願讓自己成為妨礙香港回歸祖國的絆腳石，不願成為千古罪人。因為在論及愛國，論及是中國人這一點上，他們確乎有他們的亮色。

於是，N國便成了「紅坤幫」的棲身之地。只是從香港到N國，他們走過了一條漫長而曲折的道路，內部也產生過分裂，各個頭目帶著各自的人北的北上，東的東進，最後又匯合到一起。而「紅坤幫」的主要頭頭，就是焦司令和那位被稱作玲的快槍手劉玉玲，以及為焦司令運軍火一直沒有消息的翰老弟。

十八

緬甸地形複雜，多原始森林。這個國家和中國有著太多的聯繫。在第二次世界大戰中，緬甸就和中國遠征軍的英名緊密聯繫在一起。十萬遠征軍在緬甸野人山突圍時，其悲慘壯烈，驚天地，泣鬼神。杜聿明率長官部直屬部及新二十二軍走出野人山退至印度時，僅剩兩千餘人。其他各部隊最後退到滇西集中時萬人之師也僅剩下兩、三千人，至少十分之七犧牲在緬甸。中國軍隊和英美聯軍向日寇進行大反攻時，日寇揚言「中國軍隊要反攻，拿十萬人頭來！」中國軍隊同仇敵愾，氣壯山河，奮勇進擊，斬關奪隘，取得了緬甸戰場的最後勝利。令史迪威、魏德邁都讚歎不已。

此時，由中國人率領的一隊緬共游擊隊員正埋伏在一條小路旁山坡的叢林中，準備伏擊前來掃蕩的政府軍。

陸放翁和張愛華伏在一起。他倆的手上，各握著一支衝鋒槍。

這次伏擊，是陸放翁制定，也是由他親自指揮的第一仗。

陸放翁和張愛華像走私犯一樣東躲西藏，晝伏夜行，越過邊境線，終於找到了緬甸人民軍。在諸如「同志，我們終於找到了你們啊！」的激動不已、立誓殺敵、打出一個紅彤彤的緬甸來的誓言中，立即為緬甸游擊隊接納。

嶄新的軍裝穿到身上了。緬甸人民軍的草綠色軍裝幾乎同中國人民解放軍的軍裝一模一樣，軍帽正中也是一顆紅色五角星，而襯衣式的上裝紮在軍褲裡，束上武裝帶，人更加顯得精神強悍。特別是張愛華穿上，那種颯爽英姿，絕對的令人叫絕。

張愛華高興得直蹦，自豪得無法言語。

他們被送往一個根據地訓練基地參加訓練。一到訓練基地，他們立即認識了好幾個中國戰友，這些人，都是像他倆一樣來到緬甸投身世界革命的。戰友中已經有人是教官了，專門負責訓練新兵和講授軍事思想、傳授游擊戰術。一認識後，便親熱得不得了，有說不完的革命話和豪言壯語。一個教官告訴陸放翁，他的一個最先來到緬甸的同學，不但當上司令，而且加入了緬甸共產黨；不但加入了緬甸共產黨，而且作為緬共代表團的成員，隨同緬共領袖到過北京。陸放翁一聽，激動得心都發顫。他的目標，也就是這樣的啊！他在心裡發誓，一定要在緬甸當上將軍。

才接受幾天訓練，傳來一個振奮人心的消息，人民軍領導同志要來訓練基地視察。

這消息剛傳出不久，就聽得喊集合、列隊、立正、報數、稍息，再立正。然後是「敬——禮！」領導同志已經走過來了。

人民軍領導同志神采奕奕，面容慈祥。他衣著樸素，上身是一件白襯衫，下身是一條叢林軍褲，白襯衫紮在軍褲裡，軍褲腳挽了兩道箍，腳上是一雙軍便草鞋，背上掛著一頂竹草帽。

人民軍領導同志向游擊戰士們揮著手，大聲說：

「同志們好！」

游擊隊員們則齊聲回答：「領──導──好──！」

領導同志又說：「同志們辛苦了！」

游擊隊員們又齊聲回答：「領──導──辛──苦──！」

陸放翁和張愛華那個激動啊！特別是張愛華，她可還是頭一次接受領導的檢閱呵！她覺得自己真是太幸福了，才到緬甸來不久，就見到了敬愛的領導同志。她更加堅定了信念，到緬甸來的這條路是走對了。

領導同志和藹地要大家坐下，大家就分隊圍成一個個圓圈坐下。領導同志很隨意地走進一個圓圈，坐下，和這個同志談幾句，和那個同志談幾句，然後走進另一個圓圈，坐下。也是和這個同志談幾句，和那個同志談幾句。這麼著地就走進了陸放翁和張愛華們的圓圈。

已當了教官的一個知青立即起立，向領導同志敬了一個標準的軍禮：

「報告領導同志，這是新來的中國同志。」教官指著陸放翁和張愛華說，「請領導同志為新來的中國同志做指示。」

領導同志立即伸出手，說：「中國同志好，中國同志來支援我們的革命，都是好樣的！」

陸放翁和張愛華雙手握住領導的手，張愛華不能不感動得熱淚盈眶。她一邊抹眼淚一邊說，見到領導同志就像見到了親人。

「你們都是紅衛兵，是來履行國際共產主義義務的。」領導同志說，「緬甸人民歡迎你們！」

「報告領導同志，我們原來是毛主席的紅衛兵！現在是緬甸人民軍戰士！」陸放翁大聲說。

「毛主席的紅衛兵在我們這裡都是對敵鬥爭最勇敢的。」領導同志說，「你們感到訓練怎麼樣啊？」

「報告領導同志，我在中國參加過戰鬥，毛主席教導我們一不怕苦，二不怕死！」陸放翁拍拍手中的槍，「這玩意，我早就使用過。」

「槍法準嗎？」領導同志來了興趣，「能給我們表演一下嗎？」

「請領導同志指示，打什麼靶子？」陸放翁興奮不已，在領導面前表現自己的機會終於來了，他真沒想到來得這麼快。

「就打前面那棵樹桿吧。」領導同志指了指前方。

陸放翁端起槍，瞄了瞄，又放下。

「報告領導同志，請允許我打那棵樹的樹杈。」

領導同志點了點頭。

陸放翁托槍，瞄準，三點一線，屏住呼吸，扣動扳機。槍聲一響，爆發出一片歡呼。

領導同志朝他伸出了大拇指。然後又問張愛華：

「小女同志，你怎麼樣？」

張愛華漲紅了臉，小聲回答說：「我不行。」

「不要緊，好好鍛煉鍛煉，就能像你的朋友同志一樣。」

領導同志又拍了拍她的肩膀：

「小女同志，你爸爸媽媽捨得你來嗎？」

「我爸媽……」她吞吞吐吐地不好回答。

「她爸爸媽媽都是老革命，老中共黨員。共產黨員的宗旨就是解放全人類。」陸放翁忙替她回答。

領導同志連聲說，好，好。接著勉勵他們為緬甸革命，為世界革命做出自己的一切貢獻，說等到全緬甸解放之日，他一定來為親愛的中國兄弟同志敬酒。

領導同志走了之後，陸放翁伏在土坡上，眼望著北方，那就是他們要解放的緬甸國土，可是他看見的，只有莽莽叢林。被領導誇獎的巨大幸福使得他的雙眼如同喝多了酒一樣的漲得通紅。他對靠在他身邊的張愛華說：

「愛華，我一定要為解放全緬甸血戰到底，你看吧，我很快就要參加戰鬥了，我也許會在戰鬥中死去，我如果不能看著全緬甸解放就死了，到緬甸解放那一天，你一定要到我的墳前燒幾張紙，告訴我緬甸解放的消息。」

他在說這句話時，驀地想起了陸遊的詩「王室北定中原日，家祭毋忘告乃翁」。於是，他的名字正式成了陸放翁。

張愛華說：「陸，我也和你一樣，一定為解放緬甸血戰到底！絕不辜負領導同志對我的期望。」

「啊！啊！我們終於站到解放戰爭的最前線了！我們的鮮血，終於可為共產主義事業而拋灑了！」兩個激動不已的知青戀人並肩而立同聲而喊。如果他們能留下一張合影，如果他們能留下一盒此時的錄音帶，二十年後，當他們再來看，再來聽時，他們也許仍然不會為此感到當時的幼稚，因為這是他們實實在在的寫真和發自內心的聲音。只是，即算留下了合影和錄音，他們中的一個，也永遠無法看到和聽到了。

「陸，你說距離緬甸解放之日還會有多久？」張愛華問道。

「不管還有多久，革命總是要勝利的！」

「那，我們，到革命勝利的時候再結婚。」

這些話，都是他們在看描寫革命先烈的書和電影中學到的，但此刻從他們口裡說出來，已全然沒有模仿的痕跡，而是完完全全成了他們自己的！

有本書叫《鋼鐵是怎樣煉成的》，而他們的熱血，就是這麼沸騰的。

陸放翁在當天就結束訓練，正式成了一名游擊戰士。立即開赴前線，參加反政府軍圍剿的戰鬥。

緬甸政府軍的戰鬥力並不強，但是游擊隊的戰鬥力也強不到哪裡去。陸放翁發揚在文革武鬥中不怕死的精神，總是衝在最前面，撤退在最後面，雖然很快成了英雄，卻總是為游擊隊打仗打得窩囊而煩躁不已。

如果由我來指揮，如果由我來帶兵！他心中的不滿漸漸增長。

夜，黑得伸手不見五指。

濃霧，如同一張怎麼也撥不開的簾子，將山林封得嚴嚴實實。

荊棘刺叢，老樹盤根，毒蛇潛伏，蚊蟲嗡嗡。

一場窩囊的仗還沒打完，陸放翁發現身邊一個人也沒有了，是都被打死了呢？還是全他媽的逃了？他只得選擇方向突出包圍圈。等到聽不到政府軍的槍聲了時，他才發現自己迷了路，在莽莽叢林中怎麼轉也轉不出來了。

一天過去，兩天過去……他只知道叢林中亮了又黑，黑了又亮……

吃的，沒有了；喝的，也沒有了。

他如同進入了一個龐大的永無邊際的迷魂陣。

他在心裡默數著，已經六天六夜了。他連爬行的力氣也沒有了。

此時，他才感到：人，其實最怕的是孤獨。

打仗算什麼，流血算什麼，死，又算得了什麼?!

當和游擊隊員們在一起時，儘管對他們的表現不滿意，儘管覺得老是被動挨打窩囊透頂，但心裡不覺得慌。當和政府軍面對面地廝殺時，也根本不覺得怕。可一旦自己孤身一人陷入茫茫叢林中時，他感到了恐慌，感到了害怕。

他只有一個信念，爬，也要爬回根據地去，絕不能落在政府軍手裡當俘虜。游擊隊對政府軍處置俘虜的宣傳，游擊隊內部對俘虜的態度，使得每一個受到宣傳者都以當俘虜為最大恥辱。都認為被俘虜將會受到非人的折磨。作為紅衛兵出身的他，更是從小就將俘虜和叛徒幾乎劃為等號。所以他已經做好了準備，萬一要落到敵人手裡時，他就自殺。而後來緬甸政府軍之所以能將游擊隊平定，和他們對放下槍者寬大處理的政策有很大關係。

當時在叢林中的他，饑餓是最大的敵人。饑餓如同一隻鐵鉗緊緊夾著他的喉嚨，令他憋悶得要昏死過去。

他抬頭看天，天在旋轉；他用盡力氣晃了晃頭，再看地，地也在旋轉……

驀地，他什麼也不知道了。

一股涼冰冰的滑動使他醒了過來，他睜開眼，一條花斑長蛇正從他脖頸間滑過，就要溜過去了。他渾身突然來了力氣，伸出雙手，一把卡住花斑長蛇，張口便咬……

蛇血，使他有了活力。

他拔出匕首，將蛇肉一塊塊割下來。他終於吃到了食物，他又站了起來。

又是幾天過去了。

這幾天，使他求生的本能得到了最大限度的發揮，也使他煉出了應付惡劣環境的各種技能。從這以後，他的膽子越發天大。

鬼使神差，他在叢林中轉來轉去，竟然走出了迷魂陣。

「什麼人？」

他聽到槍栓響，更聽到了一個熟悉的聲音。

愛華！是愛華！

他朝愛華撲去。

「站住！再往前一步我就開槍了！」

愛華已經認不出他了。他無力喊出一聲，只是「撲通」，倒在了地上。

他醒來時，躺在愛華的懷裡。

還有什麼比在生死線上重逢更令人真正激動的呢？

愛華只是一個勁地撫摸著他瘦骨嶙峋的背，眼淚水「吧嗒吧嗒」滴在他肩上。

陸放翁光榮地成了緬共黨員，並被任命為分隊長。

他帶領分隊連續打了兩次漂亮的勝仗。

這一次，他又採用「誘敵深入」的戰術，布下一個口袋陣，專等著政府軍往口袋裡鑽。敵人來了，在他們的視線裡出現了。出乎他們意料的是，敵方的兵力是他們的好幾倍，布下的口袋無論如何也難以裝下。

怎麼辦呢？陸放翁在心裡思忖著，只有把敵人放過去，然後兜住敵人的屁股狠狠地打一傢伙，打完便撤，等敵人清醒過來，自己的人就全走完了。如果按原定計劃打，只能將進入伏擊圈的消滅一些，而後面的敵人就會迅速從兩面包抄，那樣，打伏擊的反而會被對方包圍。「只有先保存自己，才能有效地消滅敵人。」他又記起了毛主席語錄。

傳達命令！改變原定計劃，將敵人放過去，任何人不准暴露目標，待敵人全部過去後聽我的命令開火，只准打五分鐘，五分鐘後立即撤離！

敵方長長的隊伍開過來了，尖兵隊走在前面，距離他們的大隊人馬有幾十米遠。尖兵隊進入伏擊圈了。他們沉默而又警惕地走著，貓著腰，舉著槍，呈品字形掩護著前進。隨時準備遇到狙擊。

尖兵隊過去了。大隊人馬進來了。不規則的幾列縱隊，外面的兩列縱隊分別側著身子，手中的槍對著兩邊的山坡。

「達達達達」，衝鋒槍響了，對著山坡上埋伏著游擊隊員的樹叢雜草亂掃。這是明顯的試探性亂打，他們根本就不知道山坡上有埋伏。然而，一個被嚇壞了的游擊隊員從樹叢裡跳了出來。他彎著腰，雙手抱頭，飛也似地往山坡下跑，衝著敵人橫截過去。他已經是什麼也看不見，什麼也顧不上了。

所有的安排全被破壞。目標，已經暴露了。

幾支衝鋒槍朝著狂奔的人掃射過去，子彈打得他全身像蜂窩一樣。他一頭栽倒在地上，兩隻手依然驚駭地抱著腦袋。

只有硬打了。陸放翁憤怒地喊出了「打！」他的憤怒更多的是對著那怕死的被打死的游擊隊員。

他手中的槍，射出了怒嘯的子彈。

後面的政府軍立即分散開，朝山坡包抄過來。

一場力量懸殊的血戰，展開了。

在大青樹和鳳尾竹的的濃陰下，一場類似中國大批判的戰地總結會正在激烈地展開。

陸放翁的小分隊損失慘重，失敗的原因本來十分清楚，但總結會的所有火力全對準了他。

擅自改變作戰計劃，放著進入伏擊圈的敵人不打，卻命令要讓敵人全走出伏擊圈後才准開火，導致幾乎全隊覆滅。

陸放翁要申辯，之所以改變作戰計劃，是因為情報失誤，敵人的兵力過於強大；改變的計劃之所以失誤，是因為那個怕死的傢伙暴露了目標……但他幾乎沒有申辯的餘地，只能接受批判式的質問。

「陸同志，你已經不是中國的一個紅衛兵，也不是中國的一個知識青年，你是一個緬甸共產黨黨員，是緬共人民軍的一個戰士，一個指揮員，你必須從思想深處檢查為什麼在你的指揮下，隊伍受到這麼大的傷亡？」

「在改變戰鬥計劃時，你是什麼思想在支配著你的行動？是不是憐憫敵人？下不了狠狠打擊的決心？」

「你是不是對緬甸政府還存在著什麼幻想？是不是受了他們反革命宣傳的影響？」

「緬甸政府和你們中國政府的關係一直還算可以的嘛，陸同志受到緬甸政府所謂團結合作的影響是可想而知的！」

「我們內部不進行清理整頓，不清除思想不堅定分子，緬甸革命是不可能成功的！」

……

陸放翁聽著這些話語好熟悉，這些話和文化革命中的話幾乎如出一轍。

他還不知道的是，緬甸共產黨已在他們的根據地開始發動如同「文化大革命」的整治運動。開展從下到上的清洗，發動群眾，深揭狠挖，以階級鬥爭來指導一切，實行全面徹底的無產階級專政。緬共同樣引用毛澤東的最高指示，如「階級鬥爭，一抓就靈」、「政治是統帥，是靈魂，政治工作是一切工作的生命線」、「我們絕不可因為勝利，而放鬆對於帝國主義分子及其走狗們的瘋狂的報復陰謀的警惕性」、「敵人是不會自行消滅的」、「革命不是請客吃飯，不是做文章，不是繪畫繡花，不能那樣雅致，那樣從容不迫，文質彬彬，那樣溫良恭儉讓」等等。

調查家庭成分、社會關係，黨員進行重新登記成為緬共反修防修內部整治的第一步。

這內部的第一步很快擴展到緬甸人民軍。游擊戰士也要人人過關。

張愛華成為首批清洗對象中的一員。

張愛華的家庭出身非無產階級，她偷渡過來參加緬甸人民軍的動機不明，在戰鬥中沒有什麼突出表現，說明她戰鬥意志不堅，她是陸放翁帶過來的，陸放翁本身有嚴重問題……

一個莫須有的罪名到了張愛華身上，伏擊戰的失敗是她造成的，因為她曾參入了偵察敵情。祕密處決。

當已被撤銷了分隊長職務的陸放翁知道時，張愛華已被執行，她在臨執行時已經昏厥。陸放翁伏在沒有碑記的愛華墳前嚎啕大哭，「是我害了你，是我害了你啊！」他的頭在墳堆上使勁磕，使勁磕，磕出了一灘鮮血。

陸放翁被監視了起來。

游擊隊內部人人自危。凡被檢舉出有不滿言論者，迅速在隊伍中消失。

與此同時，根據地也開展了肅清內奸，清理不可靠民眾的運動，根據地的老百姓大批外逃。更多地投向了政府。反過來向政府軍傳遞游擊隊的情報，給政府軍帶路。

政府軍則採取懷柔安撫政策，凡是投靠過來的，一概既往不咎。

游擊戰越打越慘，根據地越打越小。人民軍的人心越打越散，覆滅，已經在所難免。

陸放翁知道，當緬共失敗已成定局之日，內部清洗會越加瘋狂，等待他的，只有被槍斃這一條路。

在一次血戰中，他，逃跑了。

數年過去，緬甸成了中國遊客最容易出國遊覽的一個好去處。凡去雲南遊西雙版納等風景區的遊客，基本上都要去享受「緬甸一日遊」或「數日遊」。中緬邊境的導遊中有一位王君，也是知識青年偷渡到緬甸打過仗的，曾是陸放翁和張愛華在緬共人民軍的戰友，當有人問起他當年在緬甸的事，王君只苦笑一聲，攤開雙手。問起他的那些戰友，王君說，死的死了，死得很慘，也很壯烈；走的走了，走得淒淒惶惶，不願回首。問他怎麼在這裡幹起了導遊？王君說，當時不想離開腳下的這塊土地，確有壯志未酬之感，因為不管世人如何評說，嘲笑也好，唏噓也好，總之那是自己走過的一條路，是自己的一段歷史，我自己不想否定自己。隨著緬甸戰事的平息，中國的改革開放，邊境貿易的開展，我看中此地必當大發！大發不算，還有自由，你到哪個地方能找到像我這樣自由的職業呢？

王君可算得上是第一流的導遊，中緬兩國交界地帶，他有哪一處不熟悉呢？現在的緬甸，他又有哪一處不熟悉呢？他領著遊客登上汽車，踏上緬甸的土地，車子行走在緬甸險峻的公路上時，他指著豎立在公路旁的交通標牌上的警語，會告訴你，那上面寫的是「你如果不想活，就請開快車！」然後評介說，這樣的交通警語寫得多好啊，它在令你觸目驚心的同時，顯示的是對人生命的珍惜。他在介紹仰光那高三十七丈，全部鍍金，最上層全部以金磚砌成，數十里外便能目睹其輝煌燦爛的大金塔時，會發自內心的說，這麼偉大的文化建築，是緬甸人民的驕傲和自豪。他沒有說出來的是，這麼偉大的文化建築，當年竟然也在被砸爛的資本主義舊秩序之列！

緬共和緬共人民軍的故事，除了曾參加過的人有時還發出些慨歎外，已經沒有什麼人提及了。

緬共和緬共人民軍的徹底崩潰是在一九八九年。僅僅半年時間。其徹底崩潰又和他們戰鬥力最強的中國知青戰士分不開。是年三月十一日，有「中國井岡山」之稱的緬甸果敢發生兵變，彭家聲宣佈脫離緬甸共產黨，另立「緬甸民族民主同盟黨」和「緬甸民族民主同盟軍」，十三日，彭部進軍猛洪，十四日，佔領緬共北方分局所在地猛固。所到之處的緬共人民軍幾乎全部投誠歸順，可謂「兵不血刃」。四月十一日，緬共中央候補委員、北佤縣長趙尼來與緬共人民軍中部軍區副司令鮑友祥，率中部軍區全體官兵「反水」。趙尼來、鮑友祥都是雲南佤族人，趙尼來在雲南滄源縣某生產隊當過會計；鮑友祥是雲南思茅地區西盟縣佤族頭人的後裔。十七日，趙、鮑率部包圍了緬共中央所在地邦桑，緬共主席德欽巴登頂及其它中央領導人全部被扣押，被扣押的這些緬共中央領導人旋被送入中國境內的孟連縣。趙、鮑之所以不發一彈便將緬共中央領導人悉數擒獲，乃因緬共中央警衛旅政委羅常保等人也已「反水」，來了個「裡應外合」。緬共中央被「一鍋端」後僅兩天，即十九日，緬共「八一五」軍區司令林明賢便宣告脫離緬共領導。「八一五」軍區是緬共及人民軍的重中之重，相當於中國樹立的典型、旗幟。「八一五」軍區的領導人則幾乎全是從中國到緬甸「履行國際共產主義義務」，要「打出一個紅彤彤的緬甸來」的「知識青年」。九月，一〇一軍區司令員丁英宣佈脫離緬甸共產黨，成立了「克欽新民主獨立軍」。由德欽巴登頂等十餘人在雲南組成的緬共臨時中央領導機構遷到一〇一軍區所在地板瓦還不到三個月，此時已無他處可去，只能進入中國，由中國收養。至此，緬共及緬共人民軍的「歷史使命」完結。德欽巴登頂於一九九七年十二月在北京病逝。

第四章 青春——在和平時代的戰火中騷動

十九

深夜，一輛遮蔽得嚴嚴實實的大貨車，駛進了鄉村俱樂部。

「報告頭兒，我們的武器運來了。」

「太好了，」英特拉看了看手錶上的日曆，「給支那人的時間還有最後兩天，到時候他們不撤，你們就有用武之地了。」

「頭兒，乾脆提前把他們趕走算了！」

「NO!NO!NO!，儘量避免武力衝突，你要知道，我們所在的這個國家，可是不喜歡武裝衝突的呵。這用支那那個軍事家孫子的話說，叫做不戰而屈人之兵，是為上上策也。」英特拉哈哈大笑起來。

笑畢，他突然問：

「那個支那女人找到了嗎？」

「還沒有，不過，那個支那摩托車騎士已經上鉤。按照您的吩咐，他的一言一行，都在我們的掌握之中。」

「好，從他嘴裡，即使得不到那個女人的消息，也總能得到一些對我們有用的東西。」

「那個摩托車騎士說他是從緬甸叢林中血戰出來的。」

「呵，這倒是值得重視的資訊。難道他們……」英特拉想了想，「通知九號，繼續從支那人口裡掏出對我們有用的東西，歷史的，現在的，都要。把錄音帶拿來，我要親自聽一聽。再告訴大夥，作好戰鬥準備。」

這些印度人沒有想到的是，在他們對中國人的火併已劍拔弩張時，來到這個國家的越南人，已把眼光盯住了他們！只待他們一向中國人發起攻擊，當兩敗俱傷時，越南人就要乘機吃掉贏家。

越南幫要坐收漁翁之利。

二十

麗莎強烈地發現自己已經愛上了這個摩托車騎士陸放翁。

她在內心裡對自己說，這不可能，不可能，絕對地不可能！可是她知道自己是在迫切地盼望著他的到來。只要他一出現，她就按奈不住那份欣喜。她命令自己不能愛上他，不能有這份欣喜，她應當是一個冷血動物，是一條佯裝冬眠的蛇，可是她做不到，無論如何也做不到。

她覺得摩托車騎士是個非常勇敢的人，內心承受著沉重的傷痛。她想，這就是我喜歡上他的原因。

麗莎的心裡也在承受著沉重的傷痛。她不知道自己是怎麼成了幫會的人。她只知道幫會就如同一片泥沼地，表面上覆蓋著一些綠草，寂靜無聲，有著大自然闊野的安寧，但只要你一腳踏進去，就再也休想出來。泥沼地裡只有一條僅容雙腳踏立的小路，那條小路也淹在水裡。你必須沿著那條淹在水裡的小路小心翼翼地走，別無選擇。你的腳只要踏偏一點點，就會落入泥沼中，你立即就只能在泥漿中蠕動，等待著滅頂之災。你的手也許還能胡亂地抓幾下，但只能抓撓著泥漿，你的嘴也許還能叫幾聲，但緊接著就只能吐著泥漿。然後，你便在泥沼中消失了。

麗莎現在是奉命勾引陸放翁，要從陸放翁口裡勾出那個支那女人的下落。她就必須勾引。可是她竟愛上了自己所勾引的人，這就預示著她的腳很快就要踏偏那條泥沼地裡唯一立足的小路，很快就將為泥沼吞噬。

泥沼地裡的那條小路呵，為什麼永遠沒有盡頭?!

一想到如同喝醉酒的汽車將摩托車騎士逼得失控，一想到自己有意讓陸放翁撞倒，一想到陸放翁對自己那麼友好，那麼熱情，那麼直率，那麼的相信她，把過去的一切都告訴她，而她，竟把這一切都裝進了竊聽器，她就有點內疚。本來幹她這一行的，這都是本職工作，可現在一切都在心裡顛了個兒，這都是為什麼呢？該死的說不明道不清的愛呵！

她現在唯一希望的是，陸放翁根本就不知道那個支那女人的半點情況，更不是支那幫裡邊的人。然而，萬一他知道那個女人的情況，萬一他是支那幫的人呢？

她不敢想下去了。

她的心頭，老是纏繞著陸放翁和愛華的故事。

當陸放翁講完了他和愛華的故事後，她，被強烈地震撼了。她本想好好安慰安慰這位摩托車騎士，可她說出來的竟然是這麼一句：

「你，一直沒和那位愛華做愛嗎？」

她覺得，和一個同患難共生死的戀人竟然沒有做愛就死掉，那才是最大的悲哀。

「沒有。」陸放翁回答說。

「你為什麼不和她做愛呢？難道是她不同意？」

「她沒有表示過拒絕。」

「不拒絕就是同意啊！你們這些人，真是奇怪。」麗莎攤開雙手，表示不可理解。

「我們中國人的許多事，你確實不能理解也無法理解。」

「如果是我，」麗莎說，「假如我是你，我一定要和她做愛；假如我是她，我也一定要和你做愛！事情就是這麼簡單，並不複雜。你們往往就是把簡單的變成了複雜，複雜的變得更複雜。最後，喪失了一切機會，什麼也沒有了。留下的只有惋歎。」

「你說的有些道理。可是你不可能知道，當時，我們是理想戰勝一切，革命沒有成功，其他的，都得暫時放下。」

「做愛和理想能有什麼矛盾嗎？」

「唉，現在想起來是這樣的。可當時，當時……你怎麼老是問我做愛沒做愛幹什麼呢？」

「我們的思維不同嘛。如果作為一個中國女人，也許擔心的就是你和她做了愛。你沒和她做愛，她才感到高興。可我是為你們沒有做愛而感到遺憾啊。人死有什麼可怕，只要在死前，和自己所愛的人幹了應該幹的事，死了也會心安理得。值了。也就不後悔了。」

麗莎的話使得陸放翁心裡一顫，他猛地想起了愛華在被槍斃前的幾天，大概是一個星期吧，曾約他到了一棵大青樹下。

那時他已被解除了武裝，愛華也被解除了武裝，說是整頓集訓，所以武器上交。他根本沒意識到將會發生什麼事，可愛華似乎已經有了預感。

愛華一見到他就說：

「陸，你還好吧？」

他緊緊地握著愛華的手，說：

「我很好，很好，沒事，沒事。你呢？」

愛華說：「我……說不出個什麼來，只是覺得，和剛來那一陣子好像有點異樣，總好像，怎麼說呢？反而有種陌生感了。」

愛華苦笑了一下。

他恨自己沒有仔細地去思索愛華說的話，他只知道用豪言壯語去讓愛華經受考驗。他說：

「這是正常現象，整風嘛，相互之間不可能再像平常那樣。整風就得有整風的樣子嘛。這也正是對我們的考驗，愛華，挺直腰桿，沒什麼大不了的事，革命嘛，還能不有些風風浪浪。」

「我想，應該也沒有什麼事，就是，特想你。特想和你在一起。」愛華的表情總有點憂鬱。

「等整風一結束，我再要求把你和我調到一個分隊，像從前一樣並肩作戰。在我身邊，你什麼也不用擔心。」

愛華點點頭，說：

「陸，你總像一團火，總是能把別人的心點燃。」

「我用我這團火，還要將整個世界照亮呢！」

愛華笑了。

看著愛華一笑起來就更加生動的那張臉，他情不自禁地說：

「愛華，你穿著這身軍裝，真是漂亮極了。」

「可是，已經沒有了槍。」

「我不也沒有嗎？不拿槍，才是真正的約會啊！」

「拿了槍難道就要對著我『開火』嗎？」

他覺得愛華的這句話很幽默。但絕沒有想到愛華是從槍被收繳所引起的聯想，愛華的聯想不是毫無根據的，而他，卻蠢得像豬一樣，沒有引起絲毫的警覺。沒有半點應對的準備。

如果他有所警覺，如果他知道要對愛華下手，他絕不會讓愛華坐以待斃的。在這一點上，他深信自己不管再如何激進，再如何將革命理想放到崇高的位置，他也會帶著愛華逃跑。他可以帶著愛華到另一個地方去，他可以用「到哪裡還不是幹革命啊？」來為自己的行為開脫。

他又曾經怨過愛華為什麼不把預感說明白，你可以直截了當地對我說啊，你說你感到了危險，感到了來自內部的危險，他們可能要將你作為異己分子清除，你要我帶你跑啊，要我帶你離開這個危險的地方啊！可是他知道自己這是在自欺欺人，只不過是為自己減輕些對愛華之死所應付的責任而已。

他清楚地瞭解自己，在當時那種情況下，即使愛華說出了所處的危險境地，他也不會相信的，他只會勸愛華挺住，挺住，再挺住。勇敢地接受考驗，再接受考驗！

從某種角度來說，愛華，就是被他害死的！

可憐的愛華呵！

愛華在說了那句他認為是幽默的話後，明顯地對他射來了一個嫵媚的眼神。但他直到愛華死後才發現，愛華那個嫵媚的眼神裡有著一種絕望。

「陸，你吻吻我。」愛華輕輕地說。

他覺得愛華真正的成熟了，當了兵就是不一樣，膽子變得大了，敢於主動了。

他剛將嘴唇湊攏去，愛華便像一根藤蔓一樣緊緊地纏住了他。這根緊緊地纏住他的藤蔓慢慢地，慢慢地往下滑去，最後癱倒在地上。

仰面朝天的愛華的雙手仍然緊緊地箍住他的脖子，愛華的雙眼緊緊閉著，只有眼睫毛在不停地顫抖。

他聽見愛華在輕聲地，急切地，喃喃地呼喚他：

「來吧，陸，你來啊！我在等著你，你快來啊，快來啊！我把自己，交給你了，再不給你，也許，就沒有機會了……」

這種輕聲地，喃喃地呼喚如同疾風驟雨，如同山崩海翻，他用雨點般的吻封住了愛華的呼喚。以至於根本就沒有時間去思索那呼喚中的最後話語。

他將愛華的軍衣從武裝帶裡扯了出來，他將軍衣的紐扣一個一個地解開了，他看見了軍衣裡邊小小的乳罩，他用牙齒咬著那小小的乳罩，把乳罩翻到上面去了，他吻著了青春之花初放的蓓蕾……

當他正要完成自己和愛華進入人世以來的第一次也是最偉大的嘗試時，一種意念，一種革命的堅強意念，突然如一堵從天而降的圍牆，阻止了他的進入：不能，不能！

他忽地鬆開了愛華。

「陸，你怎麼哪？」愛華睜開眼睛，滿臉疑惑。

「不能這樣，我不能。」

「為什麼？」

「愛華，你想想，這是在戰爭時期，我們是戰士，萬一……萬一，你懷上了孕，還怎麼打仗？怎麼行軍？我豈不是害了你。」

愛華用手捂著眼睛，嚶嚶地哭起來。

愛華一哭，他慌了。他只知道一個勁地說：

「別哭別哭，親愛的，等到勝利後，等到緬甸解放後，我們就結婚，結婚，我一輩子都對你好，絕不欺負你……」

愛華卻哭得更厲害了。

他不知道愛華為什麼哭。現在他明白了，可是，明白了又有什麼用呢？

他連愛華在臨死之前想在戀人身上得到的一點嘗試都沒有給她。

愛華站了起來，擦乾眼淚，整理好軍裝，拍了拍身上的泥土，擠出一絲笑容。

「你走吧，我沒事。」

這是愛華對他說的最後一句話。

他又吻了一下愛華，走了。

他沒想到，這是最後的一吻。

他再也沒見到愛華，直到愛華被槍斃，他見到的也只是一個草草壘起的新塚。沒有名字，沒有墓碑，什麼也沒有。

……

「你說，我像個男人嗎？」陸放翁從沉思中醒來，問麗莎。

「怎麼說呢？對於要求男人的標準，不同的女人有著不同的尺寸。」麗莎笑了笑。

「就拿你的尺寸來衡量。」

「要我說嘛，你還算得上一個男人。因為，你沒有忘記她。也不忌諱在一個女人面前說到她，而且，這個女人嘛……」麗莎故意賣了個關子。

「這個女人怎麼啦？不就是你嗎？」

「對，是我呀。」

「不是你難道還是別人，這個房子裡還會有第三者？」陸放翁又逐漸恢復了調侃的本色。他做出在房子裡東尋西找的樣子。

麗莎看著他那故意做出的東尋西找的模樣，樂得哈哈的。

「這裡只有你，沒有別人！」陸放翁裝做特別認真地說。

「還有你。」麗莎伸出一個指頭，點著陸放翁的頭，「你和我，一共是兩個人。」

兩人同時笑起來。

陸放翁突然說：

「這人啊，真是說不清，剛才我倆還在為我過去的事，為死去的愛華，沉重得不得了，這會呢，煙消雲散了，全沒事了，只顧自個兒樂了。」

「不樂你還去哭一輩子啊?!你哭啊，哭啊，我就在這裡看著你為過去的戀人哭。」

「瞧，有點吃醋了不是？半個小時前還在為我沒和愛華做愛感到遺憾，現在呢，連提到她你都不樂意了。」

「你是我什麼人啊？用你愛說的話是，犯得著嗎？」

「我是你的朋友啊！」

「朋友，是什麼樣的朋友？」

「你將不將我當做朋友我不知道，反正，我是將你當作我最好最好的朋友了。還要補充一句，是女朋友。知道我們說的女朋友是什麼意思嗎？」陸放翁涎著笑臉說。

「你們說的女朋友和愛人是一樣的吧？」麗莎想再次證實「愛人」的含義。

「對對對，說得完全正確。不過，我們說的『愛人』可不是你們說的情人。而是老婆、太太。你已經默認你是我的太太了，是我的老婆了。」陸放翁越發肆無忌憚起來。

「我什麼時候默認了啊？」麗莎問。

「你不是說過嗎，不抗拒就是同意啊！」

麗莎這才發現上了當，她說這是兩回事，不能攪做一起。她要騎士向她認錯，陸放翁不肯認錯。麗莎覺得有趣極了。

和他在一起真是開心。麗莎想。

她想著摩托車騎士和她鬧歸鬧，但始終保持著應保持的軌距，始終沒有想越過那條「鐵軌」，陸放翁越是這樣，麗莎就越是喜歡他。麗莎揣測著，他是不是也像對待他那個愛華一樣，總是傻傻地保持著距離。麗莎對自己說，我可不去做那個愛華，我喜歡他，我就一定要得到他！哪怕只是一回，只是一瞬間。

可是那個招人喜歡的騎士已經兩天沒來了。

他幹什麼去了呢？他為什麼這麼長的時間不來呢？如果說白天有事不能來，晚上該可以來啊！

麗莎竟然等得心焦了。

該不會出事吧？麗莎又想到了車禍，那個傢伙，一天到晚騎著個摩托車瘋跑，可別真的出個車禍喲。

一想到自己這樣擔心他，麗莎便警告自己，不能陷入感情的泥沼，不能！絕對不能！可是要強迫自己別去想他，麗莎又做不到。

他會來的，會來的，一定會來的！

麗莎在房裡焦躁不安地轉著圈子。轉來轉去，她拿出了一副撲克牌。

她開始用撲克牌算命，算摩托車騎士今天到底會不會來。

撲克牌一張一張地往桌子上疊著，一切都很順利啊！她一連算了三次，三次都證實摩托車騎士很快就會來。

「就會來，就會來！可他偏偏就是不來！」麗莎對著撲克生氣了。

她將撲克牌收起，懊喪地躺到沙發上。

忽然，門鈴急驟地響了。

他來了，是他來了！

她從沙發上一躍而起，跑去把門打開，來的果然是陸放翁。

她再也不願意控制自己了，她一把撲上去，雙手箍住陸放翁的脖子，將自己的嘴唇貼了上去。

陸放翁幾乎是在猝不及防的情況下得到了突如其來的驚喜，他早就在盼著這一刻，可是他不敢造次，他害怕自己的魯莽會得罪麗莎，會令這個如同公主般高貴的女人拒他於門外，再也見不到她。他沒想到自己期盼的這麼快就來到了面前，他的情感立即像火山般爆發。

他一邊狂熱地吻著她，一邊迫不及待地喊著，麗莎，親愛的麗莎，你知道嗎？我等了你幾十年，你才來到我身邊，我再也不會讓你走，再也不會放開你，我要這樣和你死到一塊，死到一塊……

麗莎聽著他胡亂說著的「死」，儘管知道這是狂熱的囈語，但心裡還是「咯噔」一下，一種不祥的預兆浮上腦海。

管不得那麼多也顧不得那麼多了，麗莎此時想著的就是上床，趕快上床。彷彿不立即上床，就再也沒有機會和這個男人在一起了。

麗莎緊緊地擁著他，一步一步地往床邊退去。她終於倒到床上了，她仰天望著摩托車騎士，雙眼充滿了渴望。

陸放翁突然感到自己有點奇怪，和女人上床，實在是輕車熟路了，可面對著麗莎，他竟然有點緊張，就如同看著一件珍貴的物品，生怕弄壞，而無從下手一樣。

他顫抖著手去解麗莎的衣服，這讓麗莎很快活。麗莎伸出雙手，幫他脫下了上衣。

麗莎的胴體裸露在他眼前了，他驚歎一聲，正要不顧一切時，麗莎卻推開了他。

麗莎驀地想到了竊聽器，就這樣和他做愛嗎？不行！得先和他說話，必須讓外面的人聽到，她是在工作，正在工作。她和他的一切，都在外面的人掌握之中。

一個惡作劇又湧上心頭，她就要和他做愛，是的，就要做愛，她要讓做愛的所有細節都讓他們知道，就是要讓他們知道！

「親愛的，先躺到我身邊，來，躺到我身邊。」她故意加大聲音。

「親愛的，讓我枕到你胸脯上，聽聽你的心音。」她一邊撫摸著摩托車騎士，一邊說。

「親愛的，你沒有別的女人吧？你不會躺在我的床上，心裡又在想著別的女人吧？」

陸放翁連聲申辯，像一個小孩被大人誤會一樣的著急。麗莎心裡直好笑。

「親愛的，有一次我看見你的摩托車後面載著一個漂亮女人，那不會是你的情人吧？」麗莎說完，趕緊用手捂住他的嘴，將自己的口貼著他耳朵，輕輕地說，「不用回答！我相信你。」然後以疾風驟雨般的吻封住摩托車騎士的嘴。

狂熱中的陸放翁並沒有忘記自己的身份，「工會主席」郝仕儒已將焦司令要他注意一點的指示傳達給他。所以當麗莎要他不用回答時，他反而有意大聲地說開了。

「親愛的，你是說看見我的摩托車後面載著一個漂亮的女人嗎？我哪一天不載漂亮女人啊？」說完，他又趕緊貼著麗莎的耳朵說，「別信我的鬼話，我沒有別的女人。」

這種遊戲讓麗莎覺得特別開心。

「好啦，親愛的，來吧！」

麗莎全身扭動起來，一邊狂扭一邊大聲地喘息。

「親愛的，親愛的……」她不停地喊著，「你真是好樣的，好樣的！」

很快，麗莎的故意做作變成了自覺的配合。她喘息不止，呻吟不止，甚至狂叫起來……

「幹上了。」樓房外街道拐角處待在汽車裡竊聽的一個人說。

「他媽的，這個婊子！」另一個人狠狠地罵了一句。
「別吃醋啦，等他們幹完，那個傢伙就該把知道的一切乖乖地說出來囉。」
「關掉！等他們幹完了再聽。」
「關什麼喲，免費讓你聽都不聽啊？」
「受不了吧，哈哈。」
一輛警車亮著警燈呼嘯而過。
「哪兒又發生什麼了？」
「放心吧，我們現在是守法公民。」
「守法公民不正在竊聽公民的隱私嗎？」
「公民隱私?!」車裡的人都笑起來。

二十一

距離印度幫的通牒只剩最後一天時間了，為焦司令運送武器的翰老弟仍然沒有消息。焦司令心急如焚，他坐在總經理辦公室裡邊的小間沙發上，小間裡堆滿了空酒瓶。

翰老弟到底遇到什麼麻煩了呢？為什麼到現在還未有消息來呢？難道是警方加強了戒備，還是那批貨提不出來？或者是如同梁山泊李逵碰到了打劫的李鬼？

焦司令一邊喝酒一邊思索，人家是喝酒越喝越糊塗，他是不想問題可以不喝酒，一想問題就要喝酒，越喝腦子越清晰。沒有人見過他喝酒喝醉過，只見過他不知將多少自稱喝酒的好漢醉翻在地。喝酒是焦司令的一大法寶，在酒宴上談生意他能占上風，賄賂地方官們能讓官員醜態畢露爾後「來者不拒」，就連警察，只要一和他碰上杯，準保忘了自己是在第幾城區巡邏。

焦司令在酒精的作用下，開始一個一個問題地進行周密解剖，從中尋找正確答案。

對於警方，儘管已近雪的祭日，但只要印度幫沒有走漏消息，警方不會有特別行動，而印度幫顯然是不願走漏消息的，因為走漏消息，對他們沒有半點好處，只會引起警方對他們的警惕，妨礙他們自己的行動。自己這一方，嚴格的保密措施自不必說，即使在警方的眼裡，「支那幫」也是微不足道，警方根本就不會懷疑「支那幫」會有什麼動作。這裡需要讓讀者明瞭一點的是，在N國，黑幫根本不是什麼特別神祕的組織，警方心裡都有數，印度幫、越南幫、中國幫，還有其他什麼幫等等的，他們全都清楚。但黑幫的行動非常祕密，而警方要的是證據，必須抓住證據！這才是黑幫和警方的主要交鬥之處。黑幫只要沒被警方抓住證據，雙方就是平等的。焦司令還曾親自去找過警方，要他們予以保護，可警方的回答是，你們最好撤離，離開這裡，你們不是他們的對手，你們走了，不就沒事了嗎？警方也是怕強欺弱。焦司令想到了越南幫，難道是越南幫知道了某些情況，故意向警方透露，使得警方加強了戒備？不能排除這個可能，越南人在這裡既凶又猾。焦司令明白，他現在雖然是直接和印度幫抗衡，其實越南幫才是最危險的主要對手。不除掉越南幫，焦司令他們別想真正在這塊土地上站穩。

三國鼎立，他突然想到了魏吳漢。越南幫是魏國，目前勢力最強大；印度幫是吳國，算老二；他焦司令還只能算是剛在新野立足的劉備，連西蜀都沒有取到。

目前正確的策略應當是——聯吳抗魏。

可這個他媽的印度幫吳國，卻是先向老子劉備開刀。應當儘量扭轉這個局勢，應當儘量聯吳抗魏！只是來不及了，來不及了！但這個想法，還是在他腦子裡殘留了下來。

第二個問題，難道是翰老弟出了差錯？他搖了搖頭。翰老弟是武器走私專家了，他不僅諳熟各種型號的手槍、步槍、機槍和迫擊炮的性能，還通曉在什麼地方可以搞到例如老式恩菲爾德式步槍或者勃朗寧手槍的子彈，就連美國製造的８１迫擊炮炮彈不僅適用於美制迫擊炮，也能適用於蘇制８１迫擊炮，而蘇制８１迫擊炮炮彈卻由於某種原因，只適用於蘇制迫擊炮這些已沒有幾個玩武器的人知道的玩意，他全清楚。因而他在走私時，他的主顧如果擁有美制和蘇制兩種型號８１迫擊炮，他就能替主顧搞到美制炮彈，絕不會誤了主顧的事。翰老弟的武器走私曾到了非洲，而非洲人多喜歡和英國人打交道，因為非洲國家有很多曾是英國殖民地，他們受過英國式教育，會講英語，並且能理解英國人的思維方式。可翰老弟這個中國人，硬是通過自己的一套手段，將武器推銷給了他們。由這麼一個真正的專家去搞武器，絕不會出差錯。

剩下的問題，就只能是在半路上出了麻煩。

在半路上會出什麼麻煩呢？貨車拋錨？如果真是貨車出了故障，翰老弟要換一輛車子不是輕而易舉嗎？肯定是有人打劫，而這種打劫不會是蓄謀已久的事先安排，只會是運氣不佳的偶然巧遇。因為翰老弟的行動路線變幻莫測，從來不會告訴任何一個人，就連他焦司令也無從知道。

如果他焦司令知道，他可以立即派人去接應。可是他無能為力。

他突然焦躁起來，這麼重大的事，為什麼不能讓我知道具體路線呢？讓我知道具體路線，難道我老大還會壞你的事？可他很快又覺得自己的焦躁毫無道理，翰老弟去搞武器，他翰老弟就是搞武器的老大，任何人都不能干涉，也無法干涉，那種危險的生意，能事先確定一條路線嗎？

那是全靠隨機應變的呵！

怎麼辦呢？焦司令喝下一口酒，該分析的都分析了，該得出結論的都得出結論了。還是只能等待，等待！

然而，時不我待，能這麼等待下去嗎？

必須立即想出第二套緊急應付方案。

還有什麼方案可想呢？焦司令又喝下一口酒。

三國鼎立魏蜀吳，驀地又從腦子裡的一個角落蹦了出來。聯吳抗魏，聯吳抗魏……只有說服印度幫這個吳國，讓他們掉轉槍口去對付越南幫那個魏國，為自己這個小小的連蜀國都沒建立的劉備贏得時間。

但印度幫絕不是吳國，他們會將唾手可得的地盤放棄？不可能，不可能！他又想到了戰國，戰國一個謀士能憑三寸不爛之舌退卻已到城下的敵兵，我焦司令就不能試一試？

一個念頭頓時浮上腦海，並且越來越清晰。

印度幫此時最恨的不就是劉玉玲，那個殺了他們一個頭兒的支那女人嗎？將劉玉玲作為禮物送給他們，他們能不再寬限時日？

這個想法令他興奮起來。這是昭君和番？還是如同劉備過江招親？但絕不能賠了夫人又折兵！不能讓劉玉玲受到絲毫損害，這是一個根本原則。但是既要交人，又不能讓被交出去的人受到傷害，這做得到嗎？

劉玉玲一送到他們手裡，就有可能被殺害。連重新去救她的時間都沒有。

如果不送個見面禮去，印度幫會暫停干戈？暫緩最後通牒？光憑遊說，把越南幫的乘虛而入講給他們聽，他們就會暫時放你一馬？那真是太天真了，太把他們看簡單了，他們難道不會先收拾了你再去對付越南幫？除非你有越南幫作為後盾。

去向越南幫求援？越南幫比印度幫狡詐百倍。

……

焦司令正在冥思苦想時，工會主席郝仕儒來了。

「焦哥，又喝著哪。」

「來來來，『工會主席』來陪工人階級喝一杯。」

「焦哥，醉翁之意不在酒吧？」

「那麼你說，在乎什麼？」

「在乎大敵當前。」

「『工會主席』硬是知道工人階級心裡在想什麼啊！先喝酒，喝了酒再說。」焦司令拿過一隻杯子，為工會主席倒滿一杯。

「乾了它！」

焦司令的杯子和工會主席的杯子碰得一響。

工會主席郝仕儒一口喝完，說：

「焦哥，和摩托車騎士要好的那個女人只怕大有文章。」

「快說，繼續說。文章在哪裡？」

「摩托車騎士已經陷入了愛的深淵，想要他自拔恐怕是拔不出來了。」

「什麼樣的女人有這麼大的魅力？竟然能使得我們的摩托車騎士陷進去拔不出？」

「的確是個大美人。」

「大美人能愛上他陸放翁？」

「文章就在這裡，」郝仕儒微微一笑，說，「那個女人絕非等閒之輩，依我看，那是一個釣餌。」

「女人叫什麼名字？」

「麗莎。世界名畫『蒙娜麗莎』的麗莎。」

「摩托車騎士找上世界名畫啦?!」

「如果只講外貌，遠遠超過。」

「能確定她的身份嗎？」

「暫時還不能。只能肯定是個亞裔混血女人。至於到底是哪個國家的人都無法確定，因為她說給摩托車騎士的話絕不能做為定論。」

「亞裔混血女人。」焦司令思索著，又念了一句，「亞裔混血女人。」

「你說她是個大美人?!無論臉型，還是身材，都夠得上大美人?!」焦司令突然問道。

「一點不假，哪個男人見了都會動心。所以嘛，也不能怨摩托車騎士不能自拔。我看誰進去都難以自拔。」

「亞裔混血大美人?!這麼說，她身上應該是有著印度人的血統。」焦司令慢慢吞吞地說，「在亞洲，從臉型到身材都夠得上大美人的，只有印度人！」

焦司令頓時興奮起來。

「你，立即去查明，不，去確定那個大美人的國籍。不，不是國籍，只要搞清楚她確實是印度混血兒就行，只要她和印度人有牽連就行。快去，現在就去著手。快去快去。」

焦司令興奮得連工會主席都不喊了。

工會主席郝仕儒一走，焦司令用拳頭狠狠地砸了一下桌子。

天無絕人之路！他得意地笑起來。

只要這個大美人有印度血統，只要她和印度人有牽連，那麼，她就十有八九是印度幫的人，是印度幫做好圈套讓我們的摩托車騎士鑽進去，目的是為了刺探我們的情報。這真是太好了，太妙了。我把劉玉玲給你送去，把你要找的人給你送去，你那個麗莎，將落在我的手裡。最後的結果是：雙方交換！不錯，劉玉玲是我的一員大將，可麗莎，那麼美的一個人，難道不會是你們某個頭兒的情人？你們會看著一個大美人落入我的手中而不來營救？

他拿起酒瓶，仰起脖子，直往喉嚨裡灌。

「真沒想到呵，你們的計竟然能為我將計就計。」

摩托車騎士陸放翁呵，沒想到你個好色之徒，在關鍵時刻竟為我立了大功。讓他去落入情網，讓他去越陷越深。你落入情網我才好收網，你陷得越深我才越不怕她跑掉。你摩托車騎士已經離不開她了，她就是上天入地你也能找到。根本用不著我焦司令再囑咐安排。

下一步，就是如何和快槍手劉玉玲說了。

將她送入虎口，如果是不入虎口，焉得虎子的慷慨之舉，她劉玉玲連眼皮都不會眨一眨。去潛伏也好，像楊子榮那樣喬裝打入坐山雕的老窩也好，只要和她說一聲，她立馬就會起程。可這回是要將她做為對手的「要犯」送過去，也就是說，要使她成為毫無半點反抗能力的「羊羔」，去任由宰割，她會幹嗎？

但一定得說服她，無論如何也得說服她。

他知道劉玉玲是匹烈馬，如果你對她說出來，她回答的第一句話是不行，那麼你用槍頂著她的腦袋她也不會幹。但這匹烈馬，曾被自己無數次馴服過。這一次，他又要將她馴服。

二十二

單獨待在房間裡的劉玉玲如同一匹困獸焦躁不安。她一會兒站起，一會兒坐下，一會兒躺到床鋪上，心不在焉的翻兩頁書，猛地將書一扔，在房間裡轉起圈來。

焦司令不准她外出，焦司令命令她待在房間裡。她當然知道這是焦司令的好心，是為了她的安全。可是她天性不是個耐得寂寞的女人，她在房間裡老老實實地待了一天，就再也待不住了。

她尋思著要如何溜出去散散心。

她轉了一會兒圈，下了決心，管他危險不危險，到外面去總比被關在屋子裡強。她打開行李箱，拿出一套男子獵裝，將身上的衣服脫下，跑進衛生間，將臉上的脂粉、口紅洗淨，穿上獵裝，把頭髮盤到頭頂，戴上愛斯基摩人皮帽，穿衣鏡裡，立即出現了一個英俊的狩獵男人。

望著鏡子裡的男人，劉玉玲卻歎了一口氣。

她已四十多歲了，依然是獨身一人。對於成家，她已不抱奢望，像她這種女人，也許一來到這個世界上，就註定是要獨身到老的。她不可能有婚姻、家庭，但她有過愛情，而且是非常熾烈的愛情。

她相信婚姻可以有多種，但愛情，屬於人的只有一次。

她的愛情就是初戀，她的一生，就是愛著那個初戀的人。

那個人，就是焦司令。

她到現在仍然狂熱地愛著焦司令，她相信，焦司令也仍然愛她。只不過，焦司令的愛她，早已失去了狂熱，而更多的，是理智。是一種愛護。

男女之間的愛情是有著強烈的階段性的。她現在已經確認這一點。只有她是例外。當年她瘋狂地愛著焦司令，她認為焦司令也是瘋狂地愛著她。在雙方瘋狂地相愛時沒有結合，當然，那時也不可能結合。焦司令後來的另有選擇就是理所當然，她一點也不怨他。

焦司令能另有選擇，但她沒有。因為焦司令是男人，而她是女人。男人在什麼時候都有選擇的餘地，女人卻不可能。尤其是她這種女人。

她做了很長一段時間的焦司令的情人，她心甘情願。如果能做一輩子焦司令的情人，她也心滿意足了。可是她知道這不可能，隨著年輪的一年一年增長，她知道自己老了，年老必然色衰，外表上的年輕只是一種人為的駐顏術，對自己瞭若指掌的人來說，這種人為的駐顏產生不了絲毫魅力。

她還可以找到許許多多的男人來陪伴自己，無論是年輕的、年老的、強悍的、細膩的，只要她想要。因為她有錢，還有一張看不出真實年齡的假面孔。她可以出錢買，也可以去誘惑。但那一切都只能滿足暫時的生理需求和心理宣洩。事過之後，縈繞在心頭的仍然是孤獨和揮之不去的寂寥。所以她渴望冒險、渴望刺激、渴望廝殺、渴望拼鬥。她在冒險、刺激中才能感覺到自己的存在。有人敲門了。

敲門聲打斷了她置身於寂寞中的顧影自憐，她一下又回到了那種在人面前永遠是強者的世界。

「誰？沒有焦司令的命令我誰也不見。」

「砰砰砰。」敲門聲仍在繼續。

「滾滾滾，我說過不見就不見！」她氣呼呼地走過去拉開門，進來的是焦司令。

「是你?!」她感到有點吃驚。

焦司令已經很少到她單獨待的地方來了。不管是在別墅，還是在城裡的樓房，抑或就在焦司令的公司。有什麼事，總是在焦司令的辦公室。

「好英俊的小夥子！」焦司令看著女扮男裝的她，脫口而讚。

「我是小夥子嗎？」她把房門關上，將頭上的愛基斯摩人皮帽取下往地上一扔，頭一甩，盤在頭頂的青絲披散而下。

「愛基斯摩人的女小夥。」焦司令走到沙發邊，坐下。

聽焦司令這麼一說，她兩下就將獵裝脫掉，站到焦司令面前。

「現在還像什麼呢？」

她雙手插腰，身子微側，兩條修長的腿叉開，依然平坦堅實的腹部正對著焦司令的臉。

「玲，你還是那麼迷人。」

「是嗎？」

焦司令點點頭，又仰起，望著她的臉。

「你難道沒看見我臉上的皺紋嗎？」

她本想說我老了，已經老了，你不願再單獨來看我了，我對你已沒有什麼吸引力了，我們只是還有著一個共同的目標，所以有時還能到一起罷了，我已經純粹只是你的一個部下了。但當他真來到自己身邊時，所有的埋怨，頃刻間便煙消雲散，不見蹤影了。

「皺紋？我沒看見。」焦司令搖搖頭，「第一，你確實還沒有皺紋，第二，即使有皺紋難道就能影響一個人的美嗎？」

「你大概又要說『革命人永遠是年輕了』吧？」

「唉，這首歌好久沒唱了。」焦司令情不自禁地輕輕哼起來。

革命人永遠是年輕
好像那泰山松四季常青

「歌詞記錯了。」劉玉玲提醒說。

「那就唱『為了南方早解放，自願含笑做犧牲。我為革命死，我為革命生。我和革命不可分，雖死猶生永年輕。』」焦司令說。

「還為南方早解放哩，人家北越早就解放了南方，一解放南方就和中國反目了。中越打仗都打過好多年了。」

「我是故意說的，想起那時候的歌還真有味，『自願含笑做犧牲』、『雖死猶生永年輕』。」焦司令笑著說，「玲，我們還是一起唱《革命人永遠是年輕》吧。我跟著你哼。在那時，這首歌還算抒情的了。你記得我們在一起唱過嗎？」

「在農村，下鄉的地方。晚上，在禾坪裡。天上掛著一輪明月，田裡，堆著一捆一捆的稻草，禾坪上，用草席蓋著打下的穀子。我們倆那晚是被安排守場。你坐在禾坪上用以稱秤的石墩上，我坐在你的右邊，你一隻手搭著我左肩，我們倆就輕輕地唱起了這首歌……我倆唱著這首歌時，池塘裡的青蛙叫個不停，好像在為我們伴唱；對面山上有個人打著手電在走夜路，手電光一閃一閃的；我們頭頂還有一隻螢火蟲，螢火蟲在飛來飛去……」

「當那隻螢火蟲不見了時，你突然停止了歌唱，驚慌地叫起來。你說，螢火蟲呢？螢火蟲為什麼不見了？它是不是被貓頭鷹吃了？」

「你當即笑我，笑我發明了貓頭鷹吃螢火蟲。螢火蟲是害蟲，貓頭鷹是益鳥，所以貓頭鷹吃螢火蟲。你說這是數學上的A等於B，B等於C，那麼A就等於C。」

「在我笑你時，你說螢火蟲雖然是害蟲，但它在夜裡發光，飛來飛去的挺好看，所以人們唱『螢火蟲，打燈籠』，都喜歡它。而貓頭鷹，叫的聲音太難聽，它吃老鼠的功勞沒人去記，都只喊它哭鳥，彷彿它帶來的是不吉利。」

「我們正相互戲謔時，山上傳來了幾聲麂子的鳴叫，麂子的叫聲從東一下就到了西，可見它奔跑的速度實在驚人。麂子的叫聲為什麼那麼淒厲？你說它肯定是失去了親人。」

「聽著麂子的叫聲我嚇得伏到你身上，你輕輕地撫摸著我的背，說螢火蟲又來了，來了，我們是不是借著螢火蟲的光去打青蛙，因為肚子實在餓得受不住了……」

「禾坪上雖然堆著新打下來的穀子，可我們斷炊了，沒有米下鍋了，你學著動物冬眠那樣躺到床上一動不動，你說人只要不動就可以不要吃飯……」

……

焦司令在對雖然沒有飯吃但依然有著田園牧歌的回憶中，將臉貼著了她的腹部。

她彎下頭，將臉埋在焦司令的頭髮中，輕輕地，輕輕地摩挲著。

焦司令伸出雙手，將她攔腰抱住，橫放在沙發上。

一切都如同以前那樣，她仰天躺著，雙眼望著天花板，一動不動。焦司令在她面前蹲下，凝視著她的雙眼，然後俯下臉，吻著她的雙唇，一隻手撫摸著她的眉骨，一隻手揉搓著她的雙乳。

她漸漸地蠕動起來，開始含混地喊著：「焦，焦……」

焦司令雙手將她從沙發上托起，往床邊走去。她的頭往後仰著，使得胸脯挺得更高、更高。

焦司令將她放到了床上。焦司令在她身邊躺下。她知道焦司令該說話了。該繼續和她一同回憶過去的日子了。每次，她都是在和焦司令的回憶中，激蕩得不能自已，就如同有受虐癖者被鞭打得鮮血淋漓，才會格外興奮，然後達到做愛的最高境界。

果然，儘管焦司令已很久很久沒光顧她也沒溫存她了，但焦司令沒有忘了他們之間愛的默契。

「玲，玲，」焦司令一邊繼續撫摸著她，一邊說，「玲，你還記得那一年，我們被圍困在造反大樓的日日夜夜嗎？」

她溫柔地點了點頭。

她能忘記嗎？還用得著焦司令來問嗎？

呵，那些日日夜夜，日日夜夜……那些刻骨銘心的日日夜夜呵……

二十三

炮聲隆隆。槍聲陣陣。語錄歌、萬歲歌、批判歌、滾他媽的蛋的歌……嚴正聲明、最強烈抗議、最後警告、勒令、告全省人民書、告無產階級革命造反派戰友書、誓死保衛、誓死捍衛……架設的高音喇叭、綁在宣傳車上的流動喇叭傳出的各種各樣的喊聲、叫聲、罵聲、憤怒聲討聲，和炮聲、槍聲混合在一起……

除了飛機、艦艇，幾乎所有能出動的，能使用的戰鬥機器全部出動。坦克轟鳴，戰車奔馳，大炮、機槍、手榴彈、手雷……硝煙迷漫，喊殺聲、衝鋒聲、尖叫的慘厲聲，整個天和地都在顫抖。

一車一車戴著鋼盔，穿著沒有帽徽領章的黃軍衣，手臂佩有紅袖筒，胸前掛有毛主席像章，脖子上吊著衝鋒槍、卡賓槍，雙手握著長槍，提著短槍，腰間纏滿子彈帶，全副武裝的由工人、農民、無業人員組成的兵力在往一個地方集中，或者叫支援。每輛汽車駕駛室頭上至少都支著一挺機關槍，打機關槍的「戰士」則將機關槍槍托頂著右肩膀，右手食指扣在扳機上，隨時準備射出保衛「無產階級司令部」的槍彈。汽車駕駛室兩邊的腳踏板上，分別站著兩名女兵，她們一手抓著駕駛室窗沿，一手抓著駁殼槍，不時將駁殼槍朝天揚起，打出一串串開道的子彈。突然，前面的一輛汽車不知為什麼來了個急剎車，後面的汽車眼看就要撞上前面的車，趕緊也是一個急剎車，這一急剎不要緊，車上的人猛往前一傾，又往後一仰，那位右手食指扣在機槍扳機上的可就將扳機扣動了，機槍子彈立時出膛，「嘎嘎嘎嘎」，前面那輛車上的人立時倒下一大片。但這不能叫做自己人誤傷自己人，這又是一筆血債，這筆血債得算到走資派頭上，得算到保皇派頭上，得算到他們要去剿滅的對手頭上！

這不是在戰爭年代，這是在和平年代，是在無產階級文化大革命的「文攻武衛」中！

他們說自己是造反戰士，他們要去解放一座城市，他們說那座城市是保皇派的根據地。

被圍困在那座城市裡的抵抗派也說他們是造反派，而且只有他們才是真正的造反派，他們說攻打他們的才是地地道道的保皇派。他們要誓死與保皇派血戰到底。

只有一點不同的是，圍攻者是以工人農民為主，被圍攻者是以學生為主。

以學生為主的造反派之所以說他們才是真正的造反派，是因為他們是無產階級文化大革命火種的播散者，是他們最先響應偉大領袖毛主席的號召，北上接受毛主席的檢閱，南下進行革命串聯，可他們怎麼一下反而成了保皇派？所以他們要誓死血戰到底。

這就是有名的十萬工農造反大軍「解放」沙城的戰爭。

焦司令和劉衛紅被圍困在這座縣城中已有半月之久。

焦司令名叫焦厚為，文化革命時和許許多多熱血學生一樣改名為焦衛東。就是誓死保衛毛澤東的意思。同樣，和許許多多熱血學生一樣，焦衛東是從內心裡為了捍衛無產階級司令部，為了徹底砸爛資產階級司令部，為了解放全人類還有三分之二的生活在水深火熱中的勞苦大眾，為了讓世界一片紅，為了共產主義在全球的早日實現，而投身於無產階級文化大革命的。為了表示自己無限忠於毛主席，當全中國人民都將毛主席的像章別在衣服左上方時，他脫掉上衣，將毛主席像章直接別在左乳上方的皮上。

劉衛紅本名叫劉玉玲，她是毛主席第三次接見紅衛兵時，在天安門廣場上激動得淚流滿面的人員之一。接見一結束，她就將自己的名字改做了劉衛紅，誓死保衛以毛主席為首的無產階級紅色司令部的意思。

二十四

一九六六年五月二十九日，是中國紅衛兵正式誕生的日子。這一天，在頤和園的一座小亭子間裡，清華附中幾位熱血沸騰的中學生，商議怎樣投入到已經開展的轟轟烈烈的文化大革命中去，像毛主席前幾年就強調過的，「做無產階級革命事業的接班人」。經過激烈的討論，他們認為，要在轟轟烈烈的文化大革命中幹出一番轟轟烈烈的事業來，就必須建立自己的組織，只有建立了自己的組織，才能和資產階級反動路線決戰到底。建立自己的組織的思想統一了，接下來就是得給這個組織取個名字，到底叫什麼名字好呢？

「就叫『紅衛兵』吧。」高二學生張承志提議道，「意思是做毛主席的紅色衛兵，同階級敵人、反革命修正主義鬥爭到底！」

與會的學生一致贊同。

於是，紅衛兵組織向全中國、全世界宣告誕生了！

焦衛東在一九六六年六月就到了北京，他跑到清華附中、北京地質學院附中、北礦附中等最先成立紅衛兵組織的學校，親眼目睹紅衛兵們和當時派駐的工作組進行針鋒相對的鬥爭，真正激動得熱血沸騰，忙給自己學校的同學寫信，發電報，要他們立即成立紅衛兵。那時候學生寫信也是仿照毛澤東詩詞《送瘟神》題頭幾句話，「浮想聯翩，夜不能寐，微風拂煦，旭日臨空，遙望南天，欣然命筆。」焦衛東的信裡寫道：「我親臨紅衛兵組織發源地，親睹英雄的紅衛兵們與反革命修正主義的大無畏鬥爭精神，浮想聯翩，夜不能寐，遙望校園，欣然命筆。萬望你們速將我校的紅衛兵組織建立起來，以實際行動支援北京紅衛兵……」他的信一到學校，學校便如引爆了的地雷，立即成立了紅衛兵戰鬥隊，他是當然的最高領導人。

八月十六日，焦衛東和一些外地來京學生榮幸地受到了中央文革領導陳伯達的接見。陳伯達在接見他們時說：「你們這次到北京來，到無產階級革命的首都來，經過很多辛苦，不怕大風大浪，你們的行動很對！」

陳伯達的話，就是無產階級司令部的聲音。無產階級司令部肯定了他們的革命行動。焦衛東又是夜不能寐，連夜給自己學校的紅衛兵戰鬥隊寫信，要他們速到北京來領取文化大革命的真經。同時，他得到消息，毛主席就要在北京接見紅衛兵。八月十八日，他成了毛澤東在天安門廣場第一次接見紅衛兵中的一員。還有比這更幸福的時刻嗎？他跳啊，叫啊，歡呼啊，熱淚盈眶，「毛主席萬歲萬歲萬萬歲！」嗓子喊得完全嘶啞。

一列北上的火車喘著粗氣在拼命地掙扎著爬行。所有的車廂都像打木頭樺子一樣塞滿了要去北京接受毛主席檢閱的學生。茶几上，座位下，行李架上，全是戴著紅袖筒，佩戴著毛澤東像章，背著一個黃挎包的紅衛兵們。就連每一個廁所裡，也至少擠著六、七個人。車廂裡的人們如同放乾了水的滿塘魚兒在擠攢著，但這一切算得了什麼?!只要能到北京，只要能到無產階級司令部的所在地，只要能見到偉大領袖毛主席，哪怕火車被擠破擠爛都不怕。

擠在火車上的紅衛兵們不怕擁擠，不怕勞累，不怕沒吃沒喝，怕的只是拉撒。不吃不喝可以，不拉不撒不行。「官急不如私急」，在這兒卻只有使勁憋著，憋著，憋到北京再去拉撒。中途停車時他們不敢下車，怕的是一下去就上不來了，誤了毛主席接見的時間。男的還好辦，實在憋不住了，擠到窗戶邊，掏出來往外撒，邊撒還可以邊唱革命歌曲：徹底砸爛資本主義舊秩序，換來社會主義紅彤彤的豔陽天。女的可就慘了，天生沒有男的那種條件，想擠到廁所裡去那是望塵莫及。不少革命鬥志堅定的女生也被憋得哭了起來。

焦衛東也在這趟車上。為了讓他的戰友們同享他受到毛主席接見的幸福，他返回學校，帶領一些戰友再次北上，再次去接受檢閱。

他和劉衛紅就是在這趟車上認識的。認識的緣由便是拉撒。

劉衛紅此時還叫劉玉玲。劉玉玲和幾個女戰友擠在一起。一個女戰友實在憋不住了，連往廁所擠的勁都沒有了，全身力氣都用在憋勁上了。一動，閘門只怕就會放開。劉玉玲想幫戰友開路，可任憑她使出吃奶的勁，人群巋然不動。

女戰友開始嚶嚶地哭。

「你哭什麼？」劉玉玲猛然一聲大喝，「你蹲下，就在這裡撒！」

劉玉玲的話把男紅衛兵們的眼光都吸引了過來。

「你們看什麼看，革命不是請客吃飯！還講得了那麼多資產階級的虛偽假樣。無產階級革命派要怎麼樣就怎麼樣。不准看，把眼睛閉上！你只管撒。」

女戰友還是有點不好意思，喃喃地說：「這地板上，地板上……」

劉玉玲一把將戰友按下去，隨手取下自己繫在黃挎包上的茶缸。

「拿去，接著。往裡邊撒。」

劉玉玲的革命舉動立時讓焦衛東刮目相看。他在心裡記下了這位女將的形象。

隨著火車的停停開開，焦衛東擠到了劉玉玲身邊。

「你是哪個學校的？」焦衛東問她。

「女子中學的。你呢？」

「怪不得沒見過，我是師大附中的。」

「你們那裡的文化革命搞得怎麼樣？」

「阻力很大啊，所以到北京去取經。」

「我們也一樣。一邊接受毛主席的檢閱，一邊去取經。」

「女子中學沒有男生吧？」

「沒有。全是娘子軍。」

「這就是封資修的流毒啊，女子學校灌輸的是男女授受不親。一定要徹底砸爛。」

「對啊，這一點我們還沒想到，回去就得砸！」

「有男老師嗎？」

「教體育的是男老師，那是個流氓。」

「他耍什麼流氓？」

「他給我們上體育課時，故意只穿一條緊身褲，鼓得難看死了，還要我們都看著他，不准看別的地方。」

「把他揪出來了沒有？」

「第一個揪出的就是他。哎，你們學校揪出了多少走資派和牛鬼蛇神？」

「四十多個。階級鬥爭的蓋子還遠遠沒有揭開。」

「我們學校還只揪出來十八個。跟你們比，相差得太遠了，女同學的鬥爭精神還是不行，群眾還沒有發動起來。」

「從北京回來後，我們去幫你們揭開階級鬥爭的蓋子，好不好？」

「歡迎歡迎，歡迎你們來幫助我校開展無產階級文化大革命。」

革命造反的談話使他倆越談越親切。

「你叫什麼名字啊？」

「焦衛東。你呢？」

「我叫劉玉玲。這個名字不好，是不是？」

「太文雅了，應該更有戰鬥力！」

「這是我爺爺給起的名字，我爸爸不同意我改，可我一定要改掉！爺爺起的名字怎麼啦？爺爺走資本主義道路我照樣打倒他！」

「對。革命造反就是要將一切舊的東西都砸爛！」

「哎，焦衛東你是第幾次去北京啊？」

「第三次。」

「那你已經見過毛主席啦！」

「毛主席第一次接見紅衛兵時，我就見著他老人家了。我們拼命喊毛主席萬歲，毛主席萬歲，毛主席萬萬歲！毛主席他老人家朝我們揮著手，喊紅衛兵萬歲！……」

「啊呀，你是毛主席第一次接見的紅衛兵啊！你太幸福了，太幸福了！」劉玉玲立即對焦衛東佩服得不得了，雙手握住他的手，直搖。「毛主席跟你握手了嗎？」

「沒有。那麼多人，沒輪到我啊。」焦衛東遺憾地說。

「要是能和毛主席握一下手該多好啊！那真是一輩子一輩子的幸福。」

「不過，我雖然沒能和毛主席握手，卻和陳伯達同志握了手。」

「哎喲，我真是羨慕死你了！」

整個對話，只有這句「羨慕死你了」才有點女孩子的嬌嗔。從這句「羨慕死你了」可以知道，劉玉玲已經對焦衛東產生了好感。

站立的相互對話隨著火車的運行不停地繼續。焦衛東告訴她許多自己在北京的所見所聞，如中央首長的不同講話，紅衛兵在破四舊中如何抄家，如何鞭打牛鬼蛇神，十幾個女紅衛兵如何將所謂的大作家老舍抽打得皮開肉綻，鮮血淋漓，狼狽不堪，露出了牛鬼蛇神的真相，最後自絕於人民。並分析文化大革命的形勢和發展方向。直說得劉衛紅恨不得能插上翅膀，從慢吞吞爬著的火車裡飛出去，一下就飛到北京，接受毛主席檢閱後取回真經返回學校，披掛上陣，向牛鬼蛇神揮動革命的鋼鞭。他們兩人越談越覺得志同意合。只恨為什麼沒有在一個學校，沒有在一個紅衛兵組織，為什麼到現在才相識，為什麼到現在才開始並肩戰鬥。

更讓劉玉玲驚喜的是，焦衛東告訴她，他得到了一本《未發表的毛主席詩詞》，他當即給她背誦一首《七律・答友人》：「問余何日喜重逢，笑指沙場火正熊。豬圈豈生千里馬，花盆難養萬年松。志存胸內躍紅日，樂在天涯戰惡風。似水柔情何足戀，堂堂跌打是英雄。」

「我把這本《未發表的毛主席詩詞》送給你。」

劉玉玲高興得直要跳，但擁擠的人群使她無論如何也跳不起來。

「讓我們以毛主席的兩句詩詞共勉。」焦衛東說，「火旗揮舞沖天笑，赤遍環球是我家。」

「對，赤遍環球是我家！」

這幾句其實不是毛澤東寫的詩，竟成為他們後來在很長一段時間裡的「指路明燈」，又如同興奮劑。他們偷渡國門就是為了赤遍全球。他們在消極時一念起這幾句就來了精神。

夜幕降臨了。在火車「況東況西、況東況西」的搖晃下，兩人終於感到疲憊不堪，昏昏沉沉的撐不開眼皮了。但兩人又是挨得那麼緊，只要有一個睡覺，就會伏在另一個身上。他倆就只能支撐著不打瞌睡。

還是繼續說話，說話才能興奮。

這回焦衛東說的是：

「你看過《鋼鐵是怎樣煉成的》嗎？」

「看過。那是無產階級的革命小說。我真佩服保爾的堅強意志。」

「對保爾和冬妮亞的愛情是怎麼個看法？」

「保爾和冬妮亞嗎，」劉玉玲想了想，「冬妮亞有她的許多動人之處，她救過保爾，也就是幫助過無產階級。她同情過革命，但最終不能真正站到革命隊伍中來，所以她只能是個資產階級小姐，保爾不可能和她結合。」

「分析得完全正確。那麼，保爾和麗達呢？」

「保爾和麗達既是革命同志，又是革命戰友，他們有著共同的理想，那就是無產階級革命事業。他們本來應當是最完美的一對，只可惜，誤會，使保爾離開了她。」

「保爾是怎麼誤會她的？還記得嗎？」

「那怎麼不記得？保爾去麗達房間，看見麗達和一個男人在……在接吻，保爾以為是麗達的愛人，覺得自己不應當再……」劉玉玲停頓了一下，她在這裡本應該是說保爾覺得自己不應當再去愛麗達，可覺得一個「愛」字從她這個紅衛兵嘴裡說出來不太合適，就改口說，「他覺得自己不應當再和麗達好，走了，並且從此躲避著麗達，直到麗達結了婚後，才知道他看見的那個男人原來是麗達的哥哥。」

「這也許是保爾一生中最遺憾的事情之一。」

「我想應當是的。」劉玉玲揚了揚臉。

「但他們畢竟還是有過一段美好的時光。書上寫他倆在火車上那一節，還有印象沒有？」

「是去參加烏克蘭團中央會議吧？」

「對。保爾和麗達擠不上火車，火車上的座位全被那些做投機生意的小資產階級占了。保爾就借了麗達的短皮大衣穿上，不扣衣扣，故意露出別在腰裡的手槍，裝扮成契卡人員，上去檢查，從投機倒把分子中擠出一個空隙，將麗達從車窗口拉了上去，最後又把投機倒把分子全趕下了車。晚上，他倆沒有地方睡，座位上只能躺一個人，保爾讓麗達躺下，他坐著不停地吸煙，準備坐到天亮。這時候麗達對他說，柯察金同志！請把資產階級那套虛偽禮貌扔掉吧，來，到我身邊躺下休息。保爾在她身邊躺下來，麗達坦然地用胳膊抱住他……」

「真有你的！」劉玉玲明白了焦衛東說這個故事的目的。

「我只能這麼說，劉玉玲同志，請把資產階級那套虛偽禮貌扔掉吧，來，靠到我身上休息。」焦衛東聳了聳肩膀。

焦衛東還怕劉玉玲有顧慮，又說起了無產階級革命導師馬克思和燕妮的故事。說明無產階級革命導師也是重視革命男女之情的。總之，紅衛兵焦衛東和他的戰友們，無論想辦一件什麼事，總有他們的理。打人有打人的理，殺人有殺人的理，抄家有抄家的理，炮轟有炮轟的理，砸爛有砸爛的理，要清除掉一個人有理，要保一個人也有理，就連想讓躁動的青春在革命派眾目睽睽下得到撫慰也能抓住個理。當然，此時他也許真是想讓革命女戰友休息休息，但後來，他要女紅衛兵陪他睡覺也能用上革命導師的真理。正應了一部阿爾巴尼亞電影中的一句話：墨索里尼總是有理！

劉玉玲對他的回答是：「焦衛東同志，也請你把資產階級那套虛偽禮貌扔掉吧，讓我們互相依靠。」

他們兩人互相抱著，在火車的「況東況西」裡，在四周人牆的支撐下，迷迷糊糊著在原地向著北京進發。

等他們醒來時，天已亮了。火車不知為什麼在一個小站停下了。這時候不知道有誰喊了一聲：「紅衛兵戰友們，這是個貨站，沒有人上，快下去解手啊！」

這一聲喊如同一聲春雷震響，又如同春雷震垮了堤壩。列車上的紅衛兵們立馬紛紛往下跳，頓時，長長的火車兩側、錚亮的鐵軌兩旁，出現了前所未有的壯觀奇景：撒尿隊伍站成了宏偉的隊列，成千上萬條「水機關槍」一齊「開火」，「嘩嘩」的噴瀉聲如堤壩開閘……

撒完了的紅衛兵們爬上火車，連聲喊這下痛快了痛快了，第二批急著要撒的又往下跳……不管男的女的，都只爭著快點痛快了事。

當火車鳴響汽笛，又開始「況東況西」地慢慢開動時，車廂裡，彷彿一下清淨了許多。

二十五

火車終於到了北京，一下火車，劉玉玲和她的女戰友們便主動加入進了焦衛東的隊伍。他們被安排在一個大澡堂子裡住宿。等待最高統帥的接見。

白天，焦衛東就帶著他們到處走，既遊覽北京的名勝，又四處打探消息，看大字報，抄大字報。反正到處都有接待站，吃喝拉撒睡、坐車遊覽參觀都不用花錢。後來他們又從北京到上海，從上海到南京，從南京到井岡山，再從井岡山回到家裡，劉玉玲出發時身上帶了一元二角錢，回到家裡一掏口袋，還是一元二角錢。

焦衛東帶著他們走了兩天後，男女紅衛兵都各自結伴自由活動去了。只剩下他和劉玉玲在一塊了。這一天是一九六六年八月二十七日，北京紅衛兵在北京大興縣公安局的配合下，對「四類分子」正式大開殺戒，掀開了紅衛兵集體殺人的新篇章。僅僅三天時間，大興縣十三個公社、四十八個大隊，被殺掉的「四類分子」及其家屬達三百二十五人，被滿門抄斬的有二十二戶，其中年齡最大者八十歲，最小者只有三十八天！

焦衛東和劉玉玲得知這一消息後，激動得不能自已，他們高呼北京的紅衛兵了不起，了不起！這是紅衛兵在真正實施無產階級專政了，是開始真正的對資產階級牛鬼蛇神進行全面專政了。這次紅衛兵們挨門挨戶集體殺人的行動，對他倆以後的「革命行動」起到了點撥作用。用焦衛東自己的話說是產生了不可估量的影響。

「你看到了嗎，」焦衛東對劉玉玲說，「這就是北京的紅衛兵，他們才是真正的紅衛兵，對待階級敵人絕不心慈手軟！」

「對地富反壞就是要殺！把他們全殺光，就是把資產階級剝削階級的階級基礎清除掉了。把他們的基礎清除乾淨，無產階級才能在一個嶄新的基礎上建立起高樓大廈，新的高樓大廈也才能穩固，才能永遠不倒。衛東，我說的對嗎？」

「不錯，但是我在想一個問題，光殺地富反壞，那麼地富反壞的子女呢？他們能甘心自己的父母被殺掉嗎？把地富反壞的子女留下來，不就是留下一顆顆定時炸彈嗎？」

「對，還有右派分子！為什麼不把右派分子也全部殺掉呢？」

焦衛東和劉玉玲是坐在天壇公園的草地上，談論著殺人的問題，談論著光把「四類分子」殺光還不能解決問題，應當殺光「五類分子」和他們的子女。應當斬草除根。他們的頭上，是藍湛湛的天空，有些許兒白雲在悠閒地浮動，秋風輕輕地吹拂著，他們才剛邁進青年的門檻，他們在這樣的藍天下，在這樣的秋風中，相互緊坐在一起，本應當是在談情說愛，憧憬著花兒怒放，可是他們卻在說著殺人，殺人，要把更多的人殺死！甚至要把他們劃分出來的「人種」滅絕！

很快，偉大領袖毛主席要在天安門廣場接見的通知來了。接到通知的這天晚上，睡在大澡堂子裡的所有人都激動得怎麼也睡不著了，凌晨三、四點鐘，他們就起來了，他們一次又一次地將身上沒有領徽的黃軍衣抻齊抻齊，將頭上沒有帽徽的黃軍帽戴齊戴齊，將腰間的武裝帶紮緊一遍又一遍。直到覺得再也沒有什麼可做的了，便盤腿坐在澡堂子的地鋪上，手握紅彤彤的寶書，緊緊地貼在心窩上，一動也不動，如同打坐，期盼著激動人心的時刻快點到來。

天，終於亮了。

終於亮了的天卻使得大澡堂子裡起了一陣騷動。差一點造成不可收拾的局面，被取消他們去天安門的資格。

一個最先在大澡堂子裡發現東方射進來曙光的紅衛兵，激動得從地鋪上一躍而起，高聲喊道：

「啊，漫長的黑夜終於過去，黎明啊，你總算來了。」

他這句話剛一吟誦完，就傳來一個嚴厲的聲音：

「同志，你是哪個學校的？你是不是混進我們紅衛兵隊伍中來的？」

「怎麼啦？老子是哪個學校的關你什麼事？你他媽的才是混進來的！」吟誦者立即還擊。

「大家聽聽，大家聽聽，他剛才那是什麼言論，他竟然說漫長的黑夜終於過去，我們在這兒等待偉大領袖毛主席的接見，他把我們說成是在漫長的黑夜裡苦熬，他這是站在哪個階級立場上說話？」

「對啊，他是站在哪個立場上說話?!」

「居心險惡！」

「這是對我們紅衛兵的污蔑！」

質問者是焦衛東的戰友。他的質問立即得到同來的戰友們的聲援。

被質問者也有不少戰友，他的戰友們立即全部站了起來。

「喂，你們是哪個學校的？你們算老幾啊？」

「想上綱上線是不是？」

「把你們的花名冊交出來，老子今天要查查你們的成分，看你們是不是想到天安門去搞暴亂。」

澡堂子裡立時大亂，雙方指手畫腳，捋袖掄拳，全顧不得為了要去見毛主席，半夜三更整理好的儀容儀貌了。

嘴巴子仗很快就成了拳把子仗。大澡堂子裡幸虧沒有磚頭、石塊，更沒有長槍利劍，男紅衛兵們上揮拳頭下踢腳，女紅衛兵們則以黃挎包為武器，抓著黃挎包亂揮亂掃。或許沒有人知道這個事件，在要去接受偉大統帥檢閱的前幾個小時，在北京的一個大澡堂子裡，紅衛兵分裂的武鬥內仗就打開了。

負責帶隊去天安門的部隊同志來了，部隊同志發了大火。可部隊同志發大火也沒有用，廝打繼續進行，最後部隊同志的一句話使得雙方偃旗息鼓。

部隊同志說：「你們再這樣鬧下去，今天就不去天安門了，取消！」

劉玉玲被打得鼻青臉腫，最要命的是，她的眼睛重重地挨了一拳。這一拳使得她的眼睛如得了紅眼病一樣無法睜開。一睜開就眼淚雙流。

「我看不見毛主席了，我看不見毛主席了！」她急得直嚷。

焦衛東扶著她走到地鋪邊，要她躺下，蹲在她身邊，一邊用濕毛巾給她敷著眼睛，一邊做著自我檢討：

「劉玉玲同志，是我沒保護好你，是我沒保護好你。」

「衛東同志，這不能怪你。這算不了什麼。」劉玉玲念起了毛主席語錄，「要奮鬥就會有犧牲，死人的事是經常發生的。」

劉玉玲心裡其實是既感動又覺得特別舒服。她還從來沒得到過男生這樣的呵護。革命也好，造反也好，「愛」這個字是資產階級的專利也好，再轟轟烈烈的運動也無法撲滅她那早就覺醒的性意識。越是在女子學校，越是在幾乎沒有男子的世界裡，封閉的清一色女學生，愛和性的祕密潛伏得更厲害。只是在外表，她們一概以不懂和不屑作為幌子。

封閉得越厲害，突然的爆發更強烈。

此刻，她幾乎忘記了就要去見偉大領袖毛主席，她簡直希望焦衛東永遠這樣蹲在她身邊，替她敷著眼睛，對她說著柔柔的話語。

她仰天躺著，焦衛東蹲在她身邊，這段短暫的時間成為她永遠不泯的記憶。也成為他倆後來做愛時永遠的前奏曲。

部隊同志攪亂了他倆的寧靜。部隊同志大聲地嚷著：「還有一個小時就出發啊，趕快把準備工作做好啊，做好準備工作就到外面集合啊，能去的就去，不能去的就算了。」

部隊同志對小將們打鬥的表現還耿耿入懷，都是些什麼紀律（他不敢說都是些什麼玩意），要去見毛主席了竟然還敢打架。如果不是惹不起，他們早就把這些傢伙們統統攆出去了。

部隊同志的話語一落，劉玉玲立即掙扎著爬起來。

「我要去見毛主席，我要去見毛主席。眼睛看不見我也要去。」

「你能看見的，啊，你能看見的。你如果不看見走路，我就背著你去，一定要讓你見著毛主席。一定！誰也不能阻止。你放心，放心。」

劉玉玲的眼睛其實已經好多了，再有一個小時根本就沒有問題了。但在這個時候，誰都不會願意失去見毛主席的機會，即算不是去見毛主席，她也會表現自己。假如要去炸碉堡，她照樣會捂著眼睛嚷著要去。而她得到的焦衛東的那幾句話，她就完全願意為他獻身。

隊伍終於出發了。焦衛東和劉玉玲他們在天安門廣場又站了幾個小時後，毛主席登上天安門了。劉玉玲終於見到毛主席了，儘管隔得很遠很遠，儘管怎麼努力看也看得並不清楚，但她只怨是自己那雙受傷的眼睛。

接見一結束，她就將自己的名字改成了劉衛紅。

劉衛紅在天安門廣場留下了她的倩影：身穿沒有領徽的黃軍裝，頭戴沒有帽徽的黃軍帽，斜挎著的黃書包被腰間紮著的武裝帶箍著，黃書包上繡著的「為人民服務」五個字清晰可見。她頭上的黃軍帽扣在後腦勺上，額前梳下幾絡劉海，兩條短辮露在帽後；她左手緊握的《毛主席語錄》貼在胸前，右手握拳筆直地伸向身後；她左腳在前踮著腳趾頭，右腳在後和左腳呈丁字步；她昂首挺胸，眼睛凝視著前方，凝視著前方長長的革命之路。

天安門廣場上留影的紅衛兵太多，排著長長的隊。照相的師傅在用三腳架撐著的閘式照相機前方畫了一個圓圈，一個紅衛兵走進那個圓圈，坐在照相機旁邊的師傅就按一下快門，按一下快門後便用京腔喊：下——一個。接著又按一下快門……

劉衛紅沒想到她排隊走進圓圈的這張相照得是如此的好，她將這張相片一直保留在身邊。二十年後，還不時摸出來看一看。每次看時都有說不出的萬分感慨。曾有人願出高價收買她這張女紅衛兵的相，她說我如果還有底片就賣給你，我拿底片再洗她十張八張不就得了？可底片早就不見了，這張照片成了她的絕版，是她在文革中叱吒風雲唯一的寫真。

離開北京，焦衛東和劉衛紅成立了兩人串聯戰鬥小組。幾乎將大半個中國「串聯」了一通。這時，天氣漸漸涼了，他們來到了革命聖地井岡山。

到了井岡山，得上黃洋界，因為「黃洋界上炮聲隆」。要到黃洋界上去聽炮聲隆的人實在是太多了，當時他倆並不知道，井岡山已經擠來了十多萬串聯群眾。

焦衛東在狹窄的山路前面開路，他的開路就是從擁擠在山路上的人群中奮力向前，攀登黃洋界。劉衛紅緊隨其後。因為他倆已經有了豐富的串聯經驗，如果不擠到前面去，就別想在黃洋界上的接待站佔據兩人的席位。而落在後面的人，別說是想進接待站，就連到黃洋界都別想。只能在山路上歇宿。

他倆終於上了黃洋界，登記進了接待站。

南方山區的天氣說變就變，更何況時令也已到了該冷的時候。夜晚，井岡山突然間真個是「朔風吹，林濤吼，峽谷震蕩」了。氣溫陡然下降到接近零度，最多穿了兩件衣服來串聯的小將們個個凍得如寒更烏，渾身哆嗦。而更嚴峻的情況只有井岡山和江西省還能管事的官員才知道：用來供應串聯群眾的庫存軍用衣服、被子已告罄，糧食已告罄，道路完全被堵塞。山上的人下不來，山下的人還在往山上擠，繼續前來聖地繼承革命傳統的人仍然蜂擁而來。革命小將被擠死、摔死、餓死、凍死的現象已時有發生。

一封封急電飛向中共中央、中央軍委，都是請求緊急支援，否則後果不堪設想。中央軍委立刻動員部隊連夜趕製大餅，派出直升機，向井岡山空投大餅、衣服、毯子。

驟冷的氣溫對於焦衛東和劉衛紅來說，除了感覺到給聖地觀賞帶來些不便外，反而使他倆更緊密地到了一起。他倆因為搶在人前，分到了一件軍大衣，夜裡，他倆就裹在一件軍大衣裡邊，緊緊地，緊緊地挨在一起，敘說著今後的革命行動，暢談著未來的革命理想。

「衛東，你說我回去後該幹的第一件事是什麼？」

「奪權！把你們女子學校無產階級文化大革命的領導權奪過來。要奪權就必須先有自己的政權，所以你的第一件事應當是建立自己的組織。」

「衛東，你估計文化大革命要搞幾年？」

「兩年，最多是兩年！」焦衛東肯定地說，「毛主席說，一萬年太久，只爭朝夕。疾風暴雨的運動很快就會將資產階級司令部摧毀，把一切牛鬼蛇神揪出來，當全國山河一片紅時，就是文化大革命的結束之日。」

「文化大革命結束之後，我們去幹什麼呢？」

「中國的文化大革命結束之時，就是世界的文化大革命開始之日，我們的任務，將是去履行國際共產主義義務，像白求恩那樣，不遠萬里，去幫助資本主義國家進行社會主義革命，最後解放全人類。」

「全人類解放之日，就是全世界共產主義實現之時。」

「對。衛紅，我背一首詩給你聽。這首詩的引言是：莫斯科一飯館的女工，在街頭看見中國留學生紅衛兵胸前佩戴著金光閃閃的毛主席像章，她跑步上前輕聲說……『您胸前像章閃著紅太陽的光輝／中國紅衛兵，請給我一枚／災難深重的俄羅斯啊／盼望第二次十月革命已望穿秋水。』你聽聽，蘇聯人民是多麼盼望著我們去拯救他們！」

……

在敘說著今後的革命行動，暢談著未來的革命理想，背誦著蘇聯人民盼望著他們去拯救的詩時，焦衛東的一隻手已繞過劉衛紅的脖子，將劉衛紅的頭摟到自己胸前，另一隻手則捏住了劉衛紅的奶子。劉衛紅只覺得一股電流從頭擊到了腳跟。她雙手緊緊抱住焦衛東，臉渴望地向上仰起。焦衛東的臉壓了下來，嘴唇貼住了她的嘴。劉衛紅還是第一次，以為這就是接吻。她的雙唇緊閉著，牙齒咬得鐵緊，只是使勁往上頂著嘴。驀地，她感覺到她的雙唇被有力地撬開，一條濕漉漉、熱溫溫的物體進入了嘴裡，濕漉漉、熱溫溫的物體在她嘴裡蠕動著，攪拌著，她幾乎要啊地叫出了聲，可是本能使得她立即拼命吸吮。

焦衛東又說起了世界革命的形勢，為的是讓擠坐在旁邊的小將們知道他和戰友是在談論革命。其實擠坐在旁邊的小將們都已東倒西歪地睡著了，沒睡的也在悄悄地幹著他們自己的事。但焦衛東還是不時說上一句，雙手卻在被裹在軍大衣內的劉衛紅身上攪得風雲翻滾。

天亮了。天亮時風兒更緊，氣溫更低。有人說山路已經冰凍了，下不去了。人群中出現恐慌的騷動。他們已經兩天沒吃到一點東西了，但豪情仍支撐著不少人大喊大叫，說這是走資派在搞的鬼，有階級敵人在破壞。

終於，天上出現了飛機，飛機在盤旋了一陣後，從屁股後面飛出了降落傘。

空投，空投！毛主席給我們送東西來了！

立時，響起一片「毛主席萬歲」的歡呼聲。

載著大餅、衣服、毯子的降落傘落到了山上。小將們在沉默了一會後，突然又發出驚天動地的吼叫。人們齊齊地向著降落傘奔去，搶大餅，搶衣服，搶毯子的行動開始了。

劉衛紅還在楞著，心想這怎麼特像電影裡國民黨兵搶空投物資一樣呢？焦衛東已對她大聲喝道：「你還不快動手啊，等下就全沒了！」

「我們該去要什麼呢？」劉衛紅不願將那個「搶」字放到自己身上。

「大餅，大餅！」

劉衛紅驀地醒悟，跟著焦衛東衝向廝搶的人群……

二十六

焦衛東和劉衛紅總算平安地離開了井岡山，這時，中共中央已發出了停止外出串聯，革命師生要回學校鬧革命的通知。從中共中央於九月五日正式發出組織大串聯的通知，到又正式發出停止串聯的第一個通知，總共不到三個月。焦衛東和劉衛紅正好是既回應了外出串聯的號召，又及時走完了想去的地方，步步緊跟了無產階級司令部。

他們一回到學校，才發現學校的運動，確實像中央文革指出的那樣，顯得冷冷清清，因為人都跑出去了。劉衛紅立即串聯起三位女同學，刻起紅色大印章，縫製好一批紅袖筒，成立了「紅女兵」司令部，當上了女司令。

當上女司令的第一件事該幹什麼呢？她首先想到的是那個「流氓」男體育老師。她勒令流氓男體育老師來接受批判，勒令流氓男體育老師穿上給他們上體育課時穿的那條緊身流氓褲，解下紮在腰間的武裝帶，用帶有銅扣的那一截，朝流氓男體育老師兜頭甩去，只一皮帶，就把流氓男體育老師打倒在地，爾後揮舞皮帶，左右開弓，專對著流氓男體育老師鼓起的地方打。她每打一下，眼前就閃過大串聯到北京，再從北京到其他地方所見過的場面，心裡就有一種快感。她的皮帶閃爍著「長征」的步伐，皮帶上的銅扣在陽光下翻舞出金色的光彩，合著史無前例的運動節拍。直到將見過和遇到過的場面全在眼前閃完，她才停止了抽打。

劉衛紅立時以兇狠名聞遐邇。

後來她自己也說，當時不知為什麼凸現了母狼的野性。也許，人身上本來就有兇殘的獸性。只是平常被遮掩得嚴嚴實實，連自己都無法發現，一到了特定的環境就迸發出來。

紅衛兵山頭林立，司令如牛毛，就連中央文革也無法控制，於是，又掀起了大聯合高潮。

焦衛東成了紅衛兵聯合造反司令部（簡稱「紅造聯」）的司令。劉衛紅的觀點如同她和焦衛東的關係一樣，沒有發生什麼改變。因而在紅衛兵要聯合起來的指示下，她立即主動聯合進了「紅造聯」，並心甘情願地屈尊當了焦司令的宣傳部長。

就在紅衛兵大聯合形勢一派「大好」時，怎麼的又出了一個「工人革命造反聯合司令部」，簡稱「工造聯」，「工造聯」的組織發展簡直有迅雷不及掩耳之勢，不但一下子在省城佔據了絕對優勢，而且人馬遍佈城鄉。

「工造聯」很快就正式宣佈「紅造聯」是全省最大的保皇派組織，聲稱必須取締之。焦司令立即發佈堅決執行中央文革「文攻武衛」的指示。血戰，立時在省城展開。

成了焦司令宣傳部長的劉衛紅，反而將以前當「紅女兵」司令時難得和焦司令在一起的時間彌補了回來。現在，她的任務是保護焦司令，她幾乎時刻守在焦司令身邊。

這天，當一次戰鬥的硝煙剛剛散去，另一次戰鬥的硝煙即將到來之際。焦司令把劉衛紅喊到早已被劫掠一空的圖書室，圖書室裡連一條凳子都沒有，凳子都被當作武器砸向「敵人」或當柴火燒掉了。兩人便席地而坐。

焦司令望著圖書室中間顯得孤零零的閱覽桌，對劉衛紅說：

「衛紅，你發現沒有，形勢似乎對我們學生，對紅衛兵不利啊！」

「何以見得？」

「從北京傳來的可靠消息，『老紅衛兵派』已經土崩瓦解。」

「『老紅衛兵派』不就是『聯動』分子嗎？那是被中央文革取締的。那都是些高幹子弟，不得人心。」

「是啊。」焦司令微微歎了口氣，「有這麼一首歌謠，你聽說了嗎？」

「哪一首？」

想起當年送沙果，
江青阿姨真愛我。
可憐今天送果人，
戴起手銬把牢坐。

「衛東，千萬別亂說。」劉衛紅用手捂住他的嘴。

「怎麼，我跟你說說也怕？」焦司令扳開她的手，將她的手放到胸前，輕輕撫摸著，若有所思地說，「不光是『聯動』分子，幾乎所有大城市的主要紅衛兵組織，都是工派的對立面，都處於劣勢，這不會是簡單的偶合。這是一個明顯的信號，只有兩個原因，一是紅衛兵的確觸犯了中央文革，得罪了旗手江青或其他大人物，他們要借工派之手，將紅衛兵剿滅；二是紅衛兵的歷史使命已接近完成，資產階級司令部已被打倒，『狡兔死，走狗烹』，這是一個最簡單的道理。如果是第一個原因，還可奮力抗擊，如果是第二個原因，那就太可怕了……」

焦司令分析得很有道理，劉衛紅一時無話可說，一種可怕的寂寞壓迫著空曠的圖書室，也壓迫著他們。

「我們的盟友呢，我們的盟友到哪裡去了？為什麼『工造聯』的力量反而比我們大？」劉衛紅突然說，「我們不是總說自己『海內存知己，天涯若比鄰』，朋友遍天下嗎？」

「唉！」焦司令歎了口氣，「海內存知己，天涯若比鄰。」

焦司令一念出這「海內存知己，天涯若比鄰」的最高指示，驀地興奮起來。他想到了阿爾巴尼亞。

「海內存知己，天涯若比鄰」本是唐代詩人的話，但在文革期間都被當作最高指示——毛主席說的。朋友通信，必在信的最上面寫上，最高指示：海內存知己，天涯若比鄰。

焦司令對劉玉玲說，你還記得毛主席寫給霍查同志的賀電嗎，我可是記得清清楚楚，我背給你聽：

親愛的同志們：

中國共產黨和中國人民向阿爾巴尼亞勞動黨第五次代表大會表示最熱烈的祝賀。我們祝賀你們的代表大會圓滿成功！

以恩維爾‧霍查同志為首的光榮的阿爾巴尼亞勞動黨，在帝國主義和現代修正主義的重重包圍之中，堅定地高舉馬克思列寧主義的革命紅旗。英雄的人民的阿爾巴尼亞，成為歐洲的一盞偉大的社會主義的明燈。

蘇聯修正主義領導集團、南斯拉夫鐵托集團，一切形形色色的叛徒和工賊集團，比起你們來，他們都不過是一抔黃土，而你們是聳入雲霄的高山。他們是跪倒在帝國主義面前的奴僕和爪牙，你們是敢於同帝國主義及其走狗戰鬥、敢於同世界上一切暴敵戰鬥的大無畏的無產階級革命家。在蘇聯，在南斯拉夫，在那些現代修正主義集團當權的國家，已經或者正在改變顏色，實行資本主義復辟，從無產階級專政變成資產階級專政。英雄的社會主義的阿爾巴尼亞，頂住了這股反革命修正主義的逆流。你們堅持了馬克思列寧主義的革命路線，採取了一系列革命化的措施，鞏固了無產階級專政。你們沿著社會主義的道路，獨立自主地建設自己的國家，取得了輝煌的勝利。你們為無產階級專政的歷史，提供了寶貴的經驗。

……

「海內存知己，天涯若比鄰」。中阿兩國遠隔千山萬水，我們的心是連在一起的。

中國共產黨中央委員會主席毛澤東

一九六六年十月二十五日

焦司令連「中國共產黨中央委員會主席毛澤東一九六六年十月二十五日」都背了出來。他說：「毛主席的這封賀電是文化大革命開始那年的十月二十五日寫的，發表於當年十一月四日的《人民日報》。這封賀信，現在讀來，就像是對我們寫的。我們現在不正是處在『帝國主義』及其走狗們和形形色色的現代修正主義的重重包圍之中嗎？我們不正是在頂住這股反革命修正主義的逆流嗎？阿爾巴尼亞是歐洲的一盞偉大的社會主義的明燈，我們就是反革命復辟勢力包圍中的中流砥柱！只要堅持下去，我們就能成為紅衛兵歷史上的一盞明燈！也能為無產階級專政的歷史提供寶貴的經驗。」

聽焦司令這麼一說，劉玉玲又振奮起來，說：「衛東，我開始對你的情緒還有點擔心呢。你這一番話，又是給我們紅衛兵運動吹響了一個號角。我們應該立即把你的這番話傳達下去，鼓舞我們紅造聯的士氣。」

「不急，不急。」焦司令說，「我倆難得有這麼個空閒在一起的機會。我要和你多待一會。」

「衛東！」劉玉玲動情地喊了一聲。她最希望聽到焦司令對她說的話，除了革命戰鬥外，就是這樣的話。

「你還是喊我焦司令吧。」

「為什麼？」

「在這種革命的緊急關頭，在這生與死的臨界線上，我不想，讓一個可愛的人進入我的心中，讓她為我擔驚受怕，或者，兩個人拴死在同一根鏈條上。」

「你說我可愛?!是嗎？你剛才是這樣說的嗎？」

「當然。在這種連命都可以不要了的時候，我難道還怕說一個愛字嗎？」

「衛東！」劉衛紅一下撲到焦衛東身上，不要命地狂吻起來。

「衛東，衛東，就算我們會坐牢，就算我們會死，我也要和你在一起，我什麼都不怕，什麼都不怕。衛東，衛東，我要你像在北京大澡堂子裡那樣，來摸我，我要你像在井岡山那樣，來親我。快來呀，來呀……」

劉衛紅仰天往地上慢慢躺下，大睜著雙眼，望著圖書室的天花板。

焦衛東在她身邊蹲下，伸出了雙手……

忽然，他將劉衛紅托了起來，往圖書室的閱覽桌走去。

他將劉衛紅放到閱覽桌上，自己爬了上去……

在劉衛紅咬緊牙關的疼痛中，她的處女紅，將閱覽桌染紅了一片。

焦司令在省城的據點，很快被「工造聯」一個一個地攻克，眼看著在省城的司令部也難以保全，焦司令毅然做出了放棄省城，將隊伍拉到農村去，走農村包圍城市的革命道路。

焦司令的嫡系人馬在一夜間全部轉移，只剩下幾個高音大喇叭仍在聲嘶力竭地對「工造聯」發動宣傳攻勢：「工人同志們，工人同志們，你們受騙了，走資派蒙蔽了你們，操縱你們鎮壓紅衛兵……」

焦司令在農村竭力發展壯大革命勢力，可沒過多久，無產階級司令部發佈了農村不准搞這些的紅頭文件。再則，農民好像也不太支持他們，農民也好像傾向於「工造聯」。焦司令審時度勢，先佔據這個縣城再說。

可是焦司令在縣城的腳跟尚未立穩，「工造聯」的人便向他們發起了進攻。「是可忍，孰不可忍?!」焦司令只有率部決一死戰了。

「工造聯」的人這回真正嘗到了「紅造聯」的厲害，頭一戰，他們就死傷了幾十個。可是「工造聯」人多，他們一方面採取圍而不打的戰術，死死地圍住，你不往外衝，他便不強攻；你若往外衝，他利用佔據的有利地形，就把你打回去。一方面則從全省各地調派援兵，要將焦司令他們困死、餓死。同時，他們將被「紅造聯」打死的、以及被自己人的槍誤殺的「革命烈士」的屍體抬著，到處遊行，到處開追悼會，控訴「紅造聯」的罪行，以贏得廣大革命群眾的同情，激勵自己這派造反戰士同仇敵愾。

隨著援兵的越來越多，火力越來越猛，焦司令的據點也越來越少，人員也越來越少。

原來跟隨在焦司令身邊的副司令、參謀總長、作戰部長、機要部長、支隊司令、副司令等等，陣亡的陣亡，跑的跑了，緊緊跟在他身邊的就只有劉衛紅這位宣傳部長了。

劉衛紅重新組織了一支四十多人的女兵，自稱「新娘子軍連」。

提起這支「新娘子軍連」，令「工造聯」都膽顫心驚。她們每人手執一色的衝鋒槍，斜挎一支駁殼槍，腰間還插有一支小手槍。她們都是十七、八歲的女學生，但都像劉衛紅一樣，從批鬥走資派、牛鬼蛇神開始，她們就已練出了一套打人的特殊本事。譬如打走資派的耳光，別的人是揚手就是一耳光，而她們是手掌裡抓著一把小手槍，橫著一巴掌，自己的小手不會打痛，被打的人則立時嘴巴鼻子鮮血直流；再譬如她們不用長槍槍托打人，而是用長槍的槍口去戳。用槍托太費事，還要把槍倒轉過來，再則槍托打人的面積大，她們學過物理，知道面積大壓強就小，而用槍口戳，壓強就大得多……在焦司令被困守縣城時，她們就成了保衛焦司令司令部的「御林軍」。

此刻，這些「新娘子軍連」殘存的兵們已和焦司令一道被團團圍困在一棟樓房中。

在被圍困的日子裡，她們天天唱著「抬頭望見北斗星，心中想念毛澤東」，齊聲朗誦著「毒打、圍攻領教過，最多不過砍腦殼。要想老子不革命，石頭開花馬生角。」她們認為這是黎明前的黑暗，曙光就會到來，偉大領袖毛主席一定會來救她們的。面對著「工造聯」的重兵壓境，她們認為這是保皇派最後的瘋狂，她們寧死也不願屈服。她們要成為像阿爾巴尼亞那樣一盞永不熄滅的明燈。

她們認為自己是在為真理而戰。面對著被打死的戰友，她們沒有眼淚，而是對著死者吟說，如同教堂裡肅穆地唱詩：

請鬆鬆手，
鬆一鬆手啊！
親愛的戰友！
交給我吧，
你手中的這本《毛主席語錄》。

焦司令對「新娘子軍連」——「御林軍」做過一次形勢報告，也就是堅持戰鬥到最後一刻的動員令。焦司令站在一張桌子上，對「新娘子軍連」的戰士們說：

「偉大領袖毛主席教導我們：一切反動派都是紙老虎。看起來，反動派的樣子是可怕的，但是實際上並沒有什麼了不起的力量。從長遠的觀點看問題，真正強大的力量不是屬於反動派，而是屬於人民。」

說完「……而是屬於人民」這句最高指示，他仿照革命導師列寧講話的樣子，上身前傾，將一隻手往前伸出。「新娘子軍連」的戰士們立即報以熱烈的掌聲。

焦司令說別看保皇派「工造聯」目前圍攻我們的氣勢很凶，但他們就是反動派紙老虎。他又引用了毛主席語錄：「反動的，落後的，腐朽的階級，在面臨人民的決死鬥爭的時候，也還有這樣的兩重性。一面，真老虎，吃人，成百萬人成千萬人地吃。人民鬥爭事業處在艱難困苦的時代，出現了許多彎彎曲曲的道路。……你看，這不是活老虎，鐵老虎，真老虎嗎？但是，它們終究轉化成了紙老虎，死老虎，豆腐老虎。這是歷史事實。……所以，從本質上看，從長遠上看，從戰略上看，必須如實地把帝國主義和一切反動派，都看成紙老虎。從這點上，建立我們的戰略思想。另一方面，它們又是活老虎鐵的真的老虎，它們會吃人的。從這點上，建立我們的策略思想和戰術思想。」

焦司令說偉大領袖毛主席的話，就是對著我們目前的實際情況說的。我們只要按照偉大領袖毛主席的戰略思想，從戰略上藐視敵人，從戰術上重視敵人，堅持戰鬥到底，等到我們的援兵趕來，就一定能取得最後的勝利。他說全省各地的紅衛兵學生小將們正從四面八方向我們靠近，將會把圍攻我們的「工造聯」團團圍住，到時候他們從外面殺進，我們從裡面殺出，「裡應外合」，「工造聯」的末日就到了！最後他說在這革命的緊要關頭，他向「新娘子軍連」的英勇的女兵們致敬。

「『紅造聯』女兵萬歲！」焦司令又用列寧同志的手勢結束了他的報告演說。

「『紅造聯』萬歲！紅衛兵萬歲！偉大的領袖，偉大的統帥，偉大的導師，偉大的舵手毛主席萬歲，萬歲，萬萬歲！」女兵們齊聲高呼。

「新娘子軍連」女兵們的士氣頓時高漲。

然而，被圍困的日子既緊張又實在是無聊，這些女學生兵們心裡儘管裝著全中國全世界的革命大事，儘管認為「工造聯」保皇派和走資派狼狽為奸（她們將最高指示中的「蘇修、美帝狼狽為奸」改成了「工造聯」保皇派和走資派狼狽為奸」），做了這麼多的壞事、醜事，全世界革命人民是不會饒過他們的……卻怎麼也無法將青春的躁動來個「滾他媽的蛋」。二十年後，當焦司令想起他一次去巡視「御林軍」，以再次激勵「新娘子軍連」的士氣血戰到底的情形，仍忍不住啞然失笑。他無意中掀開一個「女兵」的枕頭，竟發現一些乾癟的紅蘿蔔。他又趁「女兵」們不注意，有意識地掀開另一個枕頭，也發現了乾癟的紅蘿蔔。這些紅蘿蔔，就連焦司令當時也不知道她們是幹什麼用的。而那些實際上士氣已低落到極點的「女兵」們，懷裡抱著衝鋒槍，歪七倒八地躺在地板上，根本就沒在意司令掀枕頭的舉止。如果她們發現了司令掀枕頭摸起那乾癟的紅蘿蔔，如果司令問她們這些紅蘿蔔是幹什麼用的，她們會有怎樣的舉止，又會怎麼回答呢？

「工造聯」已揚言要炮轟「保皇大樓」，火燒「保皇大樓」。

那天晚上，天漆黑漆黑，所有的電路都被剪斷，所有的水管也被砸爛，沒有電，沒有水，沒有可供填肚子的食物，疲憊不堪的劉衛紅找著了焦司令。

只有冒死突圍這一條路了。

「衛東，不，焦司令，怎麼辦？難道真是山窮水盡了嗎？」

「玲，你讓我再想想，想想。」不知從哪天開始，焦司令不喊她劉衛紅了，私下裡給她恢復了原名，但也不喊劉玉玲，而是仿照三〇年代小說中那樣喊她玲，絲毫也不覺得和轟轟烈烈的革命運動不相稱，也沒有引來戰鬥在文攻武衛前線戰友們的不滿和異議。

「焦司令，援兵一個也沒有來，再死守下去，恐怕……」

「怎麼，你害怕了？」

「不，不，我不怕死！就是和你死在一起，我也感到幸福。」

玲的話讓焦司令一陣感動，他伸出一隻手，摟住了玲的肩膀。

「玲，我早就做好了死的準備，我無論如何也要留下最後一顆手榴彈，和他們同歸於盡。」

被焦司令摟著的玲覺得自己渾身有點顫抖，她只要一被焦司令抱著就不能自制，即算是在這革命生死存亡的緊急關頭，她也渴望著身邊的這位英雄在她身上立即做出些英雄舉動。越是想到可能會死，她的渴望就越強烈。她越加渴望愛，越加渴望愛的滋潤，但她說出來的卻是：

「我們不能死，我們得保留革命的火種，我們不能像紅軍在反第五次圍剿時那樣蠻幹，那樣死打陣地仗，我們應該進行戰略轉移……」

說出這些話，她又不禁有點後悔，在她正渴望焦司令愛的滋潤時，還談什麼戰略不戰略呢，她知道焦司令整個兒都撲在戰鬥指揮上，除了那一次外，焦司令就再沒碰過她，她也曾無數次地暗暗地向焦司令表達過意思，但焦司令一點都不理會，除了喊她喊玲這一格外的親切外，焦司令從未有過什麼表示，她有時候甚至想對著焦司令吼出來：「你知道我為什麼死死地跟著你嗎？你知道我為什麼不像那些人一樣溜掉嗎？」但理智使她控制住了這一切，她是為了真理，為了捍衛毛主席革命路線！

她擔心摟著自己的手會很快鬆開，她擔心過了這個漆黑的夜後，就永遠是不可預測的明天。可是她卻明明白白地聽到了焦司令如同受傷的狼一樣的嗷叫：

「管他什麼死不死呢，在死之前，我還要你，現在就要了你……」

焦司令粗壯的手將她完完全全地抱緊了，焦司令毫不費力地將她放倒在了地上……在這麼緊張的情況下，他仍然按照第一次的程序進行……

所有的槍聲炮聲廣播喇叭聲都沒有了，所有的只是瘋狂、瘋狂……

二十七

「焦司令，你好久好久不和我重溫舊夢了，這次你如此慷慨，必定有事求我。」在N國焦司令公司大樓房間裡滿足了的劉玉玲側著依然光潔的身子，一隻手撐著頭，望著躺在身旁，顯得疲憊的焦司令，說。

「唉，幾十年彈指一揮間啊！過去的事，好像就在眼前。」焦司令歎一口氣，從扔在床下的褲子口袋裡摸出一支煙，叼到嘴上。劉玉玲從他身上爬過去，找出打火機，給他點燃，又在原位躺下。

「玲，你也抽一支吧。」

「行，把你的給我。這可是你批准的啊。」

「我什麼時候限制你抽煙了？」焦司令將抽了一口的煙遞給劉玉玲，自己又點上一支。

「你不是說過討厭女人在你身邊抽煙嘛？」

「我那是隨便說的，你不在此例。」

「你認為隨便說的話，我可是都當聖旨一樣的聽著。」

「所以你永遠可愛。」

「這叫『事後煙』，」劉玉玲深深地吸了一口後，說，「事後一支煙，快活似神仙。」

「剛才，你還沒變『神仙』嗎？」

「變了，變了。」劉玉玲笑著說，「你那股勇勁，還能不讓我變『神仙』？」我是說剛才是『神仙』，現在是像『神仙』，僅僅只是像嘛。『像』和『是』是有區別的嘛。你別挑我的語法邏輯好不好？我作文沒你寫得好。」劉玉玲嬌嬌地說起來。

「玲，你說我老了嗎？」焦司令沉默了一會後，朝天吐出一個一個的煙圈。他一邊用手指去捅煙圈，一邊說。

「要說老，是我老了，不能夠讓你主動來了。你們這些男人啊，什麼時候都不減當年！」劉玉玲在他臉上狠狠地親了一下。

「我這不是主動來的嗎？」

「這麼久了，才主動一次。」

「玲，你知道，我確實是忙啊！」

「算了，焦司令，有什麼要我辦的事趕快說出來，不要再兜圈子了。我這個人啊，是前世欠了你的情債，這世特意來償還。你說這幾十年，我就找不到男人了嗎？我怎麼就非你不可呢？我明明知道你不會娶我後，還是那麼死心塌地，我一不破壞你的家庭，二不仇恨你的小蜜，我就等著你不時給我些施捨，可你，有時候還真無情無義。我這一輩子，就只能這麼過下去了，想要你施捨的日子，也不會很多了，你就不能可憐可憐我……」

「別說了，玲，除了你之外，我也沒和幾個女人幽會過。」

「我知道，你心裡還有我。要不然，憑你的性子，再有什麼要命的事也不會這樣。你要真的心裡沒有我，為了要我辦事就來和我睡覺啊，打死你也不會幹！」

「知我者玲也。」

「我知你可你卻不知我。」

「我怎麼能不知你呢？」

「那好，我問你，你知道我為什麼這樣對你死心塌地嗎？」劉玉玲側轉身子，看著焦司令的臉。

「知道。」

「你知道什麼？」
「北京的大澡堂子唄。」
「是的，是的。」劉玉玲高興地說，「就是從北京的大澡堂子那裡開始，我就註定永遠只能對你死心塌地了。」
「可是你又知道這是為什麼嗎？」焦司令狡黠地眨了眨眼睛。
「我自己對你死心塌地還會有別的原因啊？」
「不對，大澡堂子是在什麼地方？是在當時的無產階級司令部所在地；我們為什麼能到那裡去？是因為大串聯；我們去的目的是什麼？是為了見毛主席，接受檢閱；我們在接受檢閱時心最虔誠，所以是毛主席在保佑，保佑我有一個永遠對我死心塌地的女人！」
「還是像當年一樣，嘴巴皮子能當醫生，死的都可以被你治活。」劉玉玲笑起來。
「這是事實，想當年，誰有我們那樣虔誠？誰有我們那樣忠心？連把像章別到肉上都不覺得痛。」
「那時候，如果女的能打赤膊，說不定我也會像你一樣，將像章別到肉上呢！男生能做到的，我們女生也能做到！可現在，不能嘍，女人一上年紀，總比不上男人。」
「玲，別說年齡……」
「可年齡也是實際存在。」
「玲……」
「我知道你有事要跟我說，親愛的，別轉彎子了，直截了當地說吧，我的焦司令。你既然也像我知道你一樣的知道我，你就應該知道，劉玉玲這一生就是為了你，上刀山，下火海，對於我已不是一個形容。這次要我去幹什麼？大不了是要我去死吧！你開句口，我立馬就去！」
「你真的敢去？」

「死，算得了什麼？『面對死亡我放聲大笑，魔鬼的宮殿在笑聲中動搖』，你就不記得我們在沙城曾朗誦過的詩篇？」

「玲，你總是豪氣不減當年。」

「那是因為你對我好。」

「玲！」焦司令感動得一把抱住她，翻身壓到她身上，說出了要將她送給印度幫以拯救大局的計劃。

「玲，如果翰老弟在明天還不能將武器運到的話，這是唯一可以拖延時間的辦法了。」

「你是真的要我去死啊?!」劉玉玲一把將他掀開，坐了起來。

「你到他們那裡去後，他們的一個叫麗莎的女人會同時落到我們手裡，當然是祕密的落入。他們如果要對你下手，就會有人通知他們，那個叫麗莎的女人也正面對著槍口。」

「好啊，焦司令，你把我與那麼一個臭女人等同了起來。」

「不，那也是一個美麗而高貴的女人。是他們的得力幹將。」

「你怎麼能抓到她？」

「她已在我的掌握之中。這些，你不用管。」

「你不是在用調包計吧？你將我送給他們，借他們的刀除掉我，然後，你用那個麗莎來頂替我現在的位置。」劉玉玲拍了拍床。

「我的天，你都想到哪裡去了，你真把我沒想到的給想出來了。麗莎是摩托車騎士的，是摩托車騎士陸放翁的。知道了吧！」

「我知道你還沒狠心到那一步。」劉玉玲說，「你把我送去也行，我藏幾把槍在身上，見面就撂倒他幾個，夠本了。」

「你不想活了?!」

「你把我送給他們難道是想讓我活？」

「我一定讓你活著回來，一定！」

「那你說，我什麼時候去吧。」

「你待在這裡，聽我的安排。」

「要我待在這裡可以，我聽你的。不過，晚上，你得來陪我。」劉玉玲對著他打了個響亮的榧子。

「我要做鬼也風流。」她自顧自地說。

「行，我晚上一定來。」

「聽聽，聽聽，這話又有問題了吧？好像是我非要你來不可你才會來。根本就不是心甘情願地來。唉——」劉玉玲長歎了一口氣。

「別這麼說，玲，你不要我來我也會來的。我可不怕你拒絕呵。因為你是我的！對不對？」焦司令忙撫慰她。

「假話。」

「親愛的，對你，我不會說假話，我說的都是真話，是發自內心的真話。你要我剜出心來給你看看你才相信嗎？」

「那你晚上早點來啊！」

「一忙完事我就來，親愛的，等著我吧。」

「我不等你我還等誰啊？」

焦司令笑了笑，從床上起來，又俯下身，親了親她，穿好衣服，往外走去。他剛走到門邊，劉玉玲掀開被子，一躍而下，衝到門邊，緊緊地抱住他，狠狠地親了一口。

「會凍著的，玲，快回床上去。」

「我就是要凍壞自己。」

焦司令只得又將她抱起，送到床上，給她蓋好被子。

「親愛的，晚上見。」

「晚上見。」劉玉玲給他一個飛吻。

焦司令打開門後，又回轉身，對床上的劉玉玲做了個好好休息或者是耐心等候的手勢，走出去，將房門輕輕地帶關。走到屋外，他深深地吸了一口清爽的雪風，想，這個女人，一身是膽不說，現在又要玩命地享受男人。誰能受得了她的沒完沒了啊。

第五章

偷渡
——走另一條革命的路

二十八

「你好，先生，有你的一封電報。」

服務生敲開八〇九號房，將一封電報交給翰老弟。

在焦司令他們內部有「飛天王」之稱的走私大亨、軍火專家翰老弟隨手展開電報，電報上寫著：喬治·瓦斯洛旅館已為你留好房間，歡迎光臨。

「謝謝。」他塞給服務生一張小費。

服務生後退著替他將門關上。翰老弟坐到沙發上，慢慢地抿了一口茶，掏出一支煙，點燃，深深地吸了一口，然後才看了看電報，臉上泛起一絲難以覺察的笑意。

這張看似為旅遊觀光客訂好房間的普通電報，實際上是告訴他，貨已備好，只等你來拿。而且接貨的地點、時間都告訴了他。不過只有他才能如同破解密碼一樣在這張普通電文中得知。

軍火專家翰老弟在執行任務時從來不用手機，他認為手機這種方便的通訊工具是最不可靠的，你用手機聯絡「工作」，就等於幫警方請了一個密探跟在自己身邊，也許有人認為只要不斷地更改號碼，就可保無虞，但翰老弟認為，你改一次號碼，就等於留下了自己的一個腳印。他也絕不在電腦上發「伊媚兒」，更不在電腦裡儲存任何有關自己所做生意的資料。這些先進的現代化玩意在他看來，都是最不保險的。電腦裡設置的任何密碼都能被人打開，而只有儲藏在自己腦子裡的東西，才不怕被人竊去。

翰老弟只相信自己的腦子和他那老一套的手法和經驗，也只相信他那些老客。他從幹上軍火走私這個行當，就沒有失過一次手。但他知道「惡狗山中死，猛將陣上亡」這個真理，任何一個行當，幹久了終會有失手這一天，所以他已決心不幹了。他要洗手了。這一次，他是為了焦司令而幹的最後一次，他特別小心謹慎。

焦司令為了要他幹這筆買賣，甚至陪了不少小心。

他當然也知道這筆買賣的重要性，但他認為自己已經說過不幹了的話，再接受這樣的買賣是不太吉利的。因此儘管焦司令催得很急，他仍然嚴格地按照自己老一套的辦法行事，因為他知道，在國際社會日益全球化，現代技術手段轉眼間便更新的今天，想繼續像以前那樣做大宗買賣，不跟上更新的技術是做不成了的，但臨時的一樁小買賣，越是老的手法越保險，因為警方都把注意力放到防止高新技術犯罪上去了。這就叫「辯證法」。

譬如他手裡的這份電報，就是送給警方看都沒有問題，去旅館核對吧，他確在那裡訂了房間。反過來說，警方有誰會想到，現在竟然還會有人用發電報的手法來交接槍支彈藥?!

他慢慢地吸完煙，將煙蒂掐滅，放進煙灰缸裡。再慢慢地將茶杯裡的茶全部喝完，將茶葉倒進垃圾桶，把茶杯沖洗乾淨。然後將自己的東西收拾好，又把旅館房間收拾了一下，把床上的被子鋪得整整齊齊。這是他的習慣，無論在哪裡，臨走時都要拾綴得乾乾淨淨。

翰老弟提著行李，緩緩地走出旅館。

他沒叫計程車。一出旅館就叫計程車的人，是不配幹這一行的蠢漢。因為你一上計程車，可能就會有人跟蹤，在車水馬龍中，你根本無法判斷是否有車在跟著你。而他們這一行，致命的地方就在於被跟蹤，人家絕不會在半路上抓你，跟上你的目的就是在交接貨物時人贓俱獲。而只有走路，才能將一切都審視得清清楚楚。因此他慢慢地沿著大街往前走。他要再驗證一下，看到底有不有盯梢的。

他沿著大街走了一段後，在一個花壇裡的石凳上坐下，裝作休閒的樣子，觀察著四周。沒有任何可疑的跡象。但他的直覺，似乎有一個人在跟著他。

他非常悠閒地抽完一根煙，又去買了一罐飲料，慢慢地喝，足足挨了半個小時後，才繼續走。

他又沿著大街走了一段，然後轉進一條小街，裝作挑選物品，磨磨蹭蹭地耐心地等待著跟蹤者的出現。

沒有可疑的跡象。

他繼續慢慢地走著。他想，他的直覺不會錯，即使錯了，也是寧可信其有，不可信其無。離接頭的時間還早得很，他每次都是提早不少時間，而絕不像那些寧願將時間泡在酒吧間小妞的身上，也非要等到接頭時間差不多了才出發的傢伙那樣。充裕的時間可以使他得到安全的保證，只要發現有半點不對頭的地方，他就可以從容地將接頭取消。他的「飛天王」綽號其實是在磨磨蹭蹭毫不性急中展現出來的。「靜如處子，動如脫兔」，中國武術中的哲理以及毛主席的語錄：「往往有這種情形，有利的情況和主動的恢復，產生於再堅持一下的努力之中。」都是他運用於「工作」中的經典。

此刻，他就要「再堅持堅持」，他要和直覺中的那個跟蹤者比較耐力。

他走進一家中國餐館，他想，我在這兒慢慢地吃飯，喝茶，養精積銳，你就在外面候著吧。

中國餐館的老闆一見來了客人，笑容可掬地迎上來。

「先生，請坐請坐，想吃點什麼啊？」

老闆親自將本來便很乾淨的椅子和桌子又擦拭一遍，請翰老弟坐下。

「先生，先喝壺茶吧，要龍井還是鐵觀音？」

老闆說話時，腰一直彎著。小心翼翼地陪著笑臉。

翰老弟在剛做軍火生意時，有一次身上帶的錢全被小偷給扒走了，連打個電話要「家裡」匯款來的錢都沒有了，無奈只得去找中國餐館打工，他剛走進餐館時，老闆以為他是來吃飯的，客氣得如同這個老闆一樣，不停地點頭哈腰，可當他一提出是想來打幾天工，掙幾個急用錢時，老闆的臉立即變了，連聲說我這裡哪還要打工的，你快到別家去吧。他一連跑了好多家，得到的都是同樣的「待遇」。那種「待遇」真像家鄉的人對付叫花子。所以從那以後，他不喜歡進中國餐館。此刻，他看著老闆那過於殷勤的樣子，便說：

「都是中國人，說不定咱們還是老鄉，就用不著這麼彎著腰說話了。」

老闆連聲說這是對待客人的規矩，腰彎得更厲害了。

「好吧，你喜歡彎就彎著吧，我也不能給你上副夾板夾直。」

「那是，那是。先生想喝什麼茶。」老闆始終笑容可掬。

「來壺鐵觀音吧。」

「一壺鐵觀音！」老闆喊道，忙又將菜單遞給他。

「老鄉，請點菜，點菜。」

「你怎麼能斷定我和你是老鄉啊？」翰老弟說道。

「都是中國人嘛，中國人就都是老鄉嘛。老鄉你發現沒有，我們廚房門口掛著一塊牌子，『閒人免入』。那就是針對外國人的，因為我們中國菜有中國菜的祕密，絕不能輕易讓『老外』學去。我們中國餐館的廚房、作坊，是受法律保護的，任何人沒經允許，不得輕易入內。即使是警察，沒有特別的搜查證，也不敢輕易來闖我們的廚房。這些，都是我們通過和『老外』鬥爭才爭取到的。」老闆彎著腰頗自豪地和翰老弟說起了他們的勝利。

「行啊，就衝著咱們中國人的這個勝利，我今天多點幾個菜。」

「好咧！」老闆高興得連連推薦開了他的拿手菜。

翰老弟順著老闆的意思點了幾個菜，故意慢慢地吃著，眼睛不時往門外掃掃，但連個從門口走過的人都沒有。

老闆陪著他這位老鄉坐著，介紹著自己的店子。說他的店子這幾天生意不錯，有客人預訂了好幾桌飯菜，所以今天晚上得把這幾桌飯菜全準備好。他說他這是夫妻店，就他和老婆，還有個孩子，如果忙不贏時，孩子也幫幫忙。

「你怎麼不請個幫工的呢？」翰老弟問。

「哎呀老鄉，店子小，本錢也小，加之地方偏了點，平時生意冷淡，多請個人就得多份開支啊，自己辛苦點也就過去了。若是天天有人預訂飯菜啊，我也早就請人囉。我告訴你啊，來這裡找工做的老鄉多著呢！也不知道他們都跑來幹什麼，真能發大財啊？聽說現在國內也能照樣發大財，唉，何苦出來喲。」

「那你為什麼要出來？」

「我是出來得早啊，那時候沒想到國內會變得這麼快啊！」

「你現在回去也不晚嘛。」

「現在？不在這裡混出個樣兒來，我有臉面回去嗎？」

「就憑著你這個小店，就能混出個樣兒來？」

「老鄉，可別這麼說，我雖說沒賺到什麼大錢，可也不見得會比你差多少，你還不是照樣在這裡混。」

「說得好。」翰老弟笑了起來，「我們都是人在江湖，身不由己了。」

「是啊，是啊，身不由己啊！」

「家鄉還有親人吧？」

「有，有，他們也纏著要到這裡來，以為我在這裡是個什麼了不起的大老闆，我總是說別急別急，到時候再說。我這個『到時候』啊，是想等自己真正發了大財後，再好在他們面前擺譜。」

老闆說完便笑，翰老弟也笑起來。

「我也跟你一樣呢，」翰老弟說，「我也圖的就是個擺譜。」

「在外面的人誰不圖這個呀，唉，死要面子活受罪。」

「受罪還不見得吧？你在國內就不要幹活了啊？」

「在國內畢竟是家鄉啊，幹完了活，串串門子，走走親戚，可在這裡呢，雖然也有不少老鄉，但都是各人自掃門前雪，各忙各的，一年到頭也難得聚一回。那種味道，總差了點什麼。」

「想不到你出來這麼久了，還是老觀念，難得難得。」

「中國人嘛，忘不了本。」

翰老弟和老闆聊著，估摸著時間挨得差不多了，起身，結帳。老闆給他打了六折，翰老弟不願意，不但非要按原價格結帳，還要多給老闆一些。老闆說：

「老鄉，我們也是有緣，才能碰到一起，你來我這裡吃這麼一餐飯，我收你的錢就已是不恭了，給你打點折還不應該嗎？哪還能要你多破費呢？」

翰老弟見他說得誠懇，便按六折交了飯菜錢。心裡真的感到了老鄉的親切，同時也覺得原先對中國餐館老闆的看法太片面了。

他們有他們的難處。他想。

出了餐館，儘管並沒發現什麼可疑之處，但他越發覺得自己的懷疑沒錯。他朝更偏僻一點的地方走，同時，思謀可以甩掉尾巴的方案。跟蹤者一直沒有出現。也許根本就不存在有人跟蹤。翰老弟卻認定，跟蹤者是個高手。前面出現了一間廁所。他感覺到喝茶喝多了，正好進去方便方便。

他走進廁所，選擇最裡邊的廁間，關好門，撒完尿，坐到馬桶上，將小行李袋裡的一支手槍取出，上好子彈，插進上衣裡邊的口袋。然後靜靜地等待。他相信跟蹤者跟了他這麼久，也該上廁所了。

又過了好一會，有人走進廁所來了。

你終於憋不住了吧，翰老弟想，你見我進來這麼久沒有動靜，能不擔心我已從廁所裡溜走了？就算你不相信從這個廁所裡能溜走人，如果你是抱著另一種目的來跟著我的，那麼，廁所裡正是下手的好機會。

進來的人站到小便池盆前，撒了好大一泡尿。

翰老弟暗自在心裡發笑，他媽的你跟得老子好辛苦，簡直要被尿憋死。他悄悄地從廁間門下空隙處望去，只看見一雙特大號的波士頓球鞋。

他想著那雙波士頓球鞋很快就會朝他這個廁間走來。可是波士頓球鞋撒完尿後，走出去了。

他媽的，純粹是個來撒尿的！他應該可以出去了吧。不，翰老弟仍然坐著不動。

廁間很衛生，沒有一點異味。這是一個高度文明的國家，廁所文化是作為衡量城市文化的一個突出部分。這個市的市長在檢查城市衛生時曾別出心裁，檢查得差不多了時，帶領檢查的官員們直奔一個廁所，在廁所裡吃中飯。

翰老弟看了看手錶，不著急，他繼續坐著，享受著廁所文化。又想起了進廁所的腳步聲，翰老弟又看見了那雙波士頓球鞋。這回波士頓球鞋直接朝他待在裡邊的廁間走來。

波士頓球鞋正要一腳踹開廁間門，門自動開了，一支烏黑的手槍頂著他的腦袋。

翰老弟一把將他抓進廁間，用背頂著廁間門，低聲喝問道：

「你跟著我幹什麼？」

「我，我……」

「快說！不說我就一槍打死你！」

「別開槍，先生，別開槍，我只是想向你『借』點錢，是你那只行李袋，把我給引來的。」

「說實話！」翰老弟的槍朝他的腦袋使勁頂了一下。

「我說的全是實話，全是實話。」

「想要點錢竟然跟了我這麼久嗎？你到底是幹什麼的？」

「我真的是只想要點錢，因為我反正也沒有別的事，閒著也是閒著，所以，所以就一直跟著你。」

「你從什麼時候盯上我的？快說！」

「從旅店，旅店。因為從旅店裡出來的人身上總少不了錢。」

「我在那家中國餐館吃飯時你在哪裡？」

「在後面的街上坐著。」

「為什麼不到餐館門口來看一看？」

「你在餐館裡吃飯，我想著你反正要出來的，你一出來我就能看見，所以不怕你走了。」

「如果我在那家餐館裡不出來呢？」

「先生，你會出來的，肯定會出來的，那家小小的餐館不可能留住你的。先生，你饒了我，我再不敢了。」

真碰上個打劫的！翰老弟判定他不會有別的意圖後，覺得沒有必要殺這麼一個打劫的傢伙，便將抓著的槍順勢橫著一摜，將他打暈在地。

翰老弟把他扶到馬桶上坐好，走出去，將廁間門關好。

「先生，你在這裡好好休息休息吧。三十分鐘後，不，也許得一個小時，你就又可以去做你的無本生意了。」

二十九

翰老弟確信再沒有跟蹤者後，上了一輛計程車。計程車載著他往郊外駛去。到了郊外，他下了車，換乘巴士，又回到了城裡。最後，他出現在一間豪華的辦公室裡。

「啊哈，親愛的，你終於來了。」一個滿頭銀絲的壯漢朝他伸開雙臂。

翰老弟和他擁抱著，如同分別多年的老友。

「密司脫翰，我是多麼地懷念我們以前的日子，我們合作得那麼默契，真正的無懈可擊。你給了我多少快樂啊！」

「準確地說，是我們共同分享快樂。」

「對對對，密司脫翰，你是一個多麼難得的人才啊，你做事總是像我的手錶一樣精確，分秒不差，從沒出過誤差。沒有給我們帶來一絲麻煩。當然囉，有麻煩我們也不怕。但是，為什麼要有麻煩呢？沒有麻煩的世界多好，多麼美妙，多麼令人愉快……」

「沒有麻煩的世界同樣令我感到愉快，但是，我現在想知道的是，我的貨究竟是怎麼包裝的？」翰老弟打斷他的話，直奔主題。

「你還是那麼一絲不苟，好，好，了不起的中國人！遺憾的是，你也不想做了，我也要奉調回國了。我們這是最後一次合作了。但我還是要感謝你，你為我國做出了貢獻。」

他所說的貢獻，就是指軍火走私。這是一個外交官。利用外交人員販賣軍火的大有人在。因為正規販賣軍火，一是容易引起國際輿論的譴責，二是必須是新式軍火，才有別的國家要。而走私軍火，可以把那些已被淘汰掉了的，庫存的，由裝備更新換下來的，統統換成錢。

「你沒有正面回答我的問題。」翰老弟說。

「我知道，知道，你為了不將一隻蒼蠅帶進來，繞了許多圈子，吃了許多苦，你為我們著想所付出的一切，是應該得到回報的。給，密司脫翰，這下可以請你喝香檳了吧。」

遞到翰老弟手裡的是一本外交護照。

這是最理想的安全通行證。有了這份護照，走私中間商在通過海關時享受外交豁免權。

「我這也是最後一次給我的朋友外交豁免權。」外交官說，「一切都要很快收場了，也應該收場了。」

「謝謝，真誠的謝謝。真誠的感謝我們的合作以圓滿的句號結束。」翰老弟將外交護照收好後，又問，「貨物運輸的形式呢？」

外交官哈哈大笑，說：

「真不愧是『飛天王』！我現在算明白了，為什麼有的人飛上天後總是不能持久，飛得好好的，一個跟斗就栽了下來。而密司脫翰，你卻能永遠的飛。告訴你吧，貨物全部採用外交郵袋包裝，貨物到達目的地後，你的主顧只需安裝一下。安裝總沒有必要由我們代勞吧？」

一切順利。翰老弟這才在心裡噓了一口長氣。

「怎麼樣？滿意吧？」外交官盯著翰老弟，得意地說。

「香檳香檳！」翰老弟嚷起來。

「哈哈哈哈，這就是你對我們工作是否滿意的回答啊？」

外交官打開一瓶香檳，香檳酒的泡沫沖出好高，外交官將香檳遞給翰老弟，他自己再打開一瓶。

兩瓶打開的香檳酒瓶子碰得「砰」地一響。

一輛外交郵袋運輸車裝著槍支彈藥往G市出發了。懷揣著外交護照的翰老弟坐在司機旁邊，他看著車窗外的夜景，剛想把心情放鬆一下，可瞧著身邊的司機，他又覺得自己還是疏漏了一個重要環節。

這個司機可不可靠呢？

司機是外交官喊來的，按理說絕對可靠，然而，凡是沒有經過自己親手考察的，翰老弟總有點不太放心。

「智者千慮，必有一失」，壞事翻船往往就在那「一失」上。他翰老弟講究的是「智者千慮，萬無一失」。

外交官喊來的司機就絕對可靠嗎？

外交官的親爹你都不能絕對相信！

他開始著力回想司機所出現的前前後後。

司機是外交官在辦公室打電話喊來的。外交官在打電話時，並沒有說要他幹什麼。司機來了後，和他——翰老弟、外交官，三個人一同走到運輸車旁，外交官也沒跟司機說什麼，也就是說，沒告訴他是運輸什麼貨。在這段時間裡，自己沒有離開司機一步。然後呢？自己到貨廂裡看了看貨，貨都是包裝好了的，自己只是用手摸了摸，用腳踢了踢。最多不過兩分鐘。在這兩分鐘的時間裡，司機不可能到外面去打電話，除非用手機。當自己從車廂裡下來時，司機還在外交官身邊。再然後呢？外交官對司機說了句：「開車吧，路上聽從客人的指揮。」於是，車子開了，直到現在。

一切都很正常。沒有什麼可疑之處。

如果說要有疑點的話，那就是自己到貨廂去的那兩分鐘。如果這個司機用手機往外打了電話——這非常簡單，當著外交官的面，只需對著手機說一句話，說一句跟貨物、開車風馬牛不相及的話，譬如說，我今晚上不回來了。這就完全夠了，在外交官的鼻子底下，情報便已經傳出去了。而這樣的一句電話，不需要三十秒鐘的時間。並且，自己在貨廂裡不可能聽到！

大意了。自己還是大意了。許多事情，就是壞在三十秒上。

現在，唯一能證實自己的懷疑是否準確的證據，就是看這位司機身上是否有手機了。

他看了看司機。司機是個年輕小夥子，他估摸司機最多不超過三十歲。

這個年輕的司機在非常認真地駕駛著車，連頭都不歪一下。

這麼年輕的司機和他這麼認真駕駛車的態度有點不相符，這麼年輕的司機一摸上方向盤，應該是話語滔滔，向坐在身旁的人顯示他自己經驗豐富、見多識廣，或者，不停地介紹著路旁的風光，談論著新聞趣事，講述著令人開心的種種他覺得好笑的事。當然，也不排除駕駛這種汽車的司機有種自覺的紀律約束，那就是，不能亂說話。然而，至少有一點是可以肯定的，在開車的途中，像他這樣的司機不應該甘於寂寞。

甘於寂寞和他這種年齡不相稱。

翰老弟掏出一支煙，遞過去。

「抽一支吧，有很遠的路哪。」

司機卻只是搖了搖頭，表示他不需要。

到底是不會抽還是不抽呢？翰老弟想，如果是抽煙的，我看你究竟能熬得多久？

翰老弟將煙點燃，深深地吸了一口後，又說：

「先生去過中國嗎？如果去遊覽，中國可是個好地方。風景名勝，那是數不勝數啊！」

司機不答話，「嘟嘟」，按了一下喇叭。

翰老弟本想借抽煙的機會和他聊聊中國的風景，引起他的興趣，從他嘴裡套出些話，可司機似乎根本就不願說話。

難道真是個盡職盡責只管將此類車子開到目的地，其他的事便一概不聞不探的專職型車伕?!

翰老弟又看了看全神貫注在開著車的司機，想從他身上看出是否帶有手機，自然也是徒勞。

打個電話，在車上借他的手機打個電話，這樣不就行了嗎？但是只有最蠢的傻蛋才會這樣。他如果真是個「臥底」，第一，他會爽快地拿出來給你打，第二，他會說對不起，沒帶手機。這二者不論是哪一種，都只會引起他的警覺。等於給他發出信號。

有一點可以肯定的是，如果他不是「臥底」，如果他身上有手機，那麼，在漫長的行車途中，第一，會有人打電話給他，他的手機會響；第二，他會掏出手機來給他的家人或情人打電話。不可能憋住的，絕不可能。結論：如果他身上確有手機，而又一直關著機，那麼，肯定是「臥底」無疑！

翰老弟的警覺決不是生性多疑，而是和他同行的人無數血的經驗的凝結。就連在焦司令號稱針插不進，水潑不進的紅坤幫內，都出現過為警方當「臥底」的「叛徒」。那是一個從廣州來的「戰友」，警方以給他永久居民的身份作誘餌，他竟然就「反了水」，作了警方的線人。幸虧跟他單線聯繫的「老闆」很警覺，稍微發現有點不對頭，就跑回大陸去了，通過「摸線」，確定了他在作臥底，便從廣州發出指令，要「對」了他。他忙向警方尋求保護，誰知警方見他沒「臥」出成績，不認帳了。無奈之中，他想到了只有殺人，殺人才能把自己送進大牢，只有進了大牢才能保住自己的命。跑回廣州的「老闆」忽略了自己尚在N國的家人的安全，結果「老闆」的兒子被他在大街上殺了，這傢伙當即被警察逮捕。到了法庭上後，他把警方如何引誘他當線人，最後又如何不認帳，他被逼得沒有辦法才選擇殺人坐牢以保全性命的事，統統說了出來。警方在尷尬中也警覺起來，斷定警察內部有人洩密，不久便查到該省司法部與警方合作的一個祕密調查機構，裡面有個原香港皇家警察，在中英聯合聲明簽署之後被送來協助N國警方調查華人幫會分子移民。不料這位原皇家警察卻被紅坤幫「統戰」了過去，警方越查越驚，乾脆把這件案子給捂了起來。不了了之。

翰老弟想，連咱紅坤幫都有人被警方收買，那個外交官身邊就不會有警方的線人嗎？他猛然想到這位司機為什麼不和自己說話，他只要一說話，就能聽出他是N國人還是外交官那個國家的人。如果是外交官本國的人，問題不大，如果是N國人，則又十有八九是線人。當然，也不是絕對。因為就算是外交官本國的人，警方照樣可以收買。

翰老弟狠狠地吸了一口煙，他忽然覺得自己的思緒有點迷糊。是坐在車子裡顛簸的緣故，是沒人說話的緣故。這樣胡思亂想下去怎麼行呢？應該迅速理清思路，那就是，如果身邊的這位司機真是線人，如果他已將情報送了出去，自己該怎麼辦，該如何採取對策？

車子「吱」的一聲，剎住了。

翰老弟一驚，手，伸向了放在上衣口袋裡的手槍。

司機做了個汽車拋錨的手勢，打開車門，走了下去。

翰老弟看了看外面，是前不著村，後不著店的曠野。天色已近薄暮，很快就要黑了。

汽車到底是不是出了故障可瞞不住翰老弟，剛才只是因為專心想問題去了，才沒注意汽車的響聲。

他迅速跳下車，去看司機檢查故障。

司機揭開引擎蓋，拔下分電器。有燒壞的痕跡。

在司機裝分電器時，翰老弟有意裝作笨手笨腳的去幫忙，在司機身上觸碰。驀地，他碰到一個硬的東西。

「手機！」

幹掉他！翰老弟心裡立即浮上這個念頭。就算他已將情報發出去了，跑了這麼遠沒遇到攔截，說明他聯絡的警方是要在臨近G市才下手，而他，也肯定只知道一條線路。

當車子重新發動起來，正準備起步時，翰老弟拔出手槍，對準司機的腦袋，但沒有扣動扳機，而是狠狠一擊，將司機打暈。

把暈了的司機拖下去藏好後，他拍了拍手，心裡說，等你醒來後，我早已到了目的地。翰老弟自己開著車，飛速前進。他雖然還不敢完全肯定司機是個線人，但他心裡想到的是曹操的話：寧可我負天下人，不可天下人負我！

三十

寧可我負天下人，不可天下人負我的軍火專家「飛天王」翰老弟當年是紅衛兵中的秀才，號稱「紅造聯」的三大筆桿之一。他曾創作了大型歌舞史詩劇《無產階級文化大革命萬歲》，全劇仿照音樂舞蹈史詩《東方紅》，由「序曲」、「偉大的誕生」、「黑雲壓城城欲摧」、「抬頭望見北斗星」、「長征」、「紅旗永不倒」、「再上井岡山」等九場組成。每一場開始前由一男一女朗誦由毛主席詩詞打頭的駢體文或者《長征組歌》換詞的詩句。如「序曲」開始前，朗誦的是：

（男）：長夜難明赤縣天

（女）：百年魔怪舞翩躚

（合）：在那萬惡的舊中國，勞動人民過著牛馬不如的生活。茫茫長夜，何日才有盡頭？

（男）：十月革命一聲炮響，給我們送來了馬克思列寧主義。

（女）：南湖的紅船上，誕生了中國共產黨！

……

大幕徐徐拉開，一隊做碼頭工人的演員，彎腰駝背，手放在身後，做背貨物、不堪重負狀，一步一步慢慢地移動。幾個貼著高鼻子的「洋人」，手執皮鞭，不時朝碼頭工人揮打，當然是抽打在空處或地板上，但是「劈啪」作響。接著是來了脖子上搭塊圍巾的知識份子，組織工人罷工，彎腰駝背的工人都挺直了腰桿，朝洋人逼去，洋人嚇得逃跑了。緊接著是「工農兵，聯合起來向前進！」的舞蹈，一直到「百萬雄師過大江」。新中國成立了。在穿著各種民族服裝演員的齊聲歡呼「毛主席萬歲萬萬歲」中，大幕關上，《序曲》結束。

最激動人心的一場來了。朗誦的是：

戰鼓響，

烈火熊，

殺聲起，

軍旗紅。

沖天霹靂泣鬼神，

殺出英雄紅衛兵。
砸爛一切舊秩序，
橫掃黑幫立奇功。
黨給一身造反骨，
北上南下殺氣騰。
毛主席親手授戰旗，
小將高唱東方紅。
（後台演員齊誦）：馬克思主義的道理千條萬緒，歸根結底，就是一句話：造反有理。殺！
殺！殺！

舞台上殺出了紅衛兵……邊舞邊唱：

拿起筆，做刀槍，
刀槍擦得閃閃亮。
……
捨得一身剮，
敢把皇帝拉下馬！
……
劉少奇，你算老幾，
老子今天要揪你！

剝你的皮，抽你的筋，

把你的腦殼當球踢！

誓死捍衛黨中央！

誓死捍衛毛主席！

……

翰老弟創作的大型歌舞史詩劇《無產階級文化大革命萬歲》的結尾是「全世界無產者聯合起來」。這個時候大多數紅衛兵男演員都把臉塗得墨黑，打赤膊、穿短褲；女的穿裙子、短袖襯衣，短袖襯衣的衣領都翻捲在衣服裡，顯示那是無領衣，代表東南亞人民。本來也要幾個女的把臉塗黑，但她們不肯塗，說有男的代表非洲人民就可以了。無論男女，一律的赤腳。有些腿把子太白的，就把腿把子也塗黑。他們在台上狂跳，主要是使勁蹬腳，如果是木板舞台，則蹬得木板砰砰響，如果是三合泥地板（很少有水泥地板），則蹬得塵土飛揚。他們邊蹬邊唱，首先是唱《五洲四海戰鼓鳴》：

五洲四海戰鼓鳴，

驚天動地喊殺聲。

茫茫四海波濤湧，

世界人民齊上陣。

帝修反，末日到，

鬼哭狼嚎紅旗笑

……

唱完《五洲四海戰鼓鳴》，台上所有的紅衛兵演員立即手拉手，台後的人也全部衝出來，也是手拉手，唱：

山連著山，
海連著海，
全世界無產者聯合起來……

這個大型史詩歌舞劇其實是東拼西湊，用現在的版權法來說，很多是剽竊的。但當時「三大筆桿」之一的翰老弟為了及時拿出這部史詩歌舞劇，五天五夜沒睡覺，他心中時而是豪情萬丈，時而是悲憤填膺，時而是拍案叫好，時而是拊紙長歎。他實在是堅持不下去了時，就摸出「破四舊」時抄來的人蔘、高級補酒，咬上幾口，喝上幾口。然後又奮筆疾書。

等到他終於畫上最後一個句號時，他暈了過去。

筆桿子翰老弟的心血沒有白費，大型史詩歌舞劇《無產階級文化大革命萬歲》演出獲得了巨大的成功，場場爆滿，每一幕落幕時都是經久不息的掌聲。還出現了台上台下齊唱齊喊的激動場面。特別是隨著文化大革命的深入發展，演出也不斷修改添加新的內容，如「拿起筆，做刀槍」那個舞蹈，改成了文攻武衛，紅衛兵手裡拿的木製大墨筆全變成了衝鋒槍，而結尾的《全世界無產者聯合起來》則沒有了。因為「工造聯」掌權成立的革命委員會（簡稱工革委）「紅造聯」不承認，新加的內容便有台前台後演員齊吼：「砸爛工革委，徹底鬧革命！打倒保皇派，打倒工老保！」台下全是「紅造聯」的觀眾，也立即合著節拍齊吼。整個劇場同仇敵愾，吼聲如雷。但接著就發生了「工造聯」武力衝擊演出劇場的慘案，打死打傷不計其數。「工造聯」並發出通告，緝拿「紅造聯」黑筆桿子翰老弟！

大型史詩歌舞劇《無產階級文化大革命萬歲》的演出也就到此終止。但當年的紅衛兵們有很多還記得這部劇，也記得這部劇的創作人，三大筆桿子之一的翰老弟。

三十一

廣東東莞。

夜裡站在東莞的山上，就能看到香港的燈火。從東莞火車站再過去一站，就屬於邊防區了。其時從廣州到東莞購買火車票需要公社革委會一級的證明。

已成為知識青年的焦司令和翰老弟各自通過關係弄到了一張到東莞探親的證明，到了東莞。他倆在東莞並沒有什麼親戚，是到一位同學那兒去，那位同學投親靠友下鄉在東莞。

時值雙搶季節，農村最忙的時候，他倆不在農村出工幹活掙工分，跑到遠在東莞的同學那裡去幹什麼呢？他倆難道是想從東莞偷渡去香港嗎？

不，他倆當時連那麼一點兒想法都沒有。他倆當時純粹只是想去玩，以在雙搶季節出去玩耍逃避出工來對抗那些要他們老老實實的大隊幹部、生產隊幹部。

一九六八年七月二十六日，《人民日報》發表姚文元的《工人階級必須領導一切》，傳達了「工人宣傳隊要在學校中長期留下去，參加學校中全部鬥、批、改任務，並且永遠領導學校」的最高指示。當時全國各地的武鬥正打得不可開交，幾乎每一個地方，每一個單位，每一所學校都有兩派使用各種武器對打，每天不知有多少人被打死。七月二十八日凌晨，時稱北京大專院校的五大學生領袖：北京大學聶元梓、北京航空學院韓愛晶、師範大學譚厚蘭、地質學院王大賓、清華大學蒯大富，被毛澤東召入中南海，毛澤東批評了蒯大富，蒯大富當場放聲大哭。召見後，五大領袖返校，各自動員下屬放下武器，撤除工事。不久傳達了毛主席最新指示：「從舊學校培養的學生，多數或大多數是能夠同工農結合的……由工農兵給他們以再教育，徹底改造舊思想。」

由此，紅衛兵運動在一九六八年七月末突然中斷，造反的學生由「紅衛兵小將」變身為「再教育」對象。

當學生中的紅衛兵造反派也好，保皇派也好，紅五類也好，黑五類也好，殊途同歸統統到農村廣闊天地接受再教育後，焦衛東焦司令和大筆桿子翰老弟他們明白過來了，他們知道，作為紅衛兵的歷史任務已經完成。只是他們都有一種被扔掉了的抹布的感覺。抹布是用來搞衛生的，如今衛生已經搞得差不多了，髒兮兮的抹布便被主人不屑地扔掉了。如果這一切不為當事人明白知曉，那麼他仍是幸福的，而當這一切為當事人明曉後，他就是最悲哀的了。

但是焦衛東和翰老弟、劉衛紅以及幾個「鐵血戰友」們仍然堅信自己曾經從事過的和所要從事的是世界上最偉大的事業。真理仍然在他們手裡。他們一頭鑽進了馬克思恩格斯列寧史達林的經典中，他們要從馬恩列斯的著述中找出符合自己思想的答案。而下鄉運動，反而使他們覺得是一個大好機會，到農村去，在農村裡有的是時間研究革命導師和革命導師的理論。他們選擇了插隊落戶，他們想著插隊落戶最自由，想出工就出工，不想出工就不出工，自己不要生產隊那幾分工不就得了麼？沒有飯吃吃紅薯也行，只要能填飽肚子。他們可以不要物質糧食，他們只需要精神糧食。

真正插隊落戶後，他們才知道完全不是那麼回事，白天得出工，不出工不行。不出工不但領不到口糧，而且得挨批判；晚上得參加貧下中農的學習，聽那些專念錯別字的讀那些他們也能寫出來的報紙上登的千篇一律的文章。不參加這種學習不行，不參加這種學習所挨的批判就上升到政治問題。自從文化大革命一開始，他們就是專門批判人家，可現在他們成了批判的對象。他們想到的自由，全不知到什麼地方去了，全然不歸他們掌管了。就連出去半天，也得向生產隊長請假，哪怕是到十幾里外的供銷社去打煤油，也得經過請假批准。更要命的是，就算天天出工，照樣是沒飯吃，吃不飽。他們要鑽研馬恩列斯的時間，也統統讓位給弄飽肚子了。

他們偷偷地打青蛙，抓泥鰍，捎帶偷雞摸狗，摘別人家的菜，拿別人家的柴火……他們在貧下中農眼裡，成了可怕的痞子、小偷。

對於這些貧下中農，他們稱之為「農哈」的人們射在他們身上的那種鄙夷不屑的眼光，他們只覺得好笑，他們用「燕雀安知鴻鵠之志」來撫慰自己。然而，他們也漸漸地知道，自己搞武鬥，當頭頭的那段歷史，已經進了檔案，隨著他們一起來到了廣闊的天地。就連在大串聯途中以真實姓名地址向接待站借了錢的人，也收到了催款書，限期歸還。

前途，前途！前途在哪裡？即使從馬恩列斯的著作中，他們也難以找到答案了。

寂寞和無聊，吞噬著他們那顆曾經狂熱過度的心。他們也唱起了祕密流傳的《知青之歌》：

藍藍的天上，白雲在飛翔，
美麗的揚子江畔是可愛的南京古城，我的家鄉。
啊，彩虹般的大橋，直上雲霄，橫斷了長江，
雄偉的鐘山腳下是我可愛的家鄉。

告別了媽媽，再見吧家鄉，
金色的學生時代已轉入了青春史冊，一去不復返。
啊，未來的道路多麼艱難，曲折又漫長，
生活的腳印深淺在偏僻的異鄉。

跟著太陽出，伴著月亮歸，
沉重地修理地球是光榮神聖的天職，我的命運。
啊，用我的雙手繡紅了地球、繡紅了宇宙，
幸福的明天，相信吧一定會到來。

告別了你呀，親愛的姑娘，
揩乾了你的淚水，洗掉心中憂愁，洗掉悲傷。
啊，心中的人兒告別去遠方，離開了家鄉，
愛情的星辰永遠放射光芒。

寂寞的往情，何處無知音，
昔日的友情，而今各奔前程，各自一方。
啊，別離的情景歷歷在目，怎能不傷心，
相逢奔向那自由之路。

這首《知青之歌》原名《我的家鄉》，是南京市五中知青任毅所作。歌曲被傳抄後，其流傳速度之快，之廣，幾乎為所有的知青熟悉、吟唱，在流傳過程中被改名為《南京知青之歌》，後「南京」二字又被去掉，直接變成《知青之歌》。凡一唱起這首歌的知青，莫不眼眶濕潤。其深沉、緩慢、思念家鄉之情，對前途的渺茫、失望，不能不令人一唱起來就心裡發酸、發疼。這首歌很快就被定為「說出了帝修反想說的話，唱出了帝修反想唱的聲音」的反動歌曲。作者任毅在一九七〇年農曆正月十五日夜晚被荷槍實彈的軍人抓走，關進了南京「娃娃橋」監獄，期間三次被拉出去「陪斬」，最後總算沒有被槍斃，判刑十年……

焦衛東他們儘管唱這首《知青之歌》也唱得一時心酸，但不能消磨他們那絕不甘居人下的慾望。他們又開始了學外語的狂熱，學外語幹什麼呢？他們想著學好外語，好去讀馬恩列斯的原著，他們非要從馬恩列斯的原著中找到符合自己理想的答案。對於這些馬恩列斯的翻譯本，他們都感到了懷疑。於是他們找出尚存的幾本英語課本，一本字典，ENGLISN的重新學了起來，又弄來一台半導體來福式收音機，聽外語廣播，練習口語。誰知才學了幾天，就被貧下中農發現，向大隊做了彙報，他們是在裡通外國，從事特務工作。

大隊幹部立即把他們集合起來辦學習班，警告他們只許老老實實，不許亂說亂動。收音機和課本全部沒收。這一下輪到他們哭笑不得了，他們吼道，老子們抓裡通外國分子的時候，老子們要人家只許老老實實不許亂說亂動的時候，你們還只曉得在床上睡老婆呢！

他們當然不怕，更不會服。他們決定罷工，選在什麼時候罷工呢，選在農村最忙最需要勞力的雙搶季節。於是雙搶一開始，他們一個個的溜了。焦衛東則約著翰老弟到了東莞。

「到東莞玩去，吃香蕉荔枝菠蘿去！要原來的老同學請客去。他那個地方如果真的好，我們到他那裡落戶去。」

下鄉在東莞的同學名叫周儀，他熱情地接待了當年的老同學。且有些自豪，因為東莞比內地農村富裕。

「在我們這裡啊，至少飯還是有吃。」周儀說，「廣州市來了好多知青呵，原來那些到海南農場的知青也紛紛跑回來，寧肯到我們這裡插隊落戶。海南島的飛螞蝗嚇人啊！這麼大一條，」他伸出大拇指，比畫著，「從樹上飛起來叮人，叮進肉裡休想拔出。」
周儀每天負責看管兩條水牛。不用去插秧、打禾。「這裡的男人比女人好玩，男人只放牛，重活都是女人幹。」周儀說。
「為什麼呢？」焦衛東問。
「男人少啊。都是女人啊。」
「男人哪去了？」翰老弟問。
「都跑到那邊去了。」周儀朝香港方向努努嘴，「每家每戶差不多都有人在那邊，那邊有錢呵！到了那邊的人就寄錢過來，所以留在這邊的也不窮。你看他們住的房子，都是瓦屋。」
「這裡確實富裕些。」翰老弟說。
「這是有名的珠江三角洲哪！」周儀的話帶上了「廣腔」，「華僑多得很哪！華僑都是有錢的哪！」
「別帶『廣腔』，好不好！」焦衛東聽著他那腔調有點不舒服。
「說慣了說慣了。」周儀忙說，「我告訴你們一個消息囉，保證你們聽了要吃驚。」
似乎是為了彌補自己在老同學面前打「廣腔」的過失，周儀特意說要告訴他們一個消息，因為他知道焦衛東最關心「消息」。但是在要講那個消息時，他又做出很神祕的樣子。
「神經兮兮的。」焦衛東敲了一下他的腦袋，「都是老同學了，有什麼內部消息快說。」
「我告訴你們囉，現在每天都有人從我們這裡偷渡。」周儀壓低聲音說，並用手指著香港方向。
「現在還能偷渡？」焦衛東確實感到有點驚訝，忙也壓低聲音問。
「有！每天至少幾十。好多知識青年都跑了。都是趁著晚上跑，我們晚上也要輪流站崗，喏，我們也發了槍的。」周儀指指宿舍角落，角落裡豎著幾支舊式衝鋒槍。

「不過沒有子彈。」周儀說，「一站崗我就有點怕。你想，我們站崗的在明處，人家在暗處，真要殺你還不容易得很啊。」

焦衛東的這個同學在紅衛兵運動時是個逍遙派，每天只從封存的圖書館或被抄的書堆裡偷書看。如今看著當年的司令、大筆桿子跑到自己這裡來了，格外興奮。特別是聽說他們在下鄉那兒連飯都沒有吃，更覺得自己的選擇對了。便滔滔不絕地介紹起東莞的情況。

「人家偷渡殺你個站崗的幹什麼？」焦衛東故意說。他驀地對偷渡來了極大的興趣。

「你發現了他就得抓他呀！你抓他他還不殺你呀?!」

「如果你沒發現呢？」

「沒發現就沒事囉。」

「這不就得了，那麼認真幹什麼？」

「嘿，焦衛東，你和我想到一起去了，我的原則就是：多一事不如少一事。」周儀越發壓低嗓音。

「偷渡的如果被抓著了怎麼處理？」焦衛東又問。

「以前很嚴，聽說要判刑，現在跑的人太多，抓著了也就是關到公社辦學習班，辦幾天也就放了。不過在現場抓著的時候就會做死的打哪。都是民兵打，和你們那時候打走資派差不多。」

「晚上站崗是幾個人站？」

「我們這裡一般是兩個人站一班崗，背靠背，別的地方就不知道了。輪到我和另一個知青站崗時，我們總是躲到坑窪裡。偷渡的看我們不見，我們也看不見他們。這就叫沒發現。」周儀笑著說，「我這不是怕死呢，這叫做避免無謂的犧牲。要是真的死了，划不來。」

「你這個差事讓我來幹就好了，」焦衛東做個端槍的姿勢，「我天生就愛玩槍，嘎——巴，過癮。」

「你當然啦，誰有你的膽量大?!你到我們這裡來肯定能當知青隊長。要是再抓獲幾個偷渡犯，你還能立功。」

「抓偷渡犯立功?!對，我就愛立功。」

「你愛立功不關我的事，你只少派我去站岴崗就行。我這個人啊，天生的逍遙派，到哪裡都是以『事不關己，高高掛起』為信條。當著老同學的面，不說假話，也不說大話。」

「逍遙逍遙樂逍遙嘛，所以你就有福氣囉，什麼時候都不挨整。連下鄉都比我們下得好。不像我們，總是被當作槍靶子打的『出頭鳥』。剛一要飛起來，『啪』，獵人手裡的槍響了。」

焦衛東做了個被槍打中痛苦不堪的樣子，引得周儀哈哈笑。

周儀的「消息」讓焦衛東立時做出了大膽的抉擇，偷渡，到香港去！

這天晚上，他悄悄地將自己的決定告訴了翰老弟。

「偷渡？去香港，去資本主義地方?!」翰老弟一時還未轉過彎來。感到有點驚訝。

「馬克思不就是生活在資本主義社會嗎？馬克思的《資本論》不就是在資本主義國家寫出的嗎？我們到香港，正好親身體驗資本主義制度的罪惡，正好親身體驗資本主義國家無產階級和勞動人民的生活，毛主席不是說過，你要想知道梨子的味道，你就得親口去嘗一嘗嗎？不到資本主義社會，怎麼能制定出推翻資本主義的正確理論？我們生在紅旗下，長在紅旗下，我們根本就沒有真正的見過資本主義，更沒體驗過生活在資本主義的無產階級的痛苦，如果說，連去體驗一下都不敢，那還奢提什麼解放全世界還有三分之二的生活在水深火熱中的勞苦大眾?!……」

「對！我正在鑽研馬克思的資本論，我的鑽研，確實需要到資本主義的土地上去。」翰老弟立即來了精神。

翰老弟一贊同後，他的腦子飛速運轉起來。他對焦衛東說：「這是我們革命一生的轉折點，我們得制定一個周密的計劃，第一、不能連累周儀，不能連累這個老老實實的同學。所以這一次不能跑，如果現在就從這裡跑，萬一沒跑過去，萬一被抓了回來，周儀會躲不脫干係。第二、必須嚴格保密，除了我們兩個，對任何人都不能透露半點風聲，包括你焦司令的那一位——劉玉玲。待我們在那邊站穩腳跟後，你再把她接過去。第三、必須熟悉地形，學會當地話。從現在開始，我們的任務就是『熟悉地形、偵察敵情、學習話語……』」

翰老弟還沒說完，焦衛東就擂了他一拳，說：「原來以為你只會耍筆桿子，早知道你有這種本事，司令應該是你的。」

翰老弟說：「我只能獨當一面，不能指揮全盤，再則，我的理想就是當一個偉大的劇作家，像莎士比亞那樣。我現在研究馬克思的資本論，為的是充實自己的思想，要知道，偉大的作品必須有偉大的思想。」

「對，說得對極了，偉大的作品必須有偉大的思想。我們就是要到地獄裡去磨練自己。」

兩個人一時都激奮不已，感覺到渾身的熱血都在激烈地流淌。

要表示激奮的話語都成了多餘的，兩個人幾乎同時雙手叉腰，昂首挺立，望著並不遙遠處閃爍的一片燈光。爍熱的風刮起他們敞開的襯衣，裸露著他們那曬得黝黑的胸膛。

沉默了好一會，焦衛東突然說：「還有一點，我倆到那邊去後，必須同生死，共患難。我倆現在就結拜為兄弟，怎麼樣？」

「對，同生死，共患難！」

翰老弟伸出一隻手，焦衛東也伸出一隻手，「啪」的一響，兩隻手重重地擊在一起。

於是，當年的紅衛兵司令和大筆桿子當即撮土為盟，仿照古書中俠義好漢結拜那樣，雙雙跪地，對天而拜，共同發誓：不願同日生，但願同日死。焦衛東比翰老弟大半歲，為兄長。

偷偷地結拜完畢後，他們開始了行動的第一步。第二天，他們就參加當地的雙搶。東莞的雙搶不像內地那樣急著搶時間，不是一邊收割一邊就犁田插秧，而是全部收割完後，再開始插秧。這裡的秧苗很深，插秧時幾乎全是女的，為數不多的一些男人各自趕著一頭水牛，顯得悠閒地走著，將牛放開去吃草後，就選一棵有陰涼的樹下，或坐或躺，無聊地甩動著手中的趕牛鞭子。一頭頭的水牛皆養得滾壯。

焦衛東和翰老弟主動進入了婦女群中，他倆負責挑秧，這比起內地的雙搶來輕鬆得多。他倆光著膀子，打著赤腳，挑著堆得高高的秧苗，走得特快，一陣風似地將秧苗挑到田埂上，放下，抓起一把一把捆紮好的秧苗，往田裡丟去，濺起的泥水弄髒了插秧婦女的衣服，婦女就直起腰，高興地朝著他們喊：

「阿——焦——你累不累啊——」

「阿——翰——你歇一歇啊——」

女人的喊話全像唱歌，拖著很長很長的尾音，十分動聽。彷彿她們在田裡彎著腰插秧不累，只是心疼挑秧的兩個小小的男子漢。

有調皮一點的姑娘則在田裡叫：

「阿——焦——來和我一起插哇——看你能插得我贏唔——」

「阿——翰——你敢下來唔？你下來我們就把你關起——」

所謂關起，就是你插秧插得慢，她們插完各自的那幾行後，從你還沒插到頭的地方插起，最後將你關在插好的秧田中。

焦衛東和翰老弟便也學著她們的話，拉長著嗓音，阿鳳阿玉的亂喊。他倆的到來，使得清一色的插秧「女人國」多了許多歡樂。

秧挑完了，田裡的秧把已到處扔滿。他倆也不休息，就走下田，躋身於女人群中，和女人們比賽插秧。一邊插一邊不停地學著她們的話，不停地引得女人們發出一陣陣笑聲。

阿鳳對他倆說：「你們還要早一點來就好啦，早一點來正是吃荔枝的時候，荔枝好吃哇！一到吃荔枝的時候，我們這裡就沒人幹活啦。」

「吃荔枝怎麼就沒人幹活了呢？」焦衛東和翰老弟都感到奇怪。

「都吃荔枝去了啦，每人都要吃幾十斤啦，吃得拉肚子了啦！就沒人幹活了啦！」

阿玉立即插話說：「吃得拉肚子還是要吃！」

他們都笑起來。

「現在沒有什麼好吃的啦，荔枝吃完了，龍眼還沒熟，菠蘿也沒熟，你們就沒有什麼吃的啦。」

「收了工我帶你們去看菠蘿，我們種了好多菠蘿。你們沒見過菠蘿地吧？」

「沒見過。」

「菠蘿也好吃啦，那個香啊！你擺一個放屋子裡，滿屋子都香啦！」

這個阿鳳似乎只說好吃的東西，說完他們這裡好吃的，就說到了焦衛東和翰老弟那裡好吃的東西。

「阿焦阿翰，你們那裡也有好吃的啦，我最喜歡吃你們那裡的滷豬肝了。好便宜呵！」

「你到過我們那裡？」

「沒到過啦，是有人到你們那裡帶回來的啦，好吃得不得了啦！阿焦阿翰，下次來，給我帶滷豬肝來，好不好哇？」

「阿鳳，你是個好吃婆啊！」阿玉笑著說。

「我跟阿焦阿翰講好吃的，你眼紅啦？」

「你是不是看中了他們哪一個喲？」

「再亂講，撕爛你的嘴巴。」

兩個姑娘用純粹的客家話講起來，講得飛快，很好聽，但就是聽不懂。

兩個姑娘邊講邊笑，笑得「咯咯」的，焦衛東和翰老弟只能從她們的笑中，猜測那些聽不懂的話可能與他倆有關。

這兩個漂亮結實而又勤勞的知青小夥子，已經被姑娘們看中了。

在這男人太少，女人太多的地方，他倆變成了鳳凰。

收工了。焦衛東問阿鳳：

「阿鳳，你們這裡有河嗎？有池塘嗎？有能洗冷水澡的地方嗎？」

他竭力用學著的幾句客家話來表達自己的意思。

「你說什麼？是沖涼啊？沖涼去挑擔水來沖一沖啦，我們都是在家裡沖涼啦。」

「人家又不是問你在哪裡沖涼，人家還不知道你在家裡沖啊？」阿玉對著阿鳳白了一眼。

「不是沖涼，不是沖涼，我是問，有游泳的地方嗎？」焦衛東比畫著游泳的姿勢。他就是想著法子多和她們說話，好快點學會她們的話。

「呵，你是說游泳呵！有啊，有啊，我們這裡還能沒有游泳的地方？我帶你們去啦。」

「你去幹什麼？去看人家光身子啊？」阿玉故做不高興地說。

「那就我們兩個一起去看啦。」

焦衛東為自己聽懂了她們的對話而興奮不已，拉著翰老弟就跟著她倆走。

阿鳳阿玉帶著他們到了一個塘邊。她們說是塘，可焦衛東和翰老弟看著是條河，只看得到寬度而看不到長度。

焦衛東脫掉長褲背心，「撲通」就跳了下去。

「好棒呃！」阿鳳阿玉齊聲讚歎。

翰老弟也跳了下去。游了幾圈後，他就爬了上來，坐到「塘」邊和阿鳳阿玉聊天。他學客家話比焦衛東快得多。

也許是有姑娘們在看著，焦衛東游得興起，一會兒自由式、一會兒蛙泳、交替著來，最後變成了仰臥式，躺在水面上一動不動。

「阿——焦——你別睡著了啊！」

「阿——焦——你睡覺的樣子真好看。」

阿鳳阿玉的喊聲還沒完，翰老弟看見水裡有一條蛇正朝焦衛東遊去，嚇得他尖叫起來：

「焦哥，焦哥，蛇，水蛇！」

焦衛東翻身過來，也看見了那條蛇，他甩開自由式，忙往岸邊遊，爬上來時，卻見阿鳳阿玉笑個不停。

「蛇有什麼可怕啊，要能打條蛇，那才好吃啦！」

「可怕可怕，快走快走。」

焦衛東和翰老弟抓起地上的衣服就走，阿鳳阿玉忙從後面追上來。

「阿——焦，你個男人還怕蛇啊？」

「蛇湯比雞湯還甜啦！」

「蜈蚣！」翰老弟又是一聲尖叫。

一條足有帳棍那麼粗的蜈蚣正對著他倆爬來。

後面的阿鳳一個箭步衝上前，一腳就將大蜈蚣踩著，就地一輾，蜈蚣成了碎漿。她的腳上，只趿拉著一雙拖鞋。

翰老弟看得咋舌，對焦衛東說：

「得跟她們學，這生存的能力多強啊！」

「阿翰，你在說我什麼？」阿鳳立即問。

「我說得向你們學習啦，學習你們的本領啦！」

「向我們學習?!學我們的本領?!我們有什麼本領啊？」阿鳳笑得彎下腰。

「哎呀阿翰，你剛才說的那兩句話好像我們講的話了呢！你就要變成我們的人了呢！」

焦衛東和翰老弟沒有理會阿玉話裡的話。晚上，周儀房裡來了一個婦女，把周儀喊到外面，用最土的本地話嘰裡呱啦講了很久，焦衛東和翰老弟努力地去「竊聽」，也沒完全聽懂說的什麼，只猜出是在和周儀商量一件什麼事兒。那個婦女走後，周儀笑嘻嘻地走進來，對焦衛東和翰老弟說：

「你們兩個的桃花運來了，有姑娘看中你們了，要你們去做上門郎。」

焦衛東忙問：「是哪個姑娘啊？竟然能看中我們了啊？」他猜測不是阿鳳就是阿玉。

「是阿鳳還是阿玉？」翰老弟也往這兩個姑娘身上猜。

「不是阿鳳也不是阿玉，」周儀說，「阿鳳和阿玉都是有對象了的。」

「嘿嘿，那能是誰啊？」

「告訴你們囉，愛和你們講笑話的姑娘啊，就是已經有了主的，所以敢放肆，那些怕羞的，不敢和你們多說話的，才是還要找主的。你倆猜囉，看猜得出來不？誰先猜出來就歸誰。」

「猜不出，猜不出。」

「那我就告訴你們吧，是烏金，那個叫烏金的姑娘。」

「烏金？是哪一個？」焦衛東和翰老弟一齊問。

「就是那個個子長得高高的，和你們插秧時總不說話，渾身墨黑墨黑的那一個。」

「那真是個烏金。」聽周儀一說，焦衛東和翰老弟都笑起來。確實有一個個子高高，皮膚特黑的姑娘常挨著他倆插秧，跟她說話，她一般都只笑一笑，而不回答。

「人還是長得可以的呢，」周儀說，「就只有皮膚黑了點。」

「烏金有錢啊！」周儀又說，「她家裡人都在那邊。」周儀朝香港方向努了努嘴，「烏金就是一個人，她對你們只有一個條件，就是得把戶口遷過來，做她的上門女婿。她可不願離開這個地方。其實這也就是你們的條件，這裡多好啊，有飯吃，你們還願待在原來那個飯都沒有吃的鬼地方啊？」

「烏金只有一個，是吧？」翰老弟說，「可我們有兩個啊，她到底是看中了誰呵？」

「你們兩個她都滿意，只是，更多的傾向於焦司令。」

「焦哥，是你！她看中的是你！」翰老弟擂了焦衛東一拳。

「要我當上門女婿，嘿嘿，總覺得有點那個，那個，要我去做誰家的乾兒子我又願意哪。」焦衛東說，「周儀，你看有誰家要招乾兒子不？我報名。」

「周儀，烏金條件那麼好，她怎麼不看中你呢？」翰老弟問。

「我沒有你們長得好唄！你看看我這個子，還沒有烏金高，整個的一個二等殘廢，她能看中我嗎？」

焦衛東和翰老弟都笑起來。

「嫁」給烏金當上門女婿的事雖然沒有結果，但焦衛東和翰老弟的表現卻都得到了極高的好評。婦女們個個喜歡他倆，誇他倆，邀請他倆到家裡去玩，還有個姑娘準備結婚，打了個結婚申請報告書，也要阿鳳阿玉拿給他倆看，請他們批評指正，看寫得對不對？

結婚申請報告書

大隊革委會領導：

我叫張愛武，原名張巧玲，是學了偉大領袖毛主席的詩詞「中華兒女多奇志，不愛紅裝愛武裝」後改的名。我家庭出身貧農，是本楊木大隊第五生產隊張阿大的滿女阿玲，現已二十三歲，我的對象是本生產隊的李滅資，是響應「興無滅資」偉大號召，決心滅掉資本主義尾巴改的名。他的家庭成分雖然是中農，但毛主席說過要團結中農，所以我就和他談對象已經快二年了，在這二年中，他表現可以，從沒有對我亂動手動腳。毛主席教導我們人多力量大，我和他結婚後，肯定就會添人做到人多力量大，所以特向領導申請報告，請領導批准我們結婚。今後我們一定更加努力地學習毛澤東思想，保證不讓領導失望。致無產階級文化大革命的戰鬥敬禮！

焦衛東和翰老弟看後，愣了一下，接著便都說可以可以，寫得好，祝賀祝賀。

婦女們、姑娘們都喜歡喊他倆、找他倆，只有烏金一見了他倆，總把頭低著。焦衛東則忙主動和她打招呼。

翰老弟說：「焦哥，你是不是動心了啊？」

焦衛東說：「姑娘倒的確是個好姑娘呢，可惜我們是志在四方，天涯為家，別耽誤了人家好姑娘。」

「你就不怕得罪劉玉玲啊？」

「我又沒答應什麼，怎麼會得罪劉玉玲呢？別扯卵談了，還是抓緊我們的大事吧。」

表現得格外積極的焦衛東和翰老弟在勞動中抓緊一切機會學講當地話，秧插得差不多了，又和周儀一起放牛，儘量熟悉地形。一直將農忙季節忙完，才告別回去。

聽說他倆要回去時，阿鳳阿玉來了。

阿鳳說：「你們還沒到菠蘿地裡去呢。」

阿玉說：「是啊，是啊，我們兩個就是來陪你們去呢。」

「邀不邀我去啊？」周儀說。

「誰邀你啊？你趕快長高啦，長高就有人陪你去了啦。」

「去吧，去吧，阿周，一塊去。」

阿鳳和阿玉領著焦衛東和翰老弟，後面跟著周儀，走到菠蘿地裡。但見一塊一塊排列得整整齊齊的長條形黃土上，不到一米高的菠蘿樹展開劍麻一樣的葉子，每棵樹的中心長著一個青色的菠蘿。

阿鳳說：「可惜菠蘿沒熟啦，要不我就砍幾個送給你們吃啦。」

阿玉說：「菠蘿如果就這麼吃啊，會吃得鼻子裡出血。」

看完菠蘿，阿鳳、阿玉又領著他們去看龍眼樹。鬱鬱蔥蔥又高又大的龍眼樹上結滿了龍眼。阿鳳說：「龍眼也是很好吃的啦，可惜也沒熟啦，也不能送給你們吃啦。你們回去記得給我買滷豬肝啦！」

翰老弟對焦衛東說：「反正是只能看，不能吃，全是誘惑。」

焦衛東說：「你只要別忘了給她買滷豬肝就行。」

兩人相視而笑。

「我看還是只有烏金忠厚。可靠。」翰老弟說。

「可她連飯都沒請我們吃一餐。」

「你不肯嫁給她她還會請你吃飯啊？」

「阿鳳阿玉看起來對我們這麼好，也沒喊我們吃過一餐飯。到她們家裡去，茶都沒喝上一口，都是些廣東奸仔。她們如果到我老家那裡，隨便走進哪一家，都是敬煙泡茶炒花生，還要燒甜酒……」

「你們兩個說什麼啊？」阿鳳阿玉一齊問。她倆也聽不懂焦衛東和翰老弟故意說的土話。

「我們正在說，回去時別忘了買滷豬肝給你們寄來。」翰老弟的客家話已說得有幾分地道了。

焦衛東和翰老弟離開那天，阿鳳阿玉唱著歌一樣地送他們走。

「阿——焦——阿——翰——下次再來啊——」

「阿——焦——阿——翰——下次記住帶滷豬肝來啊——」

焦衛東和翰老弟從東莞坐上到廣州的火車，一上火車，車窗外就有喊賣龍眼的。

焦衛東說：「哎，在周儀那裡，阿鳳阿玉都說龍眼還沒熟，怎麼一到火車站就有賣的呢？才不過隔了幾十里啊！」

「大概是十里不同俗吧，龍眼熟此而不熟彼也。」翰老弟說完，就向窗外問道，「多少錢一斤？」

「兩角錢一斤。」車窗下賣龍眼的答道。

「買兩斤，買兩斤。」

焦衛東剛買了兩斤龍眼，馬上有人趕過來對著他吆喝菠蘿。

「菠蘿菠蘿，你買個菠蘿吧？」

焦衛東對翰老弟說：「又是一怪，阿鳳阿玉說他們的菠蘿不熟，這裡的也熟了。」

「喂，賣菠蘿的，你這菠蘿是哪裡出的？」他問道。

「就是東莞出的哪，新鮮菠蘿哪。」

「是不是東莞楊木寨出的？」焦衛東說出周儀所在那個大隊的名字。

「對頭哪！」

「買一個，買一個。」

焦衛東買了菠蘿，翰老弟接過來左看右看，說：

「這和我們在地裡看到的是一個顏色嘛。」

「不是龍眼不熟，也不是菠蘿不熟，而是不給我們吃。」焦衛東恍然大悟。

「奸猾奸猾。」翰老弟連聲說。

「難怪周儀說我們只能當看著葡萄的狐狸。看得著吃不著，所以全是沒熟的。」

「好事，這是給我們提個醒，看來我們準備去的地方，是個更奸猾的地方。」

「得提高警惕，提高警惕。」

「不管怎麼說，她倆算是我們的老師。」

「語言老師。」

「還是不怕蛇不怕蜈蚣的老師。」

二十多年後，他倆還記得在東莞的這些日子。仍然沒有忘記阿鳳阿玉和那個烏金。他倆甚至還愛說，如果那時真有一個當了烏金的上門郎，不知會是個什麼樣？最後只怕還是會去香港，再將港幣寄回來給烏金。

說完「老師」便開始吃龍眼。焦衛東和翰老弟是頭一次吃到龍眼這種水果，覺得很鮮，可惜骨頭太大。翰老弟說：

「焦哥，我覺得這龍眼的味道有點像吃生蘿蔔。」

焦衛東說：「我們到了那邊就經常有『生蘿蔔』吃了。」

由於買了兩斤龍眼和一個菠蘿，兜裡的錢不夠用了。他倆決定在火車上兩人共吃一盒飯。翰老弟去餐車買飯時，發現買飯吃的農民只買一個白飯，不要菜，端了白飯到餐車的餐桌上拿起醬油瓶子，倒些醬油到飯上，拌了吃。也沒人說不準。翰老弟大喜，這在內地火車上是從未見過的事。他趕緊學著農民那樣買了兩個白飯，嘿，比買一個帶菜的飯錢還便宜些。他也澆些醬油到飯上，然後喜滋滋地趕回車廂。

「焦哥，我又學到了一樁省錢的竅門。」他把飯遞給焦衛東。

兩人吃完醬油飯，悄悄地商量著回去後的行動。車到了廣州，他們換乘火車，下車後摸黑走了四十里山路，偷偷地回到了生產隊。

他倆將一些認為不安全的東西全部銷毀，拿了幾件衣服和那本必讀的《資本論》，還有《共產黨宣言》，寫了一封信，分抄幾份，悄悄地分頭塞進幾位「鐵血戰友」的屋子裡，信上只寫了一句話：戰友們，我們要去走另一條真正革命的道路了，請等待我們的勝利消息吧。

他倆重新潛回東莞，選擇了一個格外黑暗的夜晚……

焦衛東事後唯一感到害怕的是，周儀提供的情況有一點是不準確的，那就是他說民兵的槍裡沒有子彈。這一點差點讓他和翰老弟送了命。在偷渡過程中，他們被民兵發現了，當時他對翰老弟說，不怕，只管跑，他們的槍裡沒有子彈。而當民兵拉動槍栓，扣動扳機後，射出的是「嘎巴」脆響的真傢伙！

第六章 「紅色乾坤」——在無可奈何中造就

三十二

「砰砰砰，砰砰砰。」焦衛東輕輕地敲響了一位市民的房門。

焦衛東和翰老弟偷渡成功，踏上了香港的土地後，首先面臨的，是到什麼地方落腳呢？焦衛東腦海裡最先想到的，是小說和電影裡地下黨員受派遣到一個新地方開展工作的情景。地下黨員也是人生地不熟，他們於夜間敲開一個貧農老大爺或貧農老大娘的房門，貧農老大爺或貧農老大娘一聽說是地下同志，啊呀呀，總算把你們給盼來了。立即把他讓進屋去，喊醒女兒或兒媳婦，趕快生火做飯，同時打發兒子或孫子，快到屋門口或村頭去看著點，一有巡邏的敵人或便衣特務、或還鄉團國民黨，趕快回來報個信，好把地下同志藏起來……他便尋思，這到了香港也得和這差不多，得首先去找無產階級工人，可這無產階級工人一時到哪裡去找呢？到處是燈紅酒綠，到處是靡靡之音，街上跑的盡是豪華高級轎車，走的盡是相依相偎、卿卿我我的情侶，更有打扮得花枝招展、衣著暴露的女人。看來不去工廠，是找不到無產階級工人了的。那麼暫時就只能去找窮苦一點的老市民，市民雖說屬於小資產階級範疇，市民又總和市儈聯繫在一起，而且馬克思也好像最討厭市儈，但小資產階級終歸還是屬於革命階級的，革命派只有去求助革命階級。於是他和翰老弟敲開了一間看似絕不會富裕的家庭房門。

「你們是幹什麼的，從哪裡來啊？」一個上了年紀的市民從打開的半扇房門伸出頭，問焦衛東和翰老弟。

「大爺，我們是知識青年，是毛主席手下的紅衛兵，是從社會主義祖國過來的。」翰老弟搶著回答，他在東莞學的廣東客家話比焦衛東講得好。

「對，對，我們是紅衛兵，是毛主席的紅衛兵。」

焦衛東想著這樣的回答一定會讓老人放心，老人一定會讓他們進去歇一晚，煮一頓好吃的東西給他們吃，因為他們實在已經餓了。然後，他們就可以從老人這裡瞭解許多香港的情況，再然後，決定好下一步的計劃。誰知老市民一聽完他們的自我介紹，立時嚇得臉都變了色。

「呵呀呀，不得了呀，紅衛兵是專門殺人放火的呀……」老人的話都結巴起來。

「老人家，我們是好人，是好人，老人家不要害怕，千萬不要害怕……」翰老弟忙回答。

「那你們不是紅衛兵囉？我看你們的樣子也不像壞人哪。」老人又小心翼翼地問，「你們是從那邊偷渡過來的吧？」

焦衛東和翰老弟只得支支吾吾。

「偷渡過來的也不得了哪，警察一見就要抓的哪，抓住就不得了啦，你們快走快走。趕快離開這裡！快離開這裡。」老人說完，慌忙將房門關了，再也不肯打開。

看著「砰」的一聲被關得緊緊的房門，焦衛東頓時呆了。

「怎麼辦？」過了好一會，他才像突然清醒過來，問翰老弟。

「這是新情況。」翰老弟說，「是我們原來沒預料到的新情況。我們在周儀那裡沒把這些情況問清楚。」

「現在說這些還有什麼用，周儀肯定也不知道。」

「可那麼多跑過來的人，他們是怎麼落腳的呢？」翰老弟自言自語。

紅衛兵的身份看來是再也不能講了，紅衛兵在香港市民眼裡就跟強盜差不多。知識青年的身份看來也不能講，一提到知識青年就和偷渡聯在一起。他倆又試著敲開幾家門，遇到的全是攆他們走，並說不馬上離開就要報警。

想依靠小資產階級市民是不行了，唉，焦衛東憤憤地歎了口氣。

街上，有巡邏的皇家警察響著「喀嚓」、「喀嚓」的腳步聲。

「他媽的殖民地！」焦衛東罵了一聲。

「焦哥，先想辦法度過今晚再說吧。」

有什麼辦法呢？去找旅館？人家肯定要證件，沒證件說不定就會被抓了給送到警察局去。原來對香港人民的高度信賴，一下降到了零度。再說，他們身上沒有幾個錢，人家讓住也住不起。他們更沒去想，他們袋子裡的那幾個錢，在這裡還用不出，人家要港幣，不要人民幣。

「我就不信，香港這麼大，難道就只有我們兩個流浪漢嗎？」焦衛東一下又恢復了信心。

「對，焦哥，我們去找流浪漢，去找流氓無產階級。也許只有流氓無產階級才會容納我們了。」

「不對，翰老弟，我不同意你的觀點，流氓無產階級必須加以改造，而不是由他們來容納我們。你怎麼將自己和他們列入同類了呢？」焦衛東覺得翰老弟的話貶低了自己，憤憤起來，

「焦哥，你還是現實一點兒吧，我們倆的觀點從來就沒產生過分歧。現在更不是爭論觀點的時候。」

「觀點暫時可以不爭論，流氓無產階級可以去找，而且應當去找，必須去找，但是有一點，翰老弟，我必須提醒你，我們無論如何也不要忘了自己來到這裡的使命。」

兩個連睡覺都找不到地方的偷渡漢，竟先為「流氓無產階級」的觀點爭論起來。

流氓無產階級很快就給他們上了第一堂生動的政治教育課。

焦衛東和翰老弟小心翼翼地走著。一看到警察忙往黑暗中躲。翰老弟輕聲地對他說：「往偏僻的地方走，流浪漢不會在大街上睡覺，找橋洞，找扔垃圾的地方，找廢棄的工地……」

他倆轉來轉去，在一座正待改建的垃圾站旁邊，果然遇到了一夥「流氓無產階級」。

一見到「流氓無產階級」，他倆心裡如同一塊石頭落了地。雖說談不上像見到了親人那樣，但膽子立馬就壯了許多。

「你們好。」翰老弟對他們禮貌地打了個招呼。

橫三倒四躺在地上的人沒一個搭理他們。一個朝天架著腿的人翹了翹光著的腳指頭，大概算是給予了回覆。

翰老弟還想走攏去湊熱乎，焦衛東把他拉開了。

「別去睬他們。」焦衛東拉著他在離他們不遠的地上坐下。

「跟他們有什麼好說的，」焦衛東對翰老弟說，「只在這邊上看看他們怎麼對付巡夜的警察就行。如果他們一跑，我們就跟著他們跑。應該沒事。」

「先拜他們為『師』吧。」翰老弟伸了伸疼痛發酸的腿。

「不能說拜師，只能說是在必要的時候利用他們。」焦衛東摸了摸口袋，摸出兩支最廉價的八分錢一包的大陸「經濟」牌香煙，扔一支給翰老弟。

「帶引號的師字。」翰老弟摸出一盒火柴，抽出一根，劃燃，替焦衛東點燃煙，再將叼在自己嘴上的煙點著。

「呵，那兩個小子還有煙抽！」從「流氓無產階級」中間傳來一個聲音。

「大陸仔！」

「蛇客！」

「沒錯，去看看他們身上有乾貨還是濕貨！」

焦衛東和翰老弟對他們的話似懂非懂。

這時，兩個用大陸話來說，還只能是小青年的流氓無產階級邁著醉八字步走攏來了。

「大陸仔，懂不懂我們的規矩啊？」一個留著長頭髮的小青年說。

「規矩？什麼規矩？」焦衛東對自己被稱為「大陸仔」很惱火，聽著大陸仔三個字像受到一種侮辱。

「連規矩都不懂，是嫩仔，大陸嫩仔。」穿條海灘褲的說。

「你他媽的才是嫩崽呢！」焦衛東用下鄉所在地的土話回敬了一句。

「他說什麼？他說什麼？還是個假洋鬼子啊?!」

「什麼假洋鬼子，是個大陸土佬。」

「哎，大陸土佬，把身上的香煙拿出來！」「長頭髮」把手伸向翰老弟。

「沒有了，確實沒有了。」翰老弟拍拍口袋。

「他媽的，你嘴上不還叼著嗎？」「長頭髮」伸手將翰老弟嘴上的煙取下，叼到自己嘴上。

「你抽，你抽。八分錢一包的經濟牌香煙，你也過過煙癮。」

「站起來！」「海灘褲」一手抓住翰老弟的衣領，把他拖起來，對「長頭髮」說，「搜，搜他身上。」

焦衛東霍地衝到他們面前：

「你們想幹什麼？」

「幹什麼？你最好自己把所有的東西交出來！省得爺們親自動手，沾了晦氣。」

那邊的人，呈扇形圍了過來。

「哥們，有話好說，好說。」翰老弟一邊說，一邊示意焦衛東準備跑。焦衛東焦司令會跑嗎？他可還從來沒受過這號窩囊氣，他揮手一拳，將抓住翰老弟的「長頭髮」打倒在地，在拳頭發力的同時，一轉身，順勢一腳，踹中「海灘褲」的下身，「海灘褲」哎喲一聲，捂住下身坐到地上。

焦衛東抽出紮在腰間帶銅扣的皮帶，揮著圈兒呼呼地轉動著。翰老弟也如法泡製，兩人背靠背，揮動著皮帶往圍攏來的人靠近。

焦衛東猛然一聲大喝：「不怕死的就攏來，老子就是紅衛兵！刀槍擱在脖子上都不怕，還怕你們這幾個毛賊！」

他這麼一吆喝，怪事出現了，對方立即有人喊道：

「慢點，你剛才說什麼，你說你們是大陸的紅衛兵？」

「不錯，老子不光是紅衛兵，還是紅衛兵的司令！怎麼？想抓了我們去邀功請賞啊？來啊，來啊，老子今天不打死你幾個絕不罷休。」

「哎呀，你們怎麼不早說呢？快，向紅衛兵大爺認錯，請紅衛兵大爺見諒！我們是有眼不識泰山……」

焦衛東和翰老弟一下成了大爺。

原來這些「流氓無產階級」最佩服大陸的紅衛兵，在他們接受的資訊經過轉化後，形成了紅衛兵是和打富濟貧的綠林好漢差不多。紅衛兵天不怕，地不怕，連皇帝都敢拉下馬。紅衛兵有槍有炮有隊伍，連共產黨的軍區、部隊都敢衝擊。紅衛兵橫掃四舊，他們認為就是把有錢人的家產抄沒，那不時傳出的抄沒多少多少黃金，多少多少玉器、古玩、字畫、封資修的東西，不就是打家劫舍嗎？紅衛兵高喊的「造反有理」，古往今來，造反的不就是綠林好漢嗎？造資產階級的反，就是造有錢人的反。造有錢人的反，最符合他們的心願。文革初期，曾有紅衛兵到香港煽風點火，可還沒等到他們加入，那火就熄了……

局勢頃刻間轉化，焦衛東和翰老弟成了他們崇拜的偶象。

「紅衛兵兄弟，快請過來，過來，到我們這兒來坐。」

「喂，誰身上還有吃的，香煙、餅乾、花生瓜子，全拿出來，拿出來，拿出來招待紅衛兵大爺。」

「我這裡還有半瓶酒，紅衛兵大哥你們請喝。」

焦衛東和翰老弟被讓到「首席」坐下。

翰老弟抽著煙，喝著酒，吃著餅乾，剝著花生瓜子，饒有興趣地和他們閒聊胡侃起來，他一方面海吹紅衛兵的厲害，一方面打探香港的情況。紅衛兵的傳奇故事讓這些流浪漢佩服不已，驚歎不已，大陸的那些奇聞怪事令他們聽得咋舌，而坐在身邊的焦司令血戰十萬圍城大軍的經歷，更令他們如碰上神人一樣的唯有五體投地。

他們也立即喊焦衛東喊焦司令。

一個自稱阿大的流浪漢頭兒說：

「焦司令，從現在開始，我這個位置就歸你坐了，你是大哥，我是小弟，你帶著我們幹，也在香港打出一個紅彤彤的天地來！」

「先看看再說吧，有用得著你們的地方，再來找你們。」

「只要焦司令開句口，上刀山，下火海，我們打頭陣。不過，焦司令你們可別忘了我們啊！」

「對，焦司令你打下江山來時，給個好差事給我們幹幹啊！」

「焦司令，你現在就吩咐，要我去做什麼，還想喝酒麼？我這就去弄一瓶來。」

「焦司令，明天我領你去看風景，這香港地面啊，沒有我不清楚的。」

「焦司令，我還帶你去一個更好的地方，泡次不要錢的妞。」

……

焦衛東打心眼裡瞧他們不起。他根本就不想和這些「流氓無產階級」混在一堆。但是沒有辦法，這天晚上，他和翰老弟只能混在他們中間，度過了偷渡尋找革命道路的第一夜。

第二天，焦衛東堅持要去尋找無產階級工人。他和翰老弟根據阿大提供的路線，找到了一家工廠。可是工廠的大門緊閉，別說他倆休想進得去，就是廠裡人的親朋好友也進不去。人家的工廠不但不鬧革命，只抓生產。而且會客制度極嚴，全不像大陸的工廠隨便找個什麼藉口就能混進去。他倆只好到廠子外面的路上等著，決心非等到一個工人階級不可。可從上午等到中午，沒有一個工人出來，廠子的大門依舊緊閉不開，原來人家的廠子沒有中午下班這一說。

焦司令和翰老弟只得耐心地等著。一直等到傍晚，好容易才等到工人下班，他倆瞄準了一個外貌體形都像革命樣板戲《海港》裡唱「大吊車，真厲害，輕輕地一抓就起來。哈哈哈」的師傅，忙跟上去，正要開口敘說對工人階級的崇敬之情，可人家將他倆打量一下，只問一句，你們是幹什麼的，來到這裡到底想幹什麼？說完就要喊警察。

「別別別，別喊，別喊警察，我們什麼也不想幹，我們這就走，就走……」他倆趕快跑了。

警察警察，他媽的香港似乎成了什麼都是找警察，什麼都只歸警察管的地方。不先通過警察這一關，他媽的連和人搭話都搭不上。

到處是懷疑、歧視、敵對的眼光。隨時有被警察抓獲遣送回去的危險。小資產階級市民靠不住，無產階級工人也毫無共同語言。只有那幾個「流氓無產階級」，在等待著他們的加盟。並願意把「盟主」的位置讓給他們。

焦司令不由地又想起了毛主席給霍查的賀電結尾的那段話：「我們正處於世界革命的一個新的偉大的時代。亞洲、非洲、拉丁美洲的革命風暴，定將給整個的舊世界以決定性的摧毀性的打擊。越南人民抗美救國戰爭的偉大勝利，就是一個有力的證明。歐洲、北美和大洋洲的無產階級和勞動人民，正處在新的覺醒之中。美帝國主義和其他一切害人蟲已經準備好了自己的掘墓人，他們被埋葬的日子不會太長了。」他心裡背誦著毛主席的這段話，嘴裡卻咕嘟了一句，老子遇到的一切，全不是這麼回事啊！

「他媽的，偌大個香港，竟然只有流氓願意接納老子！」他狠狠地罵道。連流氓後面那「無產階級」四個字都省了。

「焦哥，我打聽到一個非常有價值的『情報』，這個情報立馬能改變我們的境況。」翰老弟對焦衛東說。

「什麼情報？快說。」

「這個情報的關鍵實質，還在於你自己。如果你不願意，我就等於白說。你不准責怪我。」

「哎呀，我倆都是結拜兄弟了，真是已到生死存亡的關頭了，我還能怪你什麼嗎？快說，別繞彎子了。」

「一言為定，不准怪老弟。」

「不怪老弟，如果有什麼要怪的，只怪老兄我無能。」

翰老弟這才悄悄地告訴焦哥，他已打聽到了，香港英國政府對中國的紅衛兵，主要是紅衛兵頭頭很感興趣，他們認為這些學生領袖是共產黨的叛逆者，正在受到中共當局的瘋狂迫害……

「你從哪裡聽來的？」

「你別管我是從哪裡聽來的，這些政治觀點，和我們自身的看法有相似之處。」

「哪些地方相似？」

「紅衛兵運動的突然中斷，造反功勞的被一筆抹殺，造反戰士鮮血染紅的是那些新貴族當權派的花翎，然後全部被趕到農村去接受再教育，這難道不是政治迫害嗎？」

「你繼續說。」

「所以，焦哥你如果以被迫害的紅衛兵頭頭、學生領袖的身份，去請求政治避難，一定可以得到在香港的永久居住權。取得香港公民的身份證後，你可以去英國，去美國，去任何一個國家。」

「那麼你呢？你怎麼辦？」焦衛東反問道。

「我嘛，當然得託大哥你的福哪，你難道會撇下老弟不管？」

翰老弟的話剛一說完，焦衛東像一頭發威的豹子吼了起來。

「想要我去當無產階級的叛徒，想要我去向資產階級投降，想要以我的人格去換取牛奶和麵包，去做一隻被資產階級餵飽了的狗，然後坐到廣播電台去發表攻擊自己曾為之流血奮鬥的理想，我焦衛東會去幹這些事嗎？不，不！我焦衛東寧肯淪落為流氓無產階級，寧肯和他們一起流落街頭，也絕不去尋找政治避難。我焦衛東要以自己的力量，在香港打出自己的天下！以後照樣去英國，去美國，去我想去的任何一個地方！」

他吼完撒腿便走，急得翰老弟在後面直追。

「焦哥，焦哥，你要去哪裡？去哪裡？」

「我去哪裡不用你管，我把那份政治避難的美差讓給你，你去避難吧，你不也是紅衛兵的三大筆桿子之一嗎？你比我更會說，更會寫，你就專門去寫那些向資產階級搖尾乞憐的文章吧！」

翰老弟也來了火。

「焦衛東你還是個人嗎？你親口說不責怪我的，我只是給你提供一個消息，決定權在你手裡。你覺得行就行，不行就不行。可以好好商量。你他媽的再往前走，走，警察局就在你前面！」

焦衛東這才停住腳步，抬頭一看，差點「自投羅網」。兩個警察，正朝他走來。

三十三

阿大的流浪團夥，成了焦衛東和翰老弟的家。也成了他們日後發跡的基石。焦衛東愛把它稱為第一個革命根據地。

和阿大他們成了朋友後，焦衛東和翰老弟等於得到了一本活的香港百科全書。很快，他們就變得和地道的香港人一樣，分不出彼此來了。

白天，他倆和阿大他們一塊去謀生計，晚上，他倆密謀著如何創建一個自己的組織，就如同當年的紅衛兵一樣。當然只能轉入地下。

創建組織，光依靠阿大這些人是不行的，阿大這些人只能作為同盟軍，而不能作為基本力量。他倆想來想去，只有去找和他們一樣從大陸偷渡過來的知識青年。

偷渡知青找偷渡知青，他倆這步棋算走對了。

早年偷渡過來的知識青年自稱老客，老客對焦衛東說：

「焦司令，你的大名我也曾聽說過。如今一見面，果然是名不虛傳啊！沒想到我們在香港見面。當你在大陸聽說我成為偷渡客時，你一定是義憤填膺地第一個走上批判台批判我們這些人吧！」

「這你就把我們焦司令看扁了。」翰老弟搶著替焦衛東回答說，「焦司令對朋友，對哥們，那是兩肋插刀，無論是當紅衛兵，還是在農村，我們是有目共睹。要不然，我也不敢跟著他走。」

「其實那些都無所謂，」老客說，「現在咱們已經『同是天涯淪落人』了，『相逢何必曾相識』呢。」

「對，同是天涯淪落人，相逢何必曾相識！」翰老弟讚道，「說得好。說得好。」

「我的過去，你就別說了。好漢不提當年勇，白菜還得吃新鮮。你就直截了當地給我指教指教吧！」焦衛東強忍著心頭的不快。

「好，焦司令未改本色，爽快得好，那我就直言不諱了。首先，你的名字就得改，衛東衛紅什麼的不行，你和大佬打交道，人家一聽就是大陸政治派，人家搞得這麼好還用得著你們來政治？人家就怕這個大陸政治。」

「改名字好辦，衛東衛東的是他媽彆扭。我本來就不是這個名字。恢復原來的就成。」

於是焦衛東又成了焦厚為。

老客又對他和翰老弟說：

「你們到香港來幹什麼呢？真的想來改變社會啊？那是癡心妄想，癡心妄想！別說是香港政府不允許，就連我們，也不會允許。哥們，你如果不改變這個初衷，咱們免談。請你們立即離開。我還真怕連累咱。焦司令你如果聽著這話不順耳，我也沒辦法。」

「我這不在洗耳恭聽嘛？」

「好，那咱們就有了共同的語言。你們二位想想，大陸的文化大革命搞成了個什麼樣，打死多少人，冤死多少人哪！哥們，你們得拍拍心口講些對得住自己良心的話啊！資本主義怎麼哪？資產階級又怎麼哪？資本主義和資產階級使得香港安定繁榮，成為世界有名的商埠。我說這些沒別的意思，也不是為資本主義和資產階級唱讚歌，我在這裡也照樣恨資本主義和資產階級，他也曾害得我像你們一樣流浪。可我說的是事實。人家目前是比咱們大陸強。這種事實對我們有什麼好處呢？這種事實使得我們大有用武之地。」

「最後這句話我喜歡聽，繼續指教。」

「焦司令喜歡聽了就有辦法。接著我要說的才是進入正題。首先要糾正我們到香港來的目的，這也如同路線，只有端正了路線，鬥爭才能取得勝利。我們必須把政治路線轉移為經濟路線，到香港來就是掙錢，在香港只要有了錢，你就是大爺，所以最要緊的是把以前的一切統統扔進太平洋去，思想觀念一切從頭開始。然後的一切，才是具體戰鬥方略。」

焦司令儘管對於要改變自己的思想觀念很痛苦，但他非常善於將現實和經典理論、革命實踐掛上鈎。他想，一切先從錢開始，這也和真正的革命理論、實踐不矛盾，馬克思學說不就是先從資本研究開始嗎？孫中山鬧革命，最先他不也是待在東京籌款嗎？毛澤東當年，不也是向章士釗借了兩萬塊銀元，用於他和蔡和森等人成立的新民學會去法國勤工儉學探求馬克思真理，及他自己留在國內的活動經費嗎？他們能創立新民學會，我為什麼不能創立一個……於是，在老客的淳淳誘導下，他用著自欺欺人的思想為自己所做的一切進行遮掩，在求得心靈的慰籍下，開始了紅坤幫的組建。

翰老弟對他說：

「焦司令，毛澤東同志說過，政治路線確定之後，幹部就是決定的因素。我們現在迫切需要一批『南下幹部』來充實骨幹力量才行了。」

「對對對，你這個名稱取得好！『南下幹部』，以後凡從大陸過來的就叫南下幹部。我們需要的第一批南下幹部，恐怕非劉玉玲他們不可。」

為了動員劉玉玲他們這批「幹部」「南下」，焦司令給他們的「祕密」信件中特意用了一段毛主席語錄：「無論何人要認識什麼事物，除了同那個事物接觸，即生活於（實踐於）那個事物的環境中，是沒有法子解決的。……你要有知識，你就得參加變革現實的實踐。」

面對著新的一切，面對著從未見過的生活，面對著金錢的魅力和燈紅酒綠的誘惑，面對著語言，文化觀念上的差異和社會的歧視，焦司令憑著在大陸當「司令」時練就的膽量，靈活運用他所掌握的革命理論，將「文革」後期越來越多偷渡到香港的同行們組織起來，終於在香港找到了一片屬於自己的天地。

他們這幫人無家無小，無牽無掛，在「文革」初期和真槍真炮的武鬥中早已練得心狠手辣，而且無論搞一次什麼行動，又都有理論指導，似乎師出有名，有根有據，使得加入者在彷彿「正義」的光環下心甘情願捨死拼命，寧願坐牢也不叛變。例如他們要與當地黑幫十四K、水房幫等幫會火併時，焦司令舉出法國大革命時期的例子，說明對待敵對派絕不能慈仁，又引用毛澤東的話：「對敵人的仁慈就是對人民的犯罪。」又如他們要搶金行時，先學習政治經濟學的「財富再分配」，說明他們並不是像其他黑幫那樣是打搶，而只是將社會上不合理的財富通過他們的手段重新分配一次而已。

第七章 鴉片——以其人之道還治其人之身

三十四

翰老弟開著裝有用外交郵袋包裝的軍火車日夜疾駛。他已經兩天兩夜沒有闔眼了。他一支接一支地抽著香煙，全靠香煙支撐著別打瞌睡。他又想到自己當年創作大型史詩歌舞劇《無產階級文化大革命萬歲》時的情景，那時五天五夜沒闔一下眼都能撐住，那時候是為了什麼呢？現在又是為了什麼呢？

現在是「軍情十萬火急」！

待在總部的焦司令看了看手錶，離印度幫規定的最後時限已經只有二十四小時了。

他不能再等下去了，他必須採用第二套方案了。

他撥通了一個電話號碼。

鄉村俱樂部印度幫總部內，已全沒有了往日的那種寧靜。院內的人來來往往，他們已經在領取槍支。頭兒已經下達命令，作好對支那幫的一切出擊準備。

與此同時，越南幫也在蠢蠢欲動，他們得到的指令是，密切注意印度幫的一舉一動，只待印度幫和中國人一開始火併，立即出動，趁贏了的一方歡呼勝利時，打他們一個措手不及。

警方也得到情報，G市的黑幫可能會有大的行動，但警方的策略是，先坐山觀虎鬥。

電話鈴響了。一個印度人抓起電話。

「喂，鄉村俱樂部。竭誠滿足你需要的一切服務。」

「請找英特拉先生接電話。」

「對不起，先生，這裡沒有你要找的英特拉先生。」

「必須請英特拉先生接電話。」

「你是誰？」

「我是中國人密司脫焦，有非常重要的事跟英特拉先生說。」

「有什麼事，就和我說吧。」

「你是什麼人？你有什麼資格要我和你說，我告訴你，耽誤了我和英特拉先生的談話，英特拉先生饒不了你！」

「好吧，」接電話的軟下來，「你等著，我幫你去找。」

印度幫的頭兒英特拉先生其實就在隔壁。

電話裡終於響起了他低沉而又嚴厲的聲音。

「什麼事？還想要我給你延緩期限嗎？」

焦司令知道再不能和他說套話，必須開門見山了。

「你不想知道那個支那女人的下落嗎？」焦司令也故意壓低著聲音說。

「什麼？你再說一遍。」

「我是說，你不是想知道那個支那女人的下落嗎？」

「她在哪裡？」英特拉先生馬上提高了嗓門。

「英特拉先生，我為你交辦的事費盡了周折，為了抓住這個女人，我們的人有兩個受了傷。可你們的人，連請你接電話都不願意……」

「什麼？你把她抓住了?!」英特拉先生忙說，「密司脫焦，實在對不起，接電話的人是個混蛋，混蛋。那個女人現在在什麼地方？在你手裡嗎？」

「那個女人中文名字叫劉玉玲，人稱『快槍手』，是個獨鬥獨行的單身女俠，誰的帳她都不買，身手敏捷，行蹤漂浮不定，沒有固定的住址，也沒有固定的聯繫人……」

「這些我都知道，密司脫焦，你只說，她現在在你手裡嗎？」

「當然在我手裡。我出動了好幾個兄弟，才在邊卡小鎮格瑞札抓到她，她正準備離開這個國家。」

「邊卡小鎮格瑞札！」英特拉先生沉吟道，「我知道她要外逃的，而且，她如果逃出去了，幾年都不會回來的，她知道她自己的危險處境。可是要把她押回來，這麼遠的路程……」

「你放心，英特拉先生，我們的人已經押著她在返回的路上了，今天晚上，最遲在明天，就能趕到。到時候，我親自將她送到你手裡。只是，這個女人既狡猾又兇狠，在路上都得防著她，還得避開警方的注意，所以……」

「這麼樣吧，密司脫焦，我派幾個人，到路上去接應。你通知你的人，把那個女人交給我們，這樣，你的任務就算完成了。」

「很好，英特拉先生，我說過我們也許能合作的，這就是我誠心合作的第一步表現。我現在還要提供給你的一個消息是，越南人正在準備向你們開刀，我希望你能提高警惕。你可以不相信我的忠告，但我不願意看到不幸的結局。」

英特拉先生想了想，說：

「我們見面談一下吧，希望你能說得很詳細。」

焦司令放下電話，絲毫沒有半點鬆了一口氣的神情。他迅速鋪開地圖，計算著從G市到格瑞札鎮的準確時間，然後加上各種不利因素耽擱的功夫，判斷著英特拉先生派出的人應當在什麼時候到達他給出的一個地點。他必須在英特拉的人到達這個地點後，在向英特拉報告什麼也沒有之前，帶著劉玉玲出現在他面前，說明自己的人已將劉玉玲押回來，自己的人為完成英特拉的任務在不分晝夜地趕路，提前趕回。這樣，才能讓英特拉相信他的話全是真的。

然後，他立即著手準備一份越南幫的詳細資料，其中有真有假，但都必須合乎邏輯。說明越南幫正希望印度幫向中國人開火，然後乘機消滅印度幫。

三十五

當焦司令心急如焚緊張忙碌得不可開交時，只有摩托車騎士陸放翁仍然沉湎在麗莎的愛河中。

麗莎坐在摩托車騎士後面，雙手摟著摩托車騎士的腰，摩托車往郊外的山麓駛去。

一進入郊外，麗莎又是喊，又是叫，朝天揮舞著雙手。她一會兒站到摩托車上，扶著陸放翁的頭，彎下腰去親吻他；一會兒坐下，將冰冷的手伸進陸放翁的內衣，冰得陸放翁哎喲直叫。她快活得像一個蓓蕾初開的少女，在自由的天空下盡情嬉鬧。

摩托車一會兒急駛，一會兒緩行。像個孩子一樣聽從著麗莎的指令。

目的地到了。他們把摩托車停在山下，手牽著手往山上走。麗莎邊走邊跳，印度少女的舞姿不時閃現。陸放翁故意說：

「麗莎，你真像一個中國女孩。」

「是嗎？中國女孩都像我這樣的嗎？」

「你如果是個中國女孩，我就要你做我的妹妹。」

「為什麼要做妹妹呢？我們這樣，不是很好嗎？」

「我們現在是朋友。我，是你的男朋友；你，是我的女朋友。而妹妹，是有血緣關係的，從這一點來說，妹妹比朋友，更親。」

「不，我們是愛人，是你說的那種愛人。你說過，愛人是最親的。」麗莎頑皮地說。

「對，我們是愛人。」

陸放翁想著不用多久，身邊這個女人，這個愛人，就將成為自己和焦司令的階下之囚，他實在有點捨不得。從內心裡說，他真的愛上了這個女人。

他媽的誰叫你是印度幫的人呢？他媽的誰叫我又是焦司令的人呢？可如果你不是印度幫的人，如果我不是焦司令的人，我倆又怎麼能到一塊呢？命運，命運，命運，命運就是這麼捉弄人。

工會主席郝仕儒傳達的焦司令的命令，不斷地在他耳邊回響：

「如果走了這個女人，唯你是問！」

哎，多好的一個女人啊，他在心裡歎了口氣。

麗莎又笑著說：

「騎士，你真的希望我是你的妹妹啊？我如果是你的妹妹，我倆就不能做愛了呀！哥哥難道能和妹妹做愛嗎？」

做愛！陸放翁一想到和麗莎的做愛，就止不住心旌搖蕩。這是個什麼材料做成的女人呵，她身上的皮膚簡直就不是皮膚，而是光滑的綢緞。一到了床上，她全身幾乎柔軟得沒有了一根骨頭。陸放翁不得不承認，這個女人是上帝的傑作。

只有上帝，才能創造出來。

在將這個上帝的傑作做為人質之前，他要發瘋般的和她再做幾次愛。

陸放翁領著麗莎走進一個山村小酒店。小酒店裝飾得極富中世紀的古老風味。他問麗莎想吃什麼？麗莎說極想吃他曾經說過的中國菜。

「我的騎士，你不會忘了吧，你說你會做很多很多的中國菜，什麼螞蟻爬樹，什麼滿漢全席，還有紅燒王八、清燉腳魚、霸王別姬、轟炸東京……」

「不具備這個條件啊。」陸放翁做了個愛莫能助的手勢，「沒有中國廚具，沒有中國菜的原料，什麼也沒有。」

麗莎猛地伏到他耳邊，異常輕柔地說：

「親愛的，你娶我啊！像中國人那樣把我娶過去啊！我做了你的妻子，你就能做中國菜了，我也跟著你學做中國菜，不就什麼都有了嗎？」

麗莎的話讓陸放翁吃了一驚，這個美麗的女人，難道說的是真心話嗎？他仔細看著麗莎的眼睛，麗莎的眼睛清澈透明，看不出半點虛偽。

麗莎沒有接著往下說了。陸放翁的心裡卻裝下了這句話。

一個大膽到近乎玩命的念頭，從他心裡浮上。他拼命地將這個念頭往下壓，但這個念頭就像一塊浸在水裡的木頭，你好不容易將它按下去，一鬆手，它又浮了上來。

帶著麗莎逃走！

這個念頭他早就產生，他知道逃走不是那麼容易的一件事，儘管麗莎仍然一直在瞞著他，但他已肯定麗莎是印度幫的人，他倒不是怕麗莎會怎樣，他相信麗莎會死心塌地跟著他的，而是印度幫絕不會放過她！

印度幫不放過她又能怎麼樣呢？無非是刀槍相見，你派人來追殺，我將你派來追殺的人幹掉，就這麼回事，最悲的結局莫過於自己沒幹贏對方，被對方幹掉了。對於死，他怕個鳥喲！而且以他的自信，他並不怎麼將印度幫的人放在眼裡。

「只要我隨時加以防備，想在我手裡得到便宜，沒那麼容易！」

真正令他下不了決心的，是焦司令。

假如他就這樣帶著麗莎逃走了，焦司令絕不會派人來追殺，如果他帶著麗莎逃走後真遇到了自己無法解決的麻煩，焦司令還會照樣伸出援助之手。問他借錢，他會毫不吝嗇；請他來人，他立馬就會調兵遣將……

然而，正是因為焦司令的這一手，他陸放翁怎麼能私自逃走呢？在焦司令最需要他的時候，在戰友們最需要他的時候，在自己的圈子最需要他的時候，在成敗在此一役的時候，他竟然走了，他還是個人嗎？

更何況，他手裡還有個麗莎。

這個麗莎，也是焦司令此刻最需要的一個人。如果麗莎走了，劉玉玲必將喪命。他雖然和劉玉玲不是很熟，但劉玉玲是焦司令的人，也是他的戰友，他這不就等於是出賣戰友嗎？

他摩托車騎士什麼時候做過出賣戰友的事呢？

他摩托車騎士也可說是真正的當兵出身，真正當兵的人能出賣戰友嗎？

為了一個外國女人，出賣中國戰友……他不敢想下去了。

他們要了一份野味，一瓶酒，吃著野味，喝著酒，兩人竟然再沒說一句話。

走出小酒店，一陣山風吹來，兩人都不由自主地打了個寒顫。麗莎抱著陸放翁，說：

「騎士，我的騎士，我好冷，好冷。」

陸放翁脫下自己的上裝，披到她身上。

「騎士，你會凍壞的。」

「麗莎，我凍壞不要緊，只要別凍著你就行。」

山上的雲杉，白蠟樹和蓯樹在山風中搖曳。遠處，山巒綿亙，雲霧繚繞。頭頂的雲彩寒冷如冰，一片鐵灰。

他們走進了一家旅店。旅店的房屋像威尼斯建築，給人一種非常舒服的感覺。麗莎像來度蜜月的新娘一樣坐在木凳上等著，陸放翁去登記住宿。

登記完後，一位年輕的服務生把他們送進套房，離開時幾乎帶有醋意的祝他倆蜜月幸福。年輕的服務生心裡想，這一對真是太令人羡慕了。

套房裡有浴室和一個陽台。從陽台上往外看，美景如畫，畫面裡有羊兒在緩緩移動，如飄蕩的白雪。

房門一關上，麗莎就撲到陸放翁懷裡，吃吃地笑：

「你聽見了嗎？騎士，他祝我們蜜月幸福。」

「麗莎，你願意把這當作我們的蜜月嗎？」

「願意。但希望我們今後有一個真正的蜜月。」

陸放翁又無言可答了。他的耳邊，又響起焦司令的命令：

「如果走了這個女人，唯你是問！」

麗莎慢慢地替他解著衣扣，陸放翁說，我自己來。麗莎說，你別動，別動，這是我的事。她要陸放翁躺下，她的手輕輕地撫摸著騎士，從上往下。一直摸到腳跟。她把陸放翁的腳搭到自己的腿上，替他脫下皮鞋，扔到地上。又猛地抓起一隻皮鞋，將鞋跟一把扳掉，從裡邊取出那個竊聽器，給陸放翁看了看，然後往外邊一扔。

「現在他們已經用不著了這個了，他們要找的那個女人，已經被你們自己的人抓著了，正往頭兒那裡送。」

「你真的是他們的人?!」陸放翁似乎才明白一樣，從床上坐起，問道。

「你，不也是你們那個圈子裡的人?!」

陸放翁點了點頭。

「騎士，我的騎士，我們離開這裡吧，離開這個國家。」麗莎突然一把緊緊地抱住陸放翁，「我們去過自己的日子，遠遠地離開他們。我要永遠和你在一起，在一起！騎士，你能保護我嗎？啊，你能保護我嗎？你回答，回答我！」

陸放翁腦子裡一片空白。

「不說這些了，不說這些了。」麗莎說，「我不願做你的那個愛華，我一想起愛華就覺得太不值了，只要我們相聚在一起，哪怕只有一天，我們就先享受這一天，只有一個小時，我們就享受這一個小時……」

聽麗莎又提到愛華，陸放翁心裡一陣發顫。難道說，麗莎又將成為愛華第二？為什麼自己愛的女人最後都是這樣？莫非真是自己的命太硬，專門剋女人？

他曾多次去算過命，無論是用古老方法算命的也好，用現代「科學」方法算命的也好，都說他的命硬。命裡註定剋妻。

算命的說出他剋妻後，他問道：「先生，你說的妻子是指經過法定手續的吧？沒有經過法定手續的算不算呢？」

算命的回答說：「剋妻當然是指正式的太太囉，情人當然不能算囉，泡妞更不能算囉。如果算上情人和泡妞，那還得了。」

陸放翁想到愛華，他和愛華也不是正式的啊！於是便又問道：「先生，正式的太太還請你下個定義。」

「正式的太太啊，一個就是你說的，經過法定手續，領了結婚證的；另一個就是雖然沒有結婚證，但經過媒妁，舉行了結婚儀式的。只要舉行了結婚儀式，便算在此類。」

陸放翁心裡暗想，愛華不屬於這兩者，可她死了。愛華死了多年後，他愛上了一個女人，可那個女人也死了，是死於一次車禍。那次車禍到底是純粹的車禍還是人為的蓄意製造，沒弄清，反正車子跑了，肇事者沒抓住，不了了之。

現在，他愛上了這個麗莎，可麗莎，似乎也逃不脫這個命運。

真他媽的見了鬼！

他突然對麗莎說：「麗莎，你會看相嗎？」

麗莎笑了起來。

「我的騎士，你相信看相嗎？要看相得找吉普賽女郎。」

「你給我看看吧。」陸放翁忽然非常希望麗莎能給他看看手相。

「好吧，我的騎士，我就給你看看吧。」

麗莎抓起他的一隻手，正要看。陸放翁卻叫道：

「哎，錯了錯了，應該看左手，男左女右。」

「我這是日本相法，就得看右手。」

「好好好，你看右手就看右手。」

麗莎抓著陸放翁的右手胡亂看了看，斜睨著那雙美麗的眼睛，說：

「我這個看相啊，還得看你的全身。」

她將陸放翁的衣服一件件的脫下。每脫一件，她就讚歎一聲：

「騎士，我的騎士，你好健壯，東方人的健壯，武士的健壯，李小龍的健壯……以後我每天為你脫衣服，為你穿衣服……你做我的羊，我做你的馬……你讓我用鞭子輕輕地抽你，我讓你騎著我穿過綠色的草原，穿過密密的叢林，穿過小河和山岡……我為你唱歌，為你唱你們家鄉的歌，我那家鄉的歌，為你唱《牧場上的歌》……」

陸放翁被麗莎的浪漫激動得不知所措。

將陸放翁的衣服全脫完後，麗莎說：

「騎士，現在該輪到你了，你來為我脫吧……你要輕輕地，輕輕地……可別弄痛了我呵……」

她慢慢地、慢慢地往床上倒下。

陸放翁俯下身子，伸出手去，剛解開麗莎的一顆扣子，他的手機驟然響了。

陸放翁的手像被電擊一樣的縮了回來，他無可奈何地拿起手機。

手機裡傳出工會主席郝仕儒的聲音：

「老闆要你準備好貨物，隨時準備交貨。」

手機掛了，陸放翁怔了。

仰天躺著的麗莎問：

「誰打來的電話？不是要破壞我們的蜜月吧？」

「一個做生意的朋友。沒事。」

陸放翁看著她那雙略帶淒切的眼睛，感到從來沒有這樣心亂。

如果不把麗莎扣做人質，劉玉玲就會被印度幫處死；麗莎一旦被扣為人質，她的命運會怎麼樣呢？如果麗莎和劉玉玲的交換為印度幫拒絕，麗莎必死無疑。就算交換成功，麗莎回到印度幫後，又會是什麼結果呢？陸放翁感到痛苦萬分。

三十六

劉玉玲的整個一生都是和焦司令聯在一起的，從北上串聯到血戰沙城，從插隊落戶到偷渡香港，兩人一直都是戰友加情人的關係。為了焦司令，她劉玉玲不但願意，而且真的敢把自己的命搭上。因為焦司令的確救過她的命。而她差一點喪命的事，又是緣於兩人唯一一次的最大爭執和分歧。那是在一九八七年，為了決定一樁「生意」。

那時候焦司令仍未成家，劉玉玲雖然知道他有別的女人，但仍然癡心地等著他來娶自己。況且焦司令還不時光顧於她。這天晚上，焦司令和她溫存完後，告訴她一個新的決定，他要走私毒品。

「走私毒品?!」劉玉玲吃了一驚。

她的眼前，立時閃現著那些三三兩兩地在街上閒逛的癮君子，和夜總會裡為了得到毒品而不惜出賣肉體的一雙雙暗淡無神的眼光。她對著焦司令脫口而出：

「為什麼要做白粉生意？那東西太毒了，你難道不知道？你就不怕以後會得報應？」

「報應?!」焦司令本想嘲笑「報應」二字怎麼還會從她口裡出來，但回答的卻是：「你難道就忘記了一個重大的歷史事件？你還記不記得鴉片戰爭？英國政府打開我們中國口岸的是什麼？就是鴉片！派兵侵略中國，保護的是什麼？就是他們的毒品工業！最壞的傢伙是誰？就是英國佬。英國佬是歷史上最大的販毒集團！我們，包括你和我，現在還在受英國佬的欺凌。你發現沒有，海外吸白粉的絕大多數是鬼佬，華人吸白粉的不多。那就讓他們嘗嘗英國女皇賞的白粉嘍！這就叫以其人之道還治其人之身。」

焦司令哈哈大笑。

「可是，你想過沒有，你的毒品如果流入大陸，如果你的親戚染上了毒癮，而他們吸的毒品正好是你提供的，你會是什麼想法？」劉玉玲第一次對焦司令的「理論」提出質問，並且不打算讓步。

「大陸不是早就禁絕了毒品嗎？誰的毒品還能進入大陸？」焦司令故意這樣說。

「可大陸正在搞改革開放！」

「搞改革開放就能進毒品？我們要相信具有高度覺悟的祖國人民嘛，要相信中國共產黨的領導嘛！」

「你這是講歪理！」

「歪理一超過極限，就成了正理。」

「我不跟你耍嘴皮子，反正，我絕不同意你做毒品生意。」劉玉玲激憤起來。

「我可以保證，我的生意絕不進入大陸！」

「你的生意不進入大陸?!你把白粉批發出去，你能說，只准賣給鬼佬，不准賣給中國人?!」

「我要做的事，誰都休想阻攔！」

「我阻攔不了你，我就另打江山。我去另打江山，恐怕也是誰都休想阻攔！」

「好吧，你去打你的江山吧，待你的江山打不下來時，你還得來找我！」

「焦衛東，你不要目中無人！不要以為離開你，我劉玉玲就活不下去！」劉玉玲來了性子。

兩人不歡而散。

劉玉玲的性子一來，誰也勸阻不住。有人對焦司令進言，劉玉玲這是要搞內訌，不如趁早下手，將她除掉。

焦司令沉吟片刻，對進言的人說，「你這是要我走太平天國的老路吧，自己的老弟兄，老姐妹，絕不相殘。」

進言人又說，萬一她出賣我們呢？焦司令說，如果換了是你，我倒是得有所提防。對於劉玉玲，你想都不用往那方面去想。不信，你拿支槍，頂著她的腦袋，試試看。你休想從她嘴裡掏出一句話。

焦司令的毒品主要來源於「金新月」。

或許你只聽說過「金三角」，它一向是世界毒品海洛因的主要產地。可是在世界毒品市場，「金新月」和「金三角」是同樣出名，這兩大鴉片產地可以說基本平分了世界毒品市場。

「金新月」指的是巴基斯坦、阿富汗、伊朗三國邊境上的那一片彎月形的土地。這一大片山坡地，和「金三角」相同，也是歷史上著名的「三不管地帶」，一向走私之風甚熾，當年土耳其的鴉片稱王的時候，「金新月」也開始種植，主要是供應伊朗的需要。自蘇聯入侵阿富汗和伊朗巴列維政權被推翻後，這兩國政治動蕩，治安崩潰，加以邊界「錫伯族人」生活困苦，於是鋌而走險從事毒品生意者大增。

在巴基斯坦與阿富汗邊界的崇山峻嶺中，有一條可說是唯一的交通棧道——佳伯棧道，他曾是阿富汗自由戰士的軍火供應命脈之一，在棧道屬於巴基斯坦那段有個小鎮，名叫「蘭迪·高圖」，「金新月」出產的海洛因十分之九都是由此出口。

只有一間破爛的酒店和一條大街的蘭迪·高圖，乍一看，簡直會以為是美國西部片中的蠻荒邊城。在這個邊城中，無法無天已不是一句形容詞，權力的世界就是槍械。在大街上，駱駝和緩慢的牛車，以及彩色繽紛的巴士，不停地穿過大街。在酒店或坐在門外飲食的人，經常會見到十個八個全副武裝的大漢，把四十加侖裝的鐵罐搬上卡車，罐內是一流品質的生鴉片，用卡車運到附近的提煉工廠，很快就會變成純度極高的海洛因，再運往世界各地。

有二千多年歷史的蘭迪・高圖自古迄今都是走私犯的天下，從槍械、電子產品到毒品，千門百類的貨物都可以在這裡買到。這裡沒有法庭，也沒有警察來維持治安與秩序。人們在這裡的行為準則，是亞非利迪巴丹部落的傳統法規。巴丹人相貌與眾不同，面孔莊重，嚴如磐石，深眼窩，藍眼珠，一雙大眼炯炯有神。男人個個頭戴一頂卡巴帽，腰紮子彈帶，槍不離身。首領擁有絕對的權力，女人則絕對服從男人。

這一年，「金新月」的鴉片又告豐收，僅春天一季便多達八百噸，比「金三角」有史以來一年的最高產量還多三分之一！為了將堆積如山的鴉片打開銷路，必須將其製作成海洛因。於是巴基斯坦西北邊區部落的毒販首次從東南亞聘請化學師來為他們提煉海洛因，並將簡單的提煉方法傳授給當地人。很快，西北邊區的部落地帶幾乎遍地都是海洛因提煉廠了。

焦司令的過人之處就在於，他能敏捷地抓住時機，狠狠地做他一筆。而一當警方加大打擊力度時，他就功成而退。

面對著毒品的「黃金時代」，他的走私毒品經陸路再入海路。在裝船啟程之前，用塑膠布小心翼翼地把毒品纏繞三四層，然後裝進空汽油桶裡，汽油桶外面刷上一層保護性塗料，再用圓套箍住，裝上海上拖網漁船。當拖網漁船駛近香港時，船上的人把汽油桶像戰場上佈雷般地一串串拋入海水中，接貨的人則只要駕著船，把油桶撈起來就行了。這當然是那個時候的行情，隨著世界各國聯手對毒品走私的打擊，僅為了對付佳伯棧道，各國緝毒官員就專門成立了「西南亞海洛因特別行動處」，販毒集團只能另外開闢新的販毒途徑。但當時焦司令著實寫下了「漂亮的一筆」。

看著順利交接的毒品，焦司令哈哈狂笑著說：

「最先挑起鴉片戰爭的鬼佬們，讓你們也嘗嘗我的厲害吧！」

第八章 金盆洗手，難以立地成佛

三十七

在焦司令毒品生意的凱歌聲中，決心離開焦司令，金盆洗手、另走一條路的劉玉玲執意北上，去東歐打江山。

這一年，是世界和平年。

「和平年」本身是個吉利的兆頭。對於生活在中國這塊古老而又遼闊的疆土上，將「和為貴」奉為信條的民族來說，「和平年」以它的吉兆翻開了一頁又一頁令人驚歎而又值得思索的日曆。就在這一年，曾被稱為北極熊的蘇聯和南方小霸的越南，在官方雖然流眸閃動、秋波暗送，但尚未正式與中國重續友好的時候，民間（大抵是在官方的默許下）卻在貿易互惠的誘惑下按捺不住了。於是，商品這個曾被搞社會主義的視為充滿銅臭味，嗤之以鼻的怪物，突然令敵對、冷漠、讓人談虎色變的周邊關係發生了急劇的變化。在中國漫長的邊境線上，從北邊到南邊，一場熾烈的邊境貿易戰拉開了序幕。

劉玉玲，就是瞄準了這個機會，想在東歐打開自己的市場，並借此證明自身的實在價值。她經外蒙古，到俄羅斯，在莫斯科待了一向，又到了布達佩斯。到了布達佩斯後，她得到焦司令已移師N國的消息。焦司令親自派人請她來N國共創新業。來人傳達焦司令的話說，N國空氣新鮮，美麗無比，我不能眼看著昔日的親密戰友顛沛流離，來吧，「黨」的大門永遠向你敞開！

劉玉玲嗤之以鼻，對來人說，請轉告親密戰友焦司令，開弓沒有回頭箭，我劉玉玲只勸他少喝點酒，保重身體。但她還是把焦司令給她的一個所謂應急電話記在了心裡。

十月的匈牙利，陽光明媚，頗似中國的金秋十月。只是北風卻一個勁地呼嘯著，好像要將明媚的陽光席捲而去。

位於布達佩斯四十九路電車終點站的「大市場」，是布達佩斯最大的自由貿易市場。電車一到終點站，還未下車，憑著車窗就可看見窗外黑壓壓人群一片，萬頭攢動，遮陽傘、塑膠棚、太陽帽、地攤布，在陽光下反射出五顏六色的光彩，整個「大市場」有如人潮的海洋。中國人、蘇聯人、波蘭人、羅馬尼亞人、南斯拉夫人、越南人及當地商販皆雲集於此。

劉玉玲帶著幾個自願和她北上的同志到了布達佩斯後，按照商定好的初衷，一切從頭開始，像許許多多來到國外希圖通過做生意發財的普通中國人一樣，規規矩矩地練開了地攤。

每天早晨五點鐘，他們就來到大市場，搶佔「練攤」的「櫃檯」。所謂櫃檯，其實就是用水泥砌就的一行行簡易平台，如同中國集貿市場的菜市攤子。進入市場的人們一人占一塊，攤上塊塑膠布，擺上自己帶來的貨物，一聲吆喝，經商就算開始了。

攤子上擺的貨物，大都是一些極廉價的服裝、首飾、小電器產品。購買的匈牙利人不問質量，只問價錢，本來已經很廉價的次品貨，仍是一分一分的討價還價。語言障礙並不妨礙廉價交易的進行，相互間打著手勢，增加或減少著手指頭，便是價格的上升或下浮。有的則直接以手相握，在握著的手裡予以成交。很像舊中國做期貨生意的成交方式。

劉玉玲他們從早上五點做到下午五點，除去吃飯，一天賺下來的錢大約合七八十元人民幣。才做了幾天，她的一些同志就嚷嚷著這樣搞太苦了，這樣搞下去，一輩子也出不了身。劉玉玲卻說，如果早十幾年就有這樣的生意可做，她絕不會跟焦司令走那麼一段路。

「你們想想，」劉玉玲說，「我們現在不用擔心警察，不用擔心黑暗中的對手，不用擔心哪一天會突然『穿幫』，也不用擔心良心上的責備。我們只是憑自己的辛勞掙錢！再苦，有咱們在下鄉時的苦嗎？再累，有咱們下鄉時那樣累嗎？」為了讓同志們堅持下去，她還戲謔地說起了當年的順口溜：

「苦不苦，想想紅軍長征二萬五；累不累，想想革命戰士董存瑞……」

劉玉玲說完便笑，可同志們沒有一個跟著笑。

一個同志說，這是哪本皇曆了呢？還下鄉，還「二萬五」、「董存瑞」，現在是「領導下鄉桑塔納，隔著玻璃看莊稼，吃的都是四腳爬，摟的一色十七八。」

這個同志一說完大家便笑，馬上有人補充道，現在是流行世界，什麼都講究個流行，「彩電流行叫彩霸，空調流行叫涼霸，音響流行叫聲霸，乳房流行叫波霸。」

「掙不到大錢就什麼都不能『霸』！只能叫『無霸』。」

……

劉玉玲畢竟只有將才而無帥才，她只能單打獨鬥而不善於「團結群眾」，她的「思想工作」毫無說服力，半點成效也沒有。很快，她的同志們就和她友善地分手，留下一句「有用得著我們的時候只要打聲招呼」，各自為戰去了。

劉玉玲看準了這條道，她一個人堅守陣地，發誓絕不動搖。她要通過練攤練出本領後，再去開公司，將生意逐步做大。以後成為一個名副其實的大老闆、女強人。

她憧憬著生意成功後的無限美妙。

她覺得自己又恢復了一個正常人的一切，那十多年混跡江湖所黏惹上的習性，正從她身上慢慢地蛻去，蛻去。她簡直要歡呼自己的新生了。

為了賺取更大的差額利潤，她轉而專做手錶生意。

手錶剛一擺上攤位，就招來了許多顧客，同時，身穿灰色夾克，腰掛兩支手槍，手執一根電棒的匈牙利警察，也不斷地穿梭於人群之間。

對於警察的走動她已司空見慣，然而，她那「不用再擔心警察」的話，卻很快就被擊碎。

兩個便衣走到了她身邊。

「先生，要錶嗎？」劉玉玲用英語熱情地問道。憑她的眼力，她一眼就看出這是便衣警察。但她現在是堂堂正正地做生意，是有著合法的匈牙利各種證件的生意人，她用不著想對付警察或便衣的方法。

兩個便衣不吭聲，看著她兜售手錶。似乎對手錶很感興趣。

正當劉玉玲以為他們只是好奇地瞧瞧而已，自顧自地給顧客介紹手錶時，便衣朝她做著手勢，要她將東西收拾起跟他們走。

劉玉玲朝兩邊看看，周圍擺攤的中國人全在照常地「營業」，沒有一個人收攤走開。她心裡明白是來了找岔子的傢伙，但裝做不明白便衣打的是什麼手勢，照舊做她的生意。

一個便衣掏出了他的警察證，另一個便衣去收她的攤子。

「別動我的東西！」劉玉玲喊道，「弄壞了我的錶你們警察也得照樣賠。」

「你自己收拾，快點。跟我們走。」一個便衣用英語說。

「你們憑什麼要我跟你們走？」

「就憑這個。」便衣揚著手裡的警察證。

「總得有個理由！」

「叫你走你就走吧，女士。我們是履行公務。」

劉玉玲心裡咯噔一下，難道是在香港的事被匈牙利警方掌握了？她隨即鎮定下來，第一，這根本不可能。第二，我已經金盆洗手，事發了也只有那麼大的事。第三，別想從我口裡掏出半句話。

她收拾好攤子，被便衣帶進了附近的一間房子。

「這就是你們的辦公室啊？太寒酸了一點，你們匈牙利政府也太不注意警方的內政建設了。」她故意用中國話說，發洩著心裡的慪氣。

「你說什麼？什麼？」便衣聽不懂她的話。

「我是說，你們匈方警察像中國警察一樣吃苦耐勞，樸素辦公。」她改說英語，說完便笑。

「我們可不像中國警察那樣愛聽奉承話。女士，請把你的護照拿出來，把你背包裡的東西全拿出來，還有口袋，口袋裡的也拿出來，我們要檢查。」

劉玉玲聽便衣這麼一說，反而放了心。她斷定，這個窮國的警察只是想勒索而已。她倒非常想看看匈牙利警察是如何進行敲詐勒索。

一個便衣用匈牙利話朝裡邊屋子喊了一句。

出來一個女警察，搜劉玉玲的身。

看完證件的便衣驚訝地叫起來。

「香港，小姐是香港人。」他的口氣立時變得客氣了許多。

「我是中國人。」劉玉玲說。

「小姐在香港多好啊，怎麼也跑到這裡來了？」

「這是我的自由。貴國並沒有規定香港人不能來這兒擺地毯。」劉玉玲一邊回答，一邊在心裡想，也是些嫌貧愛富的小人。

「小姐，我知道你是來尋找刺激，尋找擺地攤的刺激。可是擺地攤很危險啊，你的那些中國同行，不，那些大陸人，怎麼說呢？」他聳了聳肩，兩手攤開，做了個莫可奈何的動作。

劉玉玲全明白了，是那些中國同行，買通了警察，找岔子把她趕開，好獨霸市場。她記起一個人對她說的話：「這國外的中國人，不害你的就是好人。」

劉玉玲忽然感謝起便衣來，她從自己攤開在警察辦公桌上的手錶中，挑出三塊石英表。

「非常感謝警察先生和警察小姐的提醒，作為朋友，這點小意思，請各位收下。」

警察們毫不推辭地接過手錶，放在手心裡掂了又掂，又放到耳朵邊聽了又聽。

「這些都是高質量的好錶，我親自挑選的，請你們放心。」

「當然，當然。我們現在是朋友了嘛。密斯劉，我提供給你一個資訊，免費資訊，你可以去辦公司，你完全符合在我們首都辦公司的條件，因為這些條件，你都符合，例如第一條，需有一萬五千至兩萬元美金，密斯劉肯定沒什麼問題，再如第二條，得會英語，密斯劉的英語更沒問題。其他的嗎，譬如得有警察局的批文，我們可以給你幫忙……」

「到貴國辦公司有什麼優惠條件呢？」劉玉玲打斷便衣的話。

「當然有，只要公司一批下來，你就可以拿到五張老闆卡，並擁有三年居住權。此外，可申請好幾張一年時間的打工卡，還可以用公司老闆的身份自由出進除美國等少數幾個國家外的任何國家做生意、打工、留學，等等。」

「謝謝，謝謝各位。我想我可以走了。」劉玉玲不想再聽這些。

「可以，可以，密斯劉可以走了。來來來，我們來幫你收拾東西。」

走出警察辦公室，劉玉玲這才意識到，正正規規地做小本生意也避不開警察的騷擾！如果不是自己有一本香港護照呢？如果不是給了警察幾塊好手錶呢？不過，她轉而又想，這些匈牙利的警察更容易搞定，幾塊石英錶就能讓他們為你效力。

這些匈牙利的警察雖然更容易搞定，但和自己在黑道時對付那些警察又有什麼兩樣呢？只是一個要價更高，一個略微打發點便行。但要價高的是因為做的「生意」大，要價低的是因為生意本身規模小。唉，她歎了口氣。

對於匈牙利，她已沒有多少好感了。

她想起了把警察引來的真正原因，那些嫉妒她要把她趕跑的中國同行，她陡然怒從心頭起，他媽的，搞到你劉姥姥頭上來了，若真惹得你劉姥姥脾氣發了，把你們一個一個的全給收拾了！

她竭力壓抑著自己，她害怕江湖習性死灰復燃。只是，她打算換一個地方去實現自己的理想了。

三十八

開往西方的列車在迤邐的叢山中奔馳。雨後的天空格外清新，一輪明月伴著幾顆清晰的星星，給叢山中的雪地灑下一片清輝。月光雪影輝映反照，山村別墅中不時散射出的聖誕燈火從飛奔的列車窗口閃現而過，似乎特意為劉玉玲的西行增添出一種柔和的氣氛。

劉玉玲再也不想在匈牙利辦公司了，但她為自己找的理由不是因為警察的騷擾，敲詐勒索；也不是中國同行的搞鬼。她儘量避開這些讓人不愉快的事。以免觸動自己那根最敏感的神經。她給自己找的理由是，在匈牙利辦公司有什麼前途呢？要辦公司，得去德國，去奧地利、義大利、西班牙。這些比較富裕的國家才能讓你大展身手。她通過分析，認為德國雖然在歐洲當屬首富，它的馬克一日比一日堅挺，但日爾曼民族歷史上就有排外的傾向，難以讓外人立足；奧地利雖然和匈牙利是近鄰，但那裡中國人多；只有義大利和西班牙，是比較理想的地方。劉玉玲決定選擇義大利。

列車在南斯拉夫海關西札那站停下，接受檢查後，繼續前往義大利。

羅馬車站終於到了。

在世界著名建築中，羅馬火車站是現代交通建築類中的一大傑作。其氣魄之宏偉，令人不能不佩服羅馬建築的名不虛傳。車站廣場上，成群的黑人及菲律賓人坐在廣場周圍的樹叢、角落裡，又令人不能不慨歎世界的擁擠。車輛川流不息，人流如潮的大街上，不時出現一對一對頭頂怪誕的警帽，身穿威武的警服，騎著高大洋馬的「羅馬警官」，給這個世界都市添了一道人文風景。而羅馬警官胯下的坐騎不時將尾巴高高翹起，「噗噗」地灑下熱噴噴的馬糞來，又頗煞了些許風景。

劉玉玲找好旅店，舒舒服服洗了一個澡，換了衣服，便出去觀賞羅馬風光。她先看了古老的苔伯河，苔伯河堤岸聳立陡峭，河雖不寬，但河面與堤岸的垂直距離深達十米，兩岸壘砌得整整齊齊的石壁，宛若刀削一般，讓人產生出一種地裂天塹、鬼斧神工的感覺，

從苔伯河再到城西的世界教會中心——梵蒂岡，梵蒂岡拉特蘭宮高大的古城牆外，一片繁華景象，林立的店鋪中，隨處可見中國餐館，即使是很小的門面，生意也照樣紅火。

劉玉玲走進一家掛著「望鄉樓」招牌的中國餐館，喝了一碗香氣四溢的魷魚湯，和中國老闆聊了聊天。老闆是個女的，身穿一件醬紅色平絨旗袍，一頭烏黑的頭髮朝後緊緊地盤結在一枚銀光閃閃的髮釵之中，耳垂上一對玉墜隨著步履的挪移而輕輕地晃動。女老闆對來吃飯的祖國客人格外熱情，一聽說來了吃飯的，馬上是送上熱茶，綻開笑臉，接衣接帽，抽凳擦桌，一聲聲請，一句句您，菜單遞到你的眼前，腰幾乎躬得與坐著的你一樣高。但緊接著來了兩個問有沒有工打的中國人，女老闆的面孔頓時冷若冰霜，很不耐煩地說沒有，沒有。像攆叫化一樣把兩個年輕的中國人攆出去了。

劉玉玲暗自笑了笑，心想，這就叫「親不親，錢上分」。有錢就是祖國的親人，沒錢就做不了親人。她付了錢，女老闆將她送出門外，笑嘻嘻地要她下次再來吃家鄉菜。

她不知不覺地走到了舉世聞名的聖彼得大教堂，進入了「國中之國」。隨著前來禱告及旅遊的人群，她走進教堂。這時紅衣主教在聖壇上做起了彌撒，聖樂彌漫於整個大廳。人們合掌默首，她也跟著默默地禱告，祈求上帝保佑，脫胎換骨，做一個新的商人富翁。

她走出教堂時，感到身心輕鬆了許多。她還不想回旅店。她繼續漫步，觀賞著羅馬夜色，卻沒想到已被人跟蹤。

她也許是忘記了義大利有著赫赫有名的黑手黨，更忘記了自己在匈牙利就已成為同行的眾矢之的。她已經金盆洗手，但不可能立地成佛；她才從上帝的身邊出來，仍然要進地地獄。

三十九

「香港小姐，你想去看看羅馬有名的鬥獸場嗎？那可是最雄渾威武的古老建築物呵。」一個武高武大的西方人抽著雪茄，對被綁著手腳的劉玉玲說。

從昏迷中醒來的劉玉玲這才知道自己被綁架了，她竭力回想著不久前發生的事，她從聖彼得大教堂出來後，天色已黑，她看著暮色中的古羅馬景致，好像是到了一個比較偏僻的地方，那個地方風景如畫，她如在畫中穿行，她似乎正在梳理自己的思緒，考慮著第二天該辦的事，這時有個男人到了她身旁，男人好像是向她禮貌地問路，她搖了搖頭，回答說自己也是才來，所以很對不起，不知道男人打聽的地方在哪裡。這時候，男人又很禮貌地說打擾了，從她身邊擦身而過，她忽然就感到眼前一片黑，什麼也看不見，然後便昏昏迷迷了。昏昏迷迷中覺得自己好像被人拉上了一輛汽車……

太大意了。她想。自己只顧一心想從善了，卻忘記了無論哪裡都有黑道。黑道，黑道，黑道，他媽的走了好多個國家仍然陷入黑道！她雖然還不能斷定自己是否真的到了黑手黨手裡，但被人綁架還是第一回。

她只想罵娘。沒想到在這個美好的城市遭了暗算！她突然明白過來，是那教堂裡肅穆虔誠的氣氛，使得她完全放鬆了應有的警惕。她沉醉在天堂的美好裡去了，忘記了這塵世上無處不在的罪惡。

「香港小姐，你知道嗎？羅馬鬥獸場是一個碩大的橢圓形深盤，最長處有一百八十八米，最短處也有一百五十六米，層層升高的座位一共有六十排，想當初，一次便可容納五萬到八萬人觀看一場角鬥。鬥獸場中那些相同的，不斷重覆的，連綿不斷的券洞，使整個建築物給人一種鐵桶般堅固穩定的印象……」抽著雪茄的男人緩緩地說著。

「你是說，我已經進入了你們的困獸場，永遠也別想出去了，對吧？」劉玉玲掙扎著想舒展一下身子。

「不，我說的是鬥獸場。想當年的神聖羅馬皇帝蘇拉和他的執政官們，就坐在鬥獸場的看台上，看著下面奴隸們極其殘忍的血腥角鬥屠殺，那種場合是何等的壯觀、氣派和令人驚心動魄……」

「你也要看著我的下場，是嗎？」

「不，不，我只是看著你被捆著的這種可憐樣兒，就引起了一些聯想而已。」

「你們到底要拿我怎麼樣？我又做了什麼對不起你們的事？」劉玉玲吼起來。她擔心自己是碰上了在香港的對頭，或者是香港的對頭買通了這邊的黑幫。但她又想著自己已經離開了圈子，為什麼還要苦苦相逼呢？難道真是要冤冤相報，永無盡頭？

「小姐，你從沒有做過對不起我的事，我和你之間，什麼糾紛也沒有。可是，你應當知道，」抽著雪茄的男人攤開雙手，做了個無可奈何的動作，「我就好比一個雇員，我的任務就是看住你。」

劉玉玲心裡忽然泛起一個念頭，這個西方人看來並不特別兇惡，也許能將他爭取過來，可怎麼才能讓他對自己有好感呢？她想到了女人最基本的本錢。

她斜睨著眼睛，望著眼前看守著自己的男人，竭力使自己的眼神充滿脈脈溫情。她強迫自己的臉上露出能讓男人看著舒心的笑容。可是她又知道，這方面從來就不是她的強項。

「先生，你就忍心看著我這麼一個無辜的女人備受折磨而無動於衷嗎？」她儘量使自己的話語變得柔嫩動聽。

「我也不希望這樣。可現實只能如此。」

「你就不能再靠近我一點嗎？」

「NO，NO。」

「你不是說看著我被捆著的這個樣兒可憐嗎？現在我就求你，讓我鬆動一隻胳膊，好不好？就一隻胳膊，你就當做一回善事，哎呀呀，我的胳膊都快折斷了。」她故意「哼呀」起來。

劉玉玲想著只要他靠攏來，只要他給自己鬆出一隻胳膊，她就能以迅雷不及掩耳之勢將他擊倒，然後奪過他的槍，然後……她便要讓綁架她的這些人嘗到種下的惡果。至少，她得把給自己墊背的死鬼賺夠。

可是，那個男人只是一個勁地抽他的雪茄，一動不動。

「喂，你願意聽我跟你說幾句悄悄話嗎？」劉玉玲揚起腦袋，努力讓自己的脖頸露得長一些。她知道自己的皮膚很白，此刻唯一的優勢就是裹在衣服內白淨而依然細嫩的皮膚了。

「有什麼話你就說吧。我聽著呢。」

「你不靠攏來我不好意思說呀。」

「想要什麼花招吧？」

「我還能有什麼花招想呢？」

「那可不一定啦。」

「那我告訴你，你想不想既得錢財又得人？」

「既得錢財又得人？」

「對啊。」

劉玉玲想著已把話全說明了，這個男人該走攏來了。可她聽到的卻是：

「你放心，小姐，我們不是好色之徒，我們不會要你的色。」

抽著雪茄的男人微瞇著眼睛，好像心不在焉地瞧著劉玉玲，但又分明想從她身上看出些可餐之處。

媽的！劉玉玲明白這些招兒全白費了。她想，如果不是自己年齡大了幾歲，你會說不是好色之徒？可想著就是因為自己大了幾歲，連實行綁架的人都看不上自己了，她又有幾分悲哀。

「不要色就是要錢囉。」她說。

「對，小姐，首先，我們就是要錢。」

「然後呢？要了錢之後呢？」

「錢來了就好辦。」抽雪茄的男人發現自己漏了嘴，趕緊說，「我們只要錢，其他的不管。」

「你難道不想自己獨個兒將所有的錢全揣到懷裡嗎？」

「想啊。但這是不可能的。」

「只要你偷偷地放了我，我保證，滿足你的全部要求。」

「我一放了你，可就找不到你囉。」

「我向上帝發誓。」

「上帝只相信他自己。」

「他媽的，你要錢就要錢唄，將我捆起來幹什麼？」劉玉玲見所有的「誘惑」都起不了作用後，索性罵起來，「你就是得了錢後再將我殺掉，也用不著這樣折磨我啊！將我鬆開，鬆開，混蛋！你們是這樣對待一個被綁架的女人嗎？鬆開我，我要喝水！」

「誰叫你是一個有本事的女人呢，你在香港，那可是身手不凡的啊。不將你捆起來，你逃跑了怎麼辦？」

劉玉玲明白了，自己不是一般的被綁架，的確是在香港的對手使的圈套。否則，這些人不可能知道自己有這方面的本事。但她分析，這夥人也不可能是黑手黨，那麼威名赫赫的黑手黨，絕不會怕一個女人從他們手裡逃脫。這只能是一般的黑幫，他們從自己在香港的對手那裡拿了錢，香港的對手肯定是要他們將自己立即了結。但這些人想從自己這裡再勒索一筆。他們待錢到了手後，再將自己幹掉。

這個香港的對手會是誰呢？她怎麼也想不出。

「你既然知道了我在香港是個身手不凡的女人，那麼，你也就應該相信我說話是算數的啊！你開個價，只要你放了我，我給你在瑞士開個戶頭，將錢全匯到你的帳戶。」劉玉玲又希圖在這個男人身上打開缺口。

「小姐，你現在已經沒有這個能力了，你的情況，我們全清楚。」

「你既然清楚了我的情況，那抓了我有什麼用？」

「我們的人自然會有辦法從你身上弄出錢來的，但不是我。我的任務就是不讓你逃走，然後，他們分錢給我。」

「你難道真的就不會為你自己打算嗎？不想你自己多得一些嗎？」

「NO，NO，我是個很講原則的人。」

劉玉玲徹底失望了，想利用這個傢伙逃跑的門路被完全堵塞了。她懊喪地低下了頭。

她不能不想到了焦司令。

現在唯一的辦法，是只能向焦司令求援了。只能靠焦司令來救自己了。

一想到自己仍然得靠焦司令，她真是欲哭無淚了。早知今日又要向他求救，當初何必離開呢！這時她才算真正明白了，只要一上了道兒，你再如何金盆洗手，也是休想離開這個道兒了。

她開始大吵，大鬧，大罵，她就是要激怒這些人。

她罵他們連一點道兒上的規矩都不懂，枉做了道兒上的人，她說如果不將她鬆開，不好好招待她，要他們一個子兒也得不到。

她必須拖延時間，她只能在拖延中期待奇蹟突然出現。她必須答應這些人所提出的任何條件，巧妙地與其周旋，讓焦司令得到資訊。

她相信，只要焦司令一得到消息，一定會來救她的。只要焦司令來救，她就一定能夠出去。求生的慾望，此刻比任何時候都強烈。只有在這個時候，她才真正體會到了好死不如賴活著。

四十

一個老頭走進警察局，說在他那個旅店登記住宿的一個中國女人好幾天沒見人影了。警察檢查了她留在旅店的行李。

在N國的焦司令接到了一個要他火速將一筆鉅款匯往瑞士一個指定帳號的電話。

這是怎麼一回事？這個通過幾層轉告的「應急」電話，在歐洲只有劉玉玲一個人知道啊，莫非是劉玉玲遇到了麻煩？可打電話的是個男人，難道是她在歐洲找的一個情人？不，劉玉玲絕不會要情人打電話，她也絕不會來要錢，那是個寧死不求人的女人！綁架，勒索！這是劉玉玲發出的求救信號！

他早就斷定劉玉玲放「單飛」後，會有人饒不過她，對於這個他也曾愛過的女人，他一直不放心。所以他才給了她一個應急電話。他正在苦苦思索著時，香港警方一個內線打來電話，告訴他有一個香港女人在羅馬失蹤，估計是他原來的人。
果然如此！劉玉玲被綁架已確定無疑。
「玲啊玲，你也是有著豐富革命經驗的人了，怎麼就這麼天真呢？你以為你離開我們這個圈兒，你就能獨善其身了。你應該知道『樹欲靜而風不止』呵！樹如果真能靜，我老焦又何嘗不想『靜』呢？弟兄們誰又不想『靜』呢？你想立地成佛，這佛是我們能成得了的嗎？天真呵天真，天真到了可愛的女人啊！」焦司令一邊念叨著，一邊立即著手營救。
在商議如何營救劉玉玲時，有人認為劉玉玲已不是圈裡的人，她自行脫離，是咎由自取，沒必要再管了。焦司令將端在手中的酒一飲而盡，緩緩地說，你的話確有一定的道理，但是，如果有一天你離開了我們，偏巧又出了事，是不是也不應該再管了呢？
這就是焦司令之所以能受擁戴的原因之一。他這句話一出口，馬上是一片應當不惜一切代價去營救的呼聲。並個個自告奮勇，願往羅馬營救戰友。那個認為「沒必要再管了」的人也立即改變立場，說：「焦哥，你下令吧，只要你一聲令下，我第一個去當敢死隊員！」
「好，一致通過！」焦司令將營救劉玉玲的事一下又變成了集體通過的決議。
「焦哥，你說怎麼行動？」
「焦哥，兵貴神速，你就點將吧！」
「焦哥，再不能耽擱了，每耽擱一分鐘，劉玉玲就多一分危險。」
……
群情已經激憤了。動員工作已做到火候上了。焦司令開始調兵遣將了。
焦司令首先派「飛天王」軍火專家翰老弟飛往羅馬，準備好武器，然後派「工會主席」走私大王郝仕儒利用走私團夥的關係，迅速查明劉玉玲在羅馬落入誰的手中，關押的具體地點。他自己則親自率領十名幹將，以旅遊觀光客的身份，奔赴羅馬。

他們先找到劉玉玲住宿的旅店，然後分散登記，住進相隔不遠的飯店、酒店。這時N國來了電話，說對方這次直截了當地提出，不立即匯錢，就要撕票。焦司令要他回話，說劉玉玲的親戚已帶著錢到了羅馬，必須一手交錢，一手接人。

郝仕儒這個「工會主席」充分發揮了走「群眾路線」的作用，神通廣大的走私網很快就將劉玉玲被關押的地點查了出來。同時確定了綁架劉玉玲的人不是黑手黨。這只是經匈牙利等國偷渡到義大利的一些中國人和義大利人聯手製作的綁架案。當劉玉玲還在匈牙利擺地攤時，就被做為有油水的富婆給盯上了。這也就是劉玉玲被關押時始終只見到一個西方人的緣故。中國人只躲在背後，不願也不敢和她見面，以免「中國人搞中國人」的名聲不好聽。

「這些混帳東西！」焦司令罵道，「有本事去綁架鬼佬啊，只會在自己人背後耍手腕。」

軍火專家翰老弟已「就地取材」，將武器分發到每個人手裡。

焦司令命令完成任務的翰老弟和郝仕儒立即返回N國，這是兩個真正的專家，屬於重點保護對象，不能讓他們冒槍戰的危險。其餘十個人隨他行動。

夜裡，一群黑影出現在一棟樓房外。

焦司令施展翻牆爬樓的絕技，迅速進入關著劉玉玲的房間，還沒等看守劉玉玲的那個鬼佬反應過來，他手中抓著的鐵槍橫著一攢，打在鬼佬的頭上，將鬼佬擊昏在地。焦司令的這一手，還是文化革命打人的手法。因為他已知道綁架者多為中國人，所以吩咐儘量別開槍，別打死中國人。只將劉玉玲救出去完事。

隨之而上的人將樓梯間、房門、過道全部封鎖，掩護他帶著劉玉玲撤退。

還被捆綁著的劉玉玲一見焦司令，眼淚水撲簌簌流了下來。她用頭朝上點了點，示意室內樓梯間通上面的房裡有人。

焦司令割斷綁著她的繩索，扶著她正要走時，上面房裡有人朝樓梯走來了。

那人剛一亮出頭，就「啊」地驚叫一聲：「有人！」

驚叫的人喊的是中國話。

「都待著別動！咱們都是中國人。不動就沒你們的事。」焦司令一邊用槍朝上面指著，一邊抓著劉玉玲往外走。

然而，樓上的中國人並沒有把「都是中國人」這句話當回事，一顆手榴彈扔了下來……

原想救出人便算完事的計劃，變成了一場激烈的槍戰。

焦司令命令快撤，但樓上的火力將出路嚴密封鎖。

劉玉玲抓過一支槍，一邊朝樓上掃射，一邊要焦司令他們快走。

「你們是為我而來的，你們快走，我掩護！」劉玉玲大喊。

「來的目的就是救你，你快跟著焦司令走！這裡由我對付！」一個戰友一把將劉玉玲拉到身後，承擔了掩護的任務。

這場景，怎麼的都有些像當年武鬥中掩護戰友……

為了救出劉玉玲，焦司令損失了五位戰友。

當劉玉玲隨同焦司令撤回到「安全區」時，從不在自己人面前打人的焦司令狠狠地給了她一耳光。

焦司令打完後嚎啕大哭。說他親手帶出來的十個戰友如今只剩下了六個，同來時有十一個人，回去時加上劉玉玲也只有七個，叫他如何面對N國的同仁。他自在海外被擁戴為司令以來，從沒有哪一次像這次損失慘重。他恨自己不該下達不准先開槍的命令，沒想到那幫中國人絲毫不念中國人的同胞情。他說自己這樣回去還有什麼意思，不如跟著死了的戰友一同留在這羅馬算了。他哭著說著掏出槍對準自己腦袋就要扣火，劉玉玲將他的槍一把奪了過去。

淚流滿面的劉玉玲雙腿跪地，將槍抵著自己的下顎。

「焦司令！」她喊道，「這一切全都是因為我引起的，就讓我去死吧。」

焦司令只輕輕地說了一句，劉玉玲就把槍丟到了地上。

焦司令說：

「如果要你死，我們還來幹什麼呢？」

丟掉手槍的劉玉玲對天發誓，從今後如果還不和焦司令保持步調一致，定讓亂槍打死！

離開羅馬時，她望著聖彼得大教堂，默默地說：

「教皇啊，本想靠近你的人再也不願想到你。」

第九章

大火併令皇家騎警目瞪口呆

四十一

英特拉先生又接到了焦司令的電話。

「我是密司脫焦，我們的人已經將你要的那個女人押回。對，就是劉玉玲。請你定個地點，一個小時後，我們將人交到你手裡。」

焦司令計算的時間精確到了無以復加。十分鐘後，英特拉接到報告，派去在半路上接收劉玉玲的人沒有遇到中國人。報告的人正要說是不是被支那焦騙了時，英特拉打斷了他的話。

「她已經落到了我手裡。」英特拉很得意地說，「沒事了，你們想在那裡玩就玩一下，我給你們半天假。不想玩就回來吧。回來也許更好玩。」

幾乎在同時，劉玉玲把雙手向焦司令伸出：

「焦司令，捆吧。不捆一下恐怕不行吧。你在羅馬救過我一命，這一次，我最多是還你那一命。」

「你放心。玲，你死不了的。」焦司令回頭對「工會主席」郝仕儒說，「通知摩托車騎士，立即將那個麗莎捆綁。」

「同時捆綁兩個女人。」焦司令做了個無可奈何的手勢，「女人還是弱者。這就是真理。」

焦司令帶著人正要押著劉玉玲上車時，「飛天王」軍火專家翰老弟氣喘吁吁地趕到了。

「這是幹什麼？」他看著被捆綁的劉玉玲，驚訝地問。

「貨物到了沒有？」焦司令顧不得回答他的話。

「全部到齊。」

「好，救星，你硬是中國人的大救星。」焦司令朝著翰老弟擂了一拳，「通知人馬，火速集中，分發武器，準備出擊。」

「快給我鬆綁啊！」劉玉玲喊道，「現在還捆著我幹什麼？」

「還不能鬆，還得委屈委屈你，我們正好趁著送你去時開火。」

「那也用不著一直捆著啊，到了那裡再做個樣子不就得了。」

「做樣子也不能露出半點破綻！」

摩托車騎士陸放翁看著身邊的麗莎，想著自己馬上就要把她捆起來，他實在有點下不了手。

就在一個小時前，他還和麗莎進入了翻天覆地的裂變，麗莎的柔情，麗莎的火熱，麗莎的狂野，麗莎的細膩……啊，啊，麗莎令他不知道自己到底到了哪裡，身處何方?

當他按照麗莎的喃喃細語，輕輕地，輕輕地將麗莎的衣服一件一件地蛻去，當麗莎的玉體完全呈露在他的面前時，麗莎的雙臂迅疾一卷，就將他捲入了翻滾的波濤之中。他們在波濤中浮上浮下，時而被波濤沖上半空，時而被旋渦吸入水底。他們在波濤上搏擊，在旋渦中喘息……

麗莎只是一個勁地呼喚著他：

「騎士，騎士，我勇敢的騎士……可愛的騎士……」

漸漸地，麗莎喊起了他的名字：

「放翁，放翁……你別離開我，別離開我……」

麗莎箍著他的手漸漸地鬆了，往兩邊攤開，一隻手落在床單上，一隻手落在枕頭上。

麗莎一動不動了。

一種不祥的感覺使得他驚恐起來，麗莎，她，死了?!

她吃了毒藥?!

她就這麼靜靜地去了?!

陸放翁忙去探麗莎的鼻息，還好，麗莎還在輕微地呼吸著。

「麗莎，麗莎！」他使勁搖著麗莎，「你怎麼了？怎麼了？」

憑著他的經驗，他斷定麗莎不是睡著了。

麗莎肯定吃了一種什麼藥！

終於，麗莎睜開了眼睛。

「你說，你是不是吃了什麼？」陸放翁吼道。

麗莎點了點頭。

「你為什麼要吃？」

麗莎張了張嘴，想要說什麼但沒說出來。

看著麗莎嗡動的嘴，陸放翁這才想到，應該趕快給她喝水。

他忙跳下床，端來一杯水，扶起麗莎，要她喝下去。

麗莎非常配合，將一杯水喝得精光。

「再喝點！將你吃下去的全沖出去。」

麗莎又點了點頭。

喝完第二杯水，麗莎對他笑了笑。

「麗莎，你到底吃了什麼？」陸放翁盯著她問。

「毒藥。」

「你為什麼要這樣？」

「我掌握了劑量，不會死的。」

「我問你為什麼要吃？」

「我，想死，又不想死。」

「什麼意思？」

「我之所以想死，是因為，摩托車騎士，你心裡其實清楚得很，我如果跟著你，我們的人不會放過我；我如果不在你手裡，你們的人也不會放過我。我遲早是一死，不如死在我所愛的人身邊。但我又捨不得死，我想和你在一起。所以我想先試試死的滋味……到時候就像剛才那樣，安安靜靜地死在你的身旁。」

「麗莎，麗莎！」陸放翁緊緊抱住她。

麗莎說：「騎士，你說我會像那個愛華一樣嗎？」

「你不會的，絕不會的！」陸放翁嘴上這麼說著，心裡卻在想，你比愛華還要慘，愛華是被別人槍斃的，你，卻要由我親手將你送到生死難測的境地。你現在是一個人質，是一個人質呵！

陸放翁得把這個人質捆起來，去作為相互交換的籌碼。天啊，這可是自己最心愛的人啊！

陸放翁不敢去想接著要發生的事。

接著要發生的還會是些什麼事呢？除了麗莎必然走向死亡，就是自己永遠，永遠地失去了她。而麗莎的必然走向死亡，是自己親手造成的；永遠地失去她，也是自己親手造成的！

為什麼要這樣，為什麼要這樣呵？

難道就不能這樣嗎？難道就不能避免這樣嗎？

有沒有萬全之策呢？既不違抗焦哥的指令，不有損戰友的整體利益，又能和麗莎長相廝守呢？

這個問題，他曾想過不知多少遍。可每次想來想去，最後總是不了了之，總是以「到時候再說吧」來寬慰自己。

過一天算一天吧。他陸放翁竟然也到了得過且過的日子裡。可這過一天算一天也總會有個頭啊，這個盡頭，此刻就已經到了！他再也無法迴避了。

倚在他肩頭的麗莎又柔情綿綿的說起了情話。

「騎士，我的騎士，我們兩個走吧，離開這裡，我們到歐洲去，到我祖父的國家去，到他們永遠找不到的地方，安安靜靜地生活……」

離開這裡！三十六計，走為上計！這個念頭又強烈地浮了上來。可如果他真的一走了之，他對得起焦司令嗎？對得起劉玉玲嗎？他還能是那個以鎮鬼佬而名聞遐邇的摩托車騎士嗎？

「唉——」陸放翁長歎了一口氣。

「騎士，你怎麼啦？」

不能再猶豫了，不能再耽擱了。陸放翁的眼神裡驀地透出一股兇氣。

對不起了，麗莎，誰叫我們都是在這麼一個處境裡呢？誰叫我們彼此要墜入情網呢？在我們這個世界裡，愛是不允許存在的呵！

他不敢看著麗莎的眼睛。他想著必須先將麗莎的眼睛蒙上。對，先把她的眼睛蒙上，自己就能心安理得了。

陸放翁猛地站起。他正要下手時，手機又響了。

「陸放翁！」他惡狠狠地對著手機吼道。

「老闆通知，要你火速趕回公司開會。」電話裡傳出一個令他簡直不敢相信的聲音。

「什麼？」陸放翁一下楞了，他當然明白回公司開會是什麼意思，天啊，難道改變了計劃?!

「那麼，麗莎呢？麗莎怎麼辦？」他怕自己沒聽清楚，再也顧不得麗莎就在身邊。

「老闆沒說，你自己看著辦吧。」

天啊！陸放翁將手機一扔，這真是個救命的電話啊！這個電話再晚來一分鐘，他就要做出令自己懊悔終生的事了。

他的眼前浮現一副尷尬的畫面：他突然將麗莎雙手反扣在後，捆了個結結實實，然後警告她說，別亂動，老老實實地跟我走！再然後呢，他又得將捆著麗莎的繩索鬆掉，只能說是開個玩笑，開個玩笑，可麗莎能相信他只是在開個玩笑嗎？他就得再三乞求麗莎原諒，但這種乞求原諒，只怕是跪在麗莎腳下她也不會原諒……

呵，救命的電話呵！他顧不得再想別的什麼，一把抱住麗莎，狂吻起來，吻得麗莎透不過氣。

他又猛地將麗莎一把推開，掏出筆，在紙上寫了幾個字，交給麗莎。

「這是我的一個祕密住址，你去那裡等我。記住，不要出門，不要接電話，我會來找你的。」

他將一串鑰匙丟給麗莎，拔腿就跑。

「你要去哪裡？」麗莎忙喊。

他只是朝麗莎揮了揮手。

「什麼時候來找我？」

麗莎的喊聲沒有得到回答，一陣席捲而來的山嵐，掩蓋了他的身影。

一輛滿載著遊客的巴士不快不慢地走著，車上的遊客望著外面美麗的景色，似乎興奮不已，讚歎不已。他們的座位下，卻全是上好彈藥的槍支。

一輛轎車遠遠地跟在後面，轎車裡坐著焦司令和將雙手假綁在後面的劉玉玲及焦司令的保鏢。

十字路口的紅燈亮了，正好將轎車堵住。

綠燈再亮時，焦司令吩咐司機加速，不要和巴士拉開太遠的距離。

又看見那輛旅遊巴士了。焦司令又吩咐減速。

旅遊巴士離和英特拉先生見面的地點還有兩公里時，轎車加速，飛快地超過了巴士。

望著飛奔而來的轎車，英特拉先生對身邊的人說：「瞧見了嗎？他把人給送來了。」一個舉著望遠鏡的部下對他說：「我看見裡邊那個女人了。」

「有一輛旅遊巴士也朝這邊開過來。」另一個人向英特拉報告。

「去把旅遊巴士阻住，就說這裡禁止觀光。」

「頭，反正那個女人已經逮著了，乾脆把支那焦和車裡的人全扣下來算了，他們還不撤出，就不放這些人回去。」

「這還用你說嗎？我都安排好了，請那個酒鬼喝完酒，他就回不去嘍。」英特拉先生得意地微笑著，用手慢慢地梳理著上唇濃密的鬍髭。

「頭，轎車怎麼停下來了。」

英特拉先生正想說派個人去看看，停下的轎車裡走出了焦司令。

「英特拉先生，我給你把人送來了，可別產生誤會啊！」焦司令大聲喊著，他是有意拖延時間，好讓後面的巴士趕上來。因為巴士不敢開快了，怕引起懷疑。

「出來，他媽的出來！」他又將綁著的劉玉玲拖出轎車，「英特拉先生，看清楚沒有，這是你要的那個女人吧。」

「這個膽小鬼！」英特拉輕聲罵道，「他還真怕我收拾他。」

「好的，開過來，我保證你的安全。」

焦司令又兇狠狠地把劉玉玲搡進車內，對著英特拉先生打了個馬上開過來的手勢。

後面的巴士猛地加速，開過來了。

「停住，前面不准觀光！」

巴士毫不理睬，發瘋一般朝轎車衝來。眼看著就要將轎車壓扁。

「怎麼回事？」不只是看著的英特拉先生感到莫名其妙，就連轎車裡的焦司令也莫名其妙。

「快跑！」焦司令喊道。

轎車風馳電掣般往前衝去，緊追的巴士兩旁的窗口猛然伸出無數支槍，直朝轎車射來。

焦司令什麼也顧不得了，只命令快衝，快衝！轎車衝過驚得目瞪口呆的英特拉和站在兩旁的人，繼續往前衝。

後面，巴士裡衝下來的人已向英特拉的人展開了猛烈的掃射。

難道是自己內部反水？想趁機把自己幹掉?!這個想法只是一閃而過。不可能，絕不可能。焦司令再也顧不得平素很少用手機的習慣，他撥通「工會主席」郝仕儒的手機，大聲吼道：

「他媽的你在哪裡？在哪裡？這裡都已經打起來了，打起來了！」

「我們還在路上，在路上。出了點事，耽擱了。」

「他媽的這裡怎麼也來了一輛旅遊巴士？和你的一模一樣。」

「我們也不清楚。」

「立即停止前進，停止，做好一切戰鬥準備，所有的手機全打開，聽我的命令。」

「我們殺回去吧。」將假綁的繩子甩得不知去向的劉玉玲已手握雙搶。

「現在回去送死啊？繼續往前開，不要放慢速度！」

焦司令根本就沒想到情況突然而變，這輛旅遊巴士不是自己那輛旅遊巴士。肯定是越南人！他媽的越南人太狡猾，也不知道從那裡得到的情報，又將計就計得那麼好，連他都絲毫沒有察覺。差點做了車下之鬼。

「現在怎麼辦？怎麼辦？」焦司令的腦子隨著飛速逃跑的車子轉動著。越南幫必然會將印度幫滅了無疑，印度幫一被越南幫滅掉，自己的弟兄們就會成為下一個目標。以實力硬鬥是鬥不過越南幫的，況且，警方最遲在明天就會大搜捕，失掉了今天這個機會，又不知要躲到何時。

「玲，你有辦法嗎？」急切中他問劉玉玲。

「反正已經打亂我們的部署了，要亂大家亂到一堆，來個亂中取勝。通知人馬從那邊殺過來，我們再從這邊殺回去。」

「停車。」焦司令喊道。

劉玉玲的話提醒了他。圍城打援的戰術驀地湧上心頭。

「端越南幫的窩去！」

他立即撥通郝仕儒的電話：

「你帶人直撲越南幫的領地，要打得狠，打得凶，五分鐘解決戰鬥，然後掉轉頭來，在路上打援。我將他們牽到伏擊地來。」

「調頭，開回去！」

G市的皇家騎警懵了。不到一個小時內，在三處地點發生激烈槍戰，而當全副武裝的警察趕到時，現場除了留下些各式各樣的子彈殼外，什麼也沒有。

焦司令的人馬按照一貫戰略，完事後全部疏散隱蔽。切斷彼此間的聯絡。

第十章 打起背包就出發

四十二

摩托車騎士陸放翁往他的祕密住所趕去。他一路哼著當年的《知青離鄉歌》：

我要到那遙遠的山西去把農民當，
離開了我可愛的城市和家長。
親友含淚來相送，
聲聲囑咐我記心上。
父母啊，您別難過，莫悲傷，
待等明年春節時，
重返家鄉來探望。

這首當年仿山西民歌，極盡悲愴，唱起來非常沉重的歌，此時在他卻哼得非常輕鬆。他想著親愛的麗莎一定正在房間裡焦急地等著他，他好像是重返家鄉去看望親人。

這一切的結局於他來說，簡直是太美妙了。地盤被打下，印度幫和越南幫都被擊潰，長期被壓抑的惡氣算出了個痛痛快快。對圈裡來說，這場勝利不亞於一場解放戰爭。而他的美人，依然無恙。不但是無恙，而且也獲得了解放。從此不必再擔驚受怕。一想到他險些就要把麗莎捆起來交給那個該死的英特拉，他就心有餘悸。可現在，全過去了，過去了！「天是明朗的天了，人民是好喜歡了。」

他現在想著的就是快點見到親愛的麗莎，麗莎肯定還不知道這一切。

見著麗莎的第一句話應該說什麼呢？第一句話應該是讓她知道自己得到了解放。這句話也許應該說得巧妙一點，幽默一點，應該說：「哇，麗莎，你看，天亮了！」

麗莎一定不會明白這句話的意思，「天亮了?!」天亮在哪裡呢？明明是尚在黑夜，儘管街上燈火通明，可燈火通明也不能等於天亮了啊？

我們在東方那個偉大祖國的文字呵，就是這麼地精巧博大，其內涵之豐富，有哪種文字能與之媲美？

陸放翁驀地感到無比自豪起來。這種在異國他鄉的自豪，只有在取得了某種勝利後才能格外地顯現出來。

現在他勝利了，所以他感到自豪。

他自豪地往自己的祕密住所走去，腳下如同生風。

他繼續著和美人見面時的遐想，他想，要不要將自己險些做出的鹵莽舉動告訴她呢？如果告訴她，她到底會是一種什麼樣的表現呢？

她一定會十分氣憤。可她那氣憤的樣子會更美。

她也許會氣憤地哭泣，可她哭泣的樣子會更動人。

也許，她既不氣憤也不哭泣，而是大發雷霆。她如果大發雷霆，自己該怎麼辦呢？

向她賠罪，對，應當賠罪。就如同做錯了事的小孩一樣向她賠罪。那麼，做錯了事的小孩究竟應當怎樣賠罪呢？他想起自己小時候做錯了事被母親罰跪的情景來。母親喝一聲跪下，自己就老老實實地跪下；母親說下次還敢不敢了？自己連忙說不敢了，再不敢了。

對，就像小時候那樣！一想到自己像一個小孩一樣跪伏在她面前「請罪」時，他開心地笑了。

「請罪」完畢之後呢？他想著麗莎一定會含情脈脈地嗔怒著將他扯起，這個時候他就要順勢一把將麗莎抱起，抱起後轉幾個圓圈，再輕輕地，輕輕地，往床上扔去……

呵，風情萬種的麗莎呵，摩托車騎士就要回到你的身邊，永遠也不會和你分開了……

陸放翁永遠也不會想到的是，當他將自己的祕密住所地址寫在紙上，連同鑰匙一起交給麗莎時，麗莎接過鑰匙的手輕微地顫抖了一下。這種輕微的顫抖自然不會為急於去參加戰鬥的摩托車騎士所發覺，即使發覺了也只會以為是麗莎對他的擔心。只有麗莎自己知道，當時她心裡閃過的念頭是——

不能讓他走，得幹掉他！

然而這個念頭只是稍縱即逝，麗莎無法將自己的手伸往黑色的坤包，那個漂亮的黑色坤包裡，有一隻小巧玲瓏的手槍。

眼看著摩托車騎士往山下跑去，她的雙眼只是呆呆地，呆呆地，如凝固了一般地一動不動。

她似乎聽見摩托車發動的響聲了。

她似乎看見摩托車騎士縱身躍上摩托車，摩托車「突」的一聲疾駛而去，只留下一縷黑色的尾煙。

她的雙手一鬆，黑色坤包和鑰匙一起掉到地上，那張寫著祕密住所地址的紙條，則輕輕地飄到了門口。同時，有一個聲音在她耳邊響起：

「當他要離開你時，就把他幹掉吧。」

這是頭兒英特拉的聲音。頭兒英特拉似乎漫不經心隨口而出的話，在她耳邊卻如同雷霆轟響。

當她向頭兒報告了摩托車騎士要和她到這個山上來時，得到的就是這麼一句話。

現在，摩托車騎士已經走了。她違背了頭兒的話。

她明白違背頭兒的話將意味著什麼？

在她初入圈時，頭兒就和她說過一個故事。頭兒說在她進來之前，他們這裡也有一個和她同樣漂亮的姑娘。「不，比你還要漂亮。」頭兒叼著雪茄，似乎沉浸入對美好的回憶之中。「那個漂亮的姑娘啊，在我們這裡享受著公主般的待遇，她只要一走出屋子，就有人向她致敬；她只要一進入屋子，就有人忠心地侍候。除我之外，每個人都得聽從她的吩咐。當然囉，她得絕對地聽從我的吩咐。你想想，這不就是在一人之下，萬人之上嘛？她的這個位置，有多少人在暗中羨慕啊！可是她，竟連我的話也不當一回事了。有一次在執行她的特殊任務時，我對她說：『當他要離開你時，你就把他幹掉吧。』我這是為她好啊，一個男人要離開你了，要到別的女人懷抱裡去了，你還留著他幹什麼呢？可她不聽我的話，她放走了那個男人。她說那個男人只是有點事離開她，很快就要回來的。女人哪，得學會用腦子想問題，我說的是『當他要離開你時』，那就不管他是用哪一種形式離開，你只管執行後面那半句話就行了。漂亮的女人卻以為，得等到男人拋棄她時才算『離開』。」

頭兒說完這個故事，很紳士地打開攝影機。

攝影機放出的畫面上，一個風情萬種的女人在向她微笑，但那張微笑的面孔轉瞬間就變得慘不忍睹。

頭兒關掉攝影機，說：

「別的事你都可以不必專心，只要專心地記住我跟你說過的任何一句話。當然，我不會是個廢話連篇的老頭。」

「唉！」麗莎歎了一口氣。她仰起那張漂亮無比的臉，望著山莊旅館屋樑上用以裝飾而吊著的一隻乾野兔標本。她想，也許，不要多久，自己就會和那隻乾野兔一樣了。

她下意識地抬起手，撫摸著自己柔嫩光滑的臉頰。她突然尖叫一聲，「不！我不能死，我不能像那隻乾野兔一樣！」

我還年輕，我為什麼要死？

我僅僅只是放過了一個支那男人而已，而那個支那男人，他是如此地愛我！如此地愛我！愛，有什麼罪過？有什麼罪過？

我並沒有放過他，沒有！而是，對付不了他，對，是對付不了他！他那麼強壯，那麼……，我能有機會下手嗎？

麗莎胡亂想著，但她知道，無論什麼理由，都無法挽救她的命運了。沒完成頭兒的指令，只有死路一條。

死吧死吧，不就是一個死嗎？當真正地想到死時，她反而平靜下來了。

我總算被一個男人真正地愛了一場，就算死，也是值得了。

要我親手去殺死自己所愛的男人，還不如自己被人殺死。

那就等著吧，等著殺自己的人到來吧。

麗莎彎下身子，慢慢地將坤包撿起，將鑰匙撿起。當她再去撿那張紙條時，驀地，一個也許能僥倖求生的想法清晰地浮上了腦海。

祕密住址，對，祕密住址！就說我得知了他一個祕密住址，我得先去弄清楚他那祕密住址裡的祕密。

麗莎如獲至寶地將紙條撿起，看了又看，將地址牢記在心。然後將紙條撕碎，攥在掌心裡，使勁攥，使勁攥，如同要將碎片攥成一團面泥，再將手掌展開，一陣風來，吹得四處散去，不見了蹤影。

她往山下走去。心裡又不禁為自己突然想到的計謀生出幾分得意。
她找了一個公用電話亭，撥通了一個電話。
她在電話裡說，那個摩托車騎士說他有一個祕密住址，那個祕密住址裡很可能有頭兒想得到的祕密。她得想法從摩托車騎士嘴裡套出具體地址。她請求給她三天時間，在這三天時間裡，她一定完成這個任務。然後，在祕密住址裡將摩托車騎士幹掉。
她的想法得到了默許。
掛上電話，麗莎興奮不已。她贏得了三天時間。她相信，在這三天時間裡，摩托車騎士一定會和她成功地離開這個城市，離開這個國家，躲到一個誰也找不到的地方，安安心心地去度真正的蜜月。
從此，可以離開可惡的英特拉他們了！
從此，可以過一個普通人過的日子了！
沼澤地，終於走到頭了！
麗莎懷著興奮的心情，搭上一路公共汽車，走一段路，下車；換上另一輛公共汽車，走一段路，又下車。她換來換去，目的就是一個：不讓任何人跟蹤。
當麗莎換車換得連自己都感到厭煩了時，她才鑽進一輛計程車，計程車將她載到祕密住址附近，她下了車後，只是找到那個住處，並不急於進去。走進一家咖啡館，慢慢地消耗時間。出了咖啡館後，又故意坐上一輛計程車，往相反的方向駛去。
一直挨到天黑，她確信即使有人跟蹤也被她弄得暈頭轉向後，才往真正的目的地走去。
用鑰匙打開門鎖，麗莎進去後，將整個房子仔細檢查了一遍，心緒才安定下來。
現在，她只需靜靜地待在這間房子裡，等待著她的摩托車騎士到來。

她想著摩托車騎士進來時的那一刻，她要給他一個從未有過的驚喜，讓她的摩托車騎士在以後的歲月裡，永遠，永遠地忘不掉這個驚喜；她開始想著這個驚喜該如何巧妙地安排。當她終於想出了一個巧妙的驚喜後，她又開始責備自己，這是在什麼時候，竟然還去想這些東西。現在該想的是，如何逃脫英特拉先生的魔爪。

一想到英特拉，她又不寒而慄。

她不知道，英特拉先生已經永遠不可能再對她下達任何指令了。她如果知道英特拉先生已和焦司令，和摩托車騎士，和越南幫火併，並且已葬身於火併中，那麼，她將在這間房子裡度過她一生中最輕鬆的一段時光。即使同樣難以避免猝然而至的死亡。然而，她不可能知道。她就仍然只能在戰戰兢兢中挨著生命的最後幾個小時。因為——英特拉先生在未死時下達的指令，仍然有人在堅定地執行。

「叮鈴鈴……」房間裡的電話響了。

麗莎往電話機跑去，正要伸手去抓電話，猛然記起了摩托車騎士的話：「不要接電話！」她的手縮了回來。

電話鈴停了片刻，又急促地響起。

會不會是摩托車騎士打來的呢？麗莎想。如果是他打來的，自己不接的話，他一定會以為出事了呀！她的手，又不由自主地向電話伸去。

不行，不能去接！她用雙手捂住自己的耳朵，趕快往浴室跑去。她將浴室的水龍頭打開，好讓嘩嘩的放水聲遮住響個不停的電話鈴聲。

電話鈴聲終於平息了。嘩嘩的放水聲擊打著浴盆，發出刺耳的響聲。

麗莎關掉水龍頭。房子裡突然寂靜得嚇人。她不敢打開電視機，不敢打開音響，一種預感沖上她的心頭：那個電話，是專衝著她來的。

麗莎的預感沒錯，電話，是英特拉先生的一個部下打來的。當她自以為用獲得摩托車騎士的祕密住址而贏得默許的三天時間時，英特拉已給這個部下下達了監視她的指令。

麗莎的一切，都沒能逃脫這個人的跟蹤。

當這個人向英特拉報告麗莎的行蹤時，得到的卻是頭兒已被打死的消息。告訴他這個消息的人說：完了，全完了，你趕緊想你自己的辦法去吧。

這個人卻沒有逃跑，相反，他仍然要去完成頭兒交給的任務。只不過，他代替頭兒做出了一個決定，那就是，不能讓不忠於頭兒的這個漂亮女人活著。

摩托車騎士陸放翁來到門前，他剛想伸手敲門，又把手縮了回來，他決定輕輕地開門進去，看麗莎到底在幹什麼，給她一個驚喜。然後再緊緊地抱住她，告訴她一切都太平無事了，英特拉先生完了，印度幫已沒有什麼勢力，也用不著害怕了。如果她還是堅持離開這裡，他願意陪著她到天涯海角。因為他已經幫焦司令打下了地盤，他的戰友們可以在自己的地盤上昂頭挺胸了。這個時候離開，他也是功成而退，不會有人責怪。

他輕輕地掏出鑰匙，輕輕地打開門鎖，輕輕地推開門，輕輕地走進去。一進門，他就發現不對，一種氣氛，一種無形的冷酷的氣氛，使他從頭涼到腳。他驀地打了個冷顫，意識到肯定出事。他直奔臥室，臥室的門緊鎖著。他顧不得再開鎖，猛地一腳，將門踢開。

臥室的床上，躺著他的麗莎。麗莎的胸口上，流出的血已完全凝固。

麗莎是在毫無防備的情況下被殺死在床上的。她也許剛從浴室裡洗完澡出來，剛躺到床上，一把尖刀就插進了她的胸膛。

兇手冷酷至極，連一句威脅的話都沒有。床上沒有絲毫搏鬥的痕跡。麗莎身上的睡衣也沒有撕裂，甚至連皺折都沒有。

麗莎是在平靜中死去的，刀子準確無誤地插進她的心臟。她連叫一聲都不可能。她那張美麗的臉朝天仰著，彷彿還在等著她的騎士來親吻。

摩托車騎士雙腿軟了，「撲通」跪在地上，他的頭無力地垂著，耷拉著，他不知道是不是因為自己又害了一個心愛的女人。他突然發瘋一般地跳起來，哇哇大叫：

「天啊，為什麼不能允許我有愛的權力?!」

冥冥中似乎傳來一個回聲。那個回聲說：

「你們沒有資格，沒有權力享受愛情。因為你們，剝奪了人家愛的資格和權力。」

摩托車騎士憤怒地大吼：

「那不是我們的初衷，我們從來就沒想走這條路。你給我回答，是誰，是誰把我們逼上了這條路？」

沒有回答。

屋子裡靜悄悄地，只有一扇被打開的窗戶，被風吹得「氿」地一響。那正是刺殺麗莎的人進來和逃出的地方。

四十三

G市又平靜了。一切都如同什麼也沒發生一樣。

雪的藝術祭開幕了。從世界各國趕來的遊客們觀賞著各種各樣雪的藝術造型，忍不住交口稱讚。身著各種民族服裝的藝術家們和市民盡情狂舞，掀起一陣又一陣歡樂的高潮。

焦司令和劉玉玲也在狂歡的人群中，劉玉玲一身愛斯基摩人打扮，活脫脫的一個英俊小夥子。她拉著焦司令的手胡亂地跳著，蹦著，一邊蹦跳一邊說：

「焦司令，我說過我們也要來參加雪之祭的嘛，這樣多好，歌舞昇平，祥雲籠罩，我們的人，包括所有曾受外幫欺凌的華人，都能挺起腰桿子在這片美麗的國土上生活了。」

焦司令笑著說：「哪裡有壓迫，哪裡就有反抗嘛。革命或遲或早都會發生的嘛。我們不革命人民也會起來革命的嘛。」

「可是，」劉玉玲說，「最近，接連有幾艘運載大陸人蛇的船隻被N國海岸警衛隊截獲，幾乎所有的輿論都對人蛇橫加指責，似乎黃禍又來臨了。一些華人社團也紛紛指責那些大陸同胞，同時又指責大陸政府放縱人民偷渡，將那些人蛇指為華人的敗類……」

「好笑！真正好笑！」劉玉玲還沒說完，焦司令就打斷她的話，「這些攻擊偷渡者的華人有沒有想過，當初他們中間有許多人是怎麼來到北美洲的？難道被鬼佬賣豬仔賣到這裡來是很光榮的嗎？那些白人又是怎麼來到北美洲的，難道是印第安人請他們來的嗎？他們的手上沾印第安人的鮮血還沾得少嗎？來到北美洲的中國人難道真是太多了嗎？不，還是太少了，來得還不夠多！管他什麼黃禍論，威脅論，中國人應該多多益善，有了人才會有聲勢，再團結起來，『軍民團結如一人，試看天下誰能敵?!』」

「說得好！」劉玉玲邊蹦跳邊鼓掌，「那麼，下一步，你打算怎麼開展業務呢？」

「傳統產業已經不行了，不能適應當前的潮流了。」

焦司令說的「傳統產業」是指「黃毒賭」。

「我們必須向高科技進軍。把小打小鬧的項目全部丟掉，開始產業集團化，合法化，高科技化。否則，我們也將被時代淘汰。」

劉玉玲不禁想到一些集團已從事的電腦偽造信用卡、電腦排版製造偽鈔、有線電視解碼器等等帶有高科技色彩的新行當。

她心裡想，這個傢伙，他的腦袋本身就是一個電腦，不知道又要玩出些什麼高科技的新花樣來。但不管怎麼說，這些高科技的玩意不會死人。

她在對焦司令敬佩的同時，忽然對包括自己在內的戰友們也感到敬佩起來，從當年的數不全二十六個英文字母，到能用英語流利地和鬼佬打交道。從處處受到排擠歧視，到擁有自己的地盤……

她正想著，焦司令又說開了。

「光向高科技進軍還不行，我們在有條件時，還應該考慮參政！只有有了政治地位，我們的權益才會有保障，才不會有什麼『黃禍論』、『中國威脅論』。才能對大陸真正有所貢獻……」

狂歡的人群又掀起了一陣波浪，各種各樣的遊行表演開始了，有頂著如同文化大革命時給黑幫戴的高帽子一樣的滑稽戲，有身著豔麗的奇裝異服做出各種怪動作的逗樂戲，在一輛輛令人眼花繚亂的彩車上，有手持弓箭、身穿印第安人傳統服裝的漂亮女郎，有再現人們所熟悉的銀幕形象的電影明星，有唱著時代流行曲的紅極一時的歌手，有孩子們所熟知的童話故事中的魔鬼與公主，有設計巧妙、矯健優美的藝術造型，還有更能引起人們興趣的諷刺當今某些政治家的漫畫式形象。臨時看台上的觀眾不停地高聲叫好，鮮豔的花瓣和彩帶紛紛投向表演者身上。

突然，一隊排列得整整齊齊的中國人出現在表演隊伍中，他們一個個雄糾糾，氣昂昂，放聲高唱。他們用中文高唱的是：

紅衛兵戰士最聽黨的話，
哪裡需要到哪裡去，
哪裡艱苦哪安家。
祖國要我修地球呀，
扛起鋤頭我就走，
打起背包就出發！
嘿！祖國要我修地球呀，
扛起鋤頭我就走，
打起背包就出發！
……

隨著每一句鏗鏘有力的唱詞，他們做出一個整齊的象形動作。這個舞蹈是他們的老拿手戲了，當年在舞台上，使勁蹬著的腳步蹬得舞台上的木地板咚咚響，蹬得灰塵滿舞台飛揚，舞台都差點兒被蹬垮。

劉玉玲看著看著不由地笑出了聲，她對焦司令說：

「還在唱紅衛兵呢！」

「這個國家的人還有戴紅衛兵袖章的呢！還在說他們是紅衛兵呢……」

焦衛東的話還沒說完，暴風雨般的掌聲已在人群中響起。觀看的人們也不管聽不聽得懂，看不看得懂，反正光看著那架勢就威武來勁。越是聽不懂看不懂的才越有吸引力。對於他們來說，這大概也就是中國特色之一。

只有一個人沒來參加雪的藝術祭。他懷揣著從一個美麗的女人頭上剪下的一綹長髮，悄悄地離開了N國。

飄揚的雪花很快掩埋了他的足跡，一切都消失得無蹤無影。

後記

本書寫於二〇〇〇年至二〇〇一年，二〇〇二年四月由花城出版社出版發行，旋售罄，出版社剛通知印刷廠加印，便接電話通知，冷處理，不得加印……此後雖被列入非官方的「知青文化作品薈萃」、「知青文學及知青學術研究參考文獻」，但再也未能印行或再版——儘管「文革」早就被徹底否定，「文革題材」的作品卻成了一個實際上的禁區。

「文革」開始不久，我這個十四歲的少年，進了紅衛兵「毛澤東思想文藝宣傳隊」，參加演出過書中所寫的大型歌舞史詩劇《無產階級文化大革命萬歲》；繼而武鬥遍及，我所在的地區，在武鬥中被打死打傷的不計其數，書中所寫「十萬工農造反大軍『解放沙城』」的總指揮，就是我一個朋友的父親；道縣掀起殺人潮時，論輩份我該喊舅舅的兩個知青，其時正下鄉在道縣，聽到風聲半夜出逃、翻山越嶺逃回長沙，總算死裡逃生；殺人潮很快向周邊縣市奔湧，我在資江邊親眼看見水面上漂浮著一具一具的屍體，江邊則有人用紮著尖鉤的竹篙，將順水飄來的屍體一鉤紮住，拖到岸上，那天正是陰天，真正的陰風慘慘；我所看見的貼在牆上的中央文革領導對道縣殺人事件的指示是：「好人殺壞人，壞人活該；好人殺好人，誤會；壞人殺好人，鍛鍊了好人。」後大聯合搞群眾專政，一個千多職工的煤礦，被抓被關的就有二百多人，和我一同當過「毛澤東思想文藝宣傳隊」隊員的一個女孩，同時領到兩個骨灰盒，一手抱一個，左手是她爸爸，被抓後死在被關的地下室，右手是她的弟弟，懸樑自盡……我下鄉當知青後吃過紅鍋子菜：沒有油，將鍋子燒紅，把瓜菜放進去，炒幾下，趕緊加一勺水煮；終於沒有米下鍋時，和另一個知青跑到了東莞……曾和我同住一房的馮哥，他的一個同學就是「偷渡」到緬甸參加了緬甸人民軍，還隨緬共代表團到過北京，後來逃離了緬甸……

從小，我們就受到「革命導師列寧說：『忘記了過去就意味著背叛』」的教育，教育我們「憶苦思甜」、「不忘階級苦」……現在，我們終於聽到「歷史不容忘記、不容改變」的話，只是這話似乎只用來教訓他人，對自個兒過去的「文革」等歷史，不但依然諱莫如深，而且竟有說「文革」好、唱讚歌，甚至有要為「文革」翻案的了。

過去的歷史事實就是歷史事實，不容忘記也不可能改變。但我們的兒子，對「文革」已不甚知了；照此下去，到得我們的孫子長大，就已完全不曉「文革」是什麼玩藝了。讓人淡忘、忘記，也許正是對「文革」等歷史諱莫如深者要達到的目的。這個目的達到時，「文革」會不會重演，那就只有天知道。倘若真的重演，其實首當其衝的，就是利用權力著意讓「文革」歷史淡忘、忘記的人。因為「文革」的第一矛頭就是對準當權派。而「反戈一擊」的，絕對正是為他們不遺餘力的御用文人。「文革」歷史，早已證明。

借本書為秀威出版之機，說幾句想說的話，是為記。

二〇一四年七月十四日長沙伍家嶺

SHOW小說08　PG1180

從紅衛兵到跨國黑幫

——林家品長篇小說

作　　者／林家品
責任編輯／劉　璞
圖文排版／周好靜
封面設計／李孟瑾

發 行 人／宋政坤
法律顧問／毛國樑　律師
印製出版／秀威資訊科技股份有限公司
114台北市內湖區瑞光路76巷65號1樓
電話：+886-2-2796-3638　傳真：+886-2-2796-1377
http://www.showwe.com.tw
劃撥帳號／19563868　戶名：秀威資訊科技股份有限公司
讀者服務信箱：service@showwe.com.tw
展售門市／國家書店（松江門市）
104台北市中山區松江路209號1樓
電話：+886-2-2518-0207　傳真：+886-2-2518-0778
網路訂購／秀威網路書店：http://www.bodbooks.com.tw
國家網路書店：http://www.govbooks.com.tw
圖書經銷／紅螞蟻圖書有限公司
台北市114內湖區舊宗路2段121巷19號（紅螞蟻資訊大樓）
電話：+886-2-2795-3656　傳真：+886-2-2795-4100

2014年10月　BOD一版
定價：380元

國家圖書館出版品預行編目

從紅衛兵到跨國黑幫：林家品長篇小說 / 林家品著. -- 一版. -- 臺北市：秀威資訊科技, 2014.10
面； 公分. -- (SHOW小說；PG1180)
BOD版
ISBN 978-986-326-278-7 (平裝)

857.7 103014346

讀者回函卡

感謝您購買本書，為提升服務品質，請填妥以下資料，將讀者回函卡直接寄回或傳真本公司，收到您的寶貴意見後，我們會收藏記錄及檢討，謝謝！

如您需要了解本公司最新出版書目、購書優惠或企劃活動，歡迎您上網查詢或下載相關資料：http:// www.showwe.com.tw

您購買的書名：＿＿＿＿＿＿＿＿＿＿＿＿＿＿＿＿＿＿＿＿＿＿＿＿

出生日期：＿＿＿＿年＿＿＿＿月＿＿＿＿日

學歷：□高中（含）以下　□大專　□研究所（含）以上

職業：□製造業　□金融業　□資訊業　□軍警　□傳播業　□自由業

□服務業　□公務員　□教職　□學生　□家管　□其它＿＿＿

購書地點：□網路書店　□實體書店　□書展　□郵購　□贈閱　□其他

您從何得知本書的消息？

□網路書店　□實體書店　□網路搜尋　□電子報　□書訊　□雜誌

□傳播媒體　□親友推薦　□網站推薦　□部落格　□其他＿＿＿＿＿

您對本書的評價：（請填代號　1.非常滿意　2.滿意　3.尚可　4.再改進）

封面設計＿＿　版面編排＿＿　內容＿＿　文／譯筆＿＿　價格＿＿

讀完書後您覺得：

□很有收穫　□有收穫　□收穫不多　□沒收穫

對我們的建議：＿＿＿＿＿＿＿＿＿＿＿＿＿＿＿＿＿＿＿＿＿＿＿＿

＿＿＿＿＿＿＿＿＿＿＿＿＿＿＿＿＿＿＿＿＿＿＿＿＿＿＿＿＿＿

＿＿＿＿＿＿＿＿＿＿＿＿＿＿＿＿＿＿＿＿＿＿＿＿＿＿＿＿＿＿

＿＿＿＿＿＿＿＿＿＿＿＿＿＿＿＿＿＿＿＿＿＿＿＿＿＿＿＿＿＿

請貼
郵票

11466
台北市內湖區瑞光路 76 巷 65 號 1 樓
秀威資訊科技股份有限公司 收
BOD 數位出版事業部

（請沿線對折寄回，謝謝！）

姓　　名：＿＿＿＿＿＿＿＿　年齡：＿＿＿＿　性別：□女　□男

郵遞區號：□□□□□

地　　址：＿＿＿＿＿＿＿＿＿＿＿＿＿＿＿＿

聯絡電話：(日) ＿＿＿＿＿＿＿＿ (夜) ＿＿＿＿＿＿＿＿

E-mail：＿＿＿＿＿＿＿＿＿＿＿＿＿＿＿＿